Hrsg. Hellmut Schmidt

# Die Sonne ist grün

Geschichten,
Gedichte und Zeichnungen
entführen sie in das Reich der Fantasie

Bibliographische Information der Deutschen
Bibliothek:
Die Deutsche Bibliothek verzeichnet diese
Publikation in der Deutschen Nationalbibliographie; detaillierte
bibliographische Daten sind im Internet über http://dnb.ddb.de
abrufbar.

Die Sonne ist grün – eine Anthologie
1.Auflage November 2006
Herausgeber: Hellmut Schmidt

Umschlagsgestaltung: Richmond Verlag
Das Bild auf der Covervorderseite wurde der
www.pixelquelle.de (kostenlose Bilddatenbank für
lizensfreie Fotos )entnommen
Druck: Digital Print Group Erlangen
Printed in Germany

Gesamtherstellung:
**Richmond Verlag - Loderhofstr.2 –
92237 Sulzbach-Rosenberg
Phone/Fax:+49966153509**
E-Mail: richmondverlag@t-online.de
Homepage:
http://people.freenet.de/HELLMUTSCHMIDT/RichmondVerlag

Alle Rechte bei den Autorinnen/Autoren und
Zeichnerinnen/Zeichner

ISBN 10-stellig: 3-9811260-0-9
ISBN 13-stellig: 978-3-9811260-0-6

# Inhaltsverzeichnis

| | | |
|---|---|---|
| Andreas Meier | Es erwachte | 7 |
| Angela Redeker | Hilfe fürs Feenreich | 17 |
| Nadine Jalandt | Zeichnung zu „Hilfe fürs Feenreich" | 30 |
| Angela Redeker | Yourdina – Prinzessin des Himmels | 31 |
| Angelika Pauly | Das Ding | 36 |
| | Herr I. und das Ende der Welt | 38 |
| | Das Experiment | 40 |
| | Der Traumwächter | 42 |
| | Traumwächters Schlaflied | 44 |
| Angie Adams | Bitte an die Erdenmenschen | 45 |
| | Delfin | 46 |
| | Sternenritt | 47 |
| Carl-Friedrich v. Steegen | Das Spiegeltor des roten Chac | 49 |
| | Der Ring in der Dose | 62 |
| | Der Traum | 64 |
| Christina Patjens | Furchtlos–Zeichnung mit Text | 71 |
| | Symbiose | 72 |
| Detlef Heublein | Das fliegende Pferd | 73 |
| | Erlkönig | 74 |
| | Himmel und Hölle | 76 |
| Erik Schreiber | Der Untergang | 77 |
| Franz Preitler | Der Hund der Unterwelt mit Zeichnung v. Emil Srkalovic | 100 |
| | Der Drachenjunge mit Zeichnung von Emil Srkalovic | 103 |
| Gaby Schumacher | Die versteckte Welt | 107 |
| Heidelind Matthews | Blaue Wellen | 122 |
| | Nachtfee | 124 |
| | Sternschnuppentanz | 125 |
| | Flügel des Traumes | 127 |
| Hellmut Schmidt | Die Sünde | 129 |
| Jörg Fischer | | |
| Jutta Miller-Waldner | Der Märchenerzähler | 137 |

| | | |
|---|---|---|
| Karin Dietrich | Ein Traum | 143 |
| Marion Geiken | Blumenelfen 2 | 145 |
| | Lichtgestalt | 146 |
| | Zauberregen | 147 |
| Monika Loiber | Der Baumhirte | 148 |
| | Der Kobold | 149 |
| | Kleine Fee | 151 |
| Nadine Jalandt | Der Deal | 152 |
| | Zeichnung zu der Geschichte „Der Deal" | 153 |
| | Zeichnung „Meerjungfrau" | 154 |
| | Zeichnung „Thor" | 155 |
| Regine Stahl | Endzeit | 156 |
| | Kurzgeschichte | 158 |
| Reimund Schön | Der Drache | 163 |
| | Der letzte Gast | 165 |
| | Werwölfe | 167 |
| Rena Larf | Das Liebesverbot | 168 |
| | Duncan Bloodlord | 175 |
| | Elrond von Himmeldunk | 183 |
| Stefan Schuster | Schmetter und Linge | 188 |
| Steffen Glauer | Das Zwergelein | 189 |
| Thomas Neumeier | Trojanische Gepflogenheiten | 191 |
| Wolf Alexander Melhorn | Der Wunsch | 219 |
| Wolfgang Soppe | Wenn auf mondbeschienen Wiesen | 229 |
| | Wenn du jetzt gehst | 231 |
| Yvonne Habenicht | Aufstand der Zwerge mit Zeichnung | 233 |
| | Jenseits der Wirklichkeit mit Zeichnung | 238 |
| Die Mitwirkenden dieses Buches stellen sich vor | | 244 |

# Andreas Meier

## Es erwachte

Es erwachte in vollkommener Finsternis, wusste nicht, ob es sehen konnte, wusste nicht, ob es schon immer gelebt hatte oder erst in diesem Augenblick geboren wurde, wusste nicht, ob es in traumlosem Schlaf geschwommen war oder ob der Tod vor dem Leben es festgehalten hatte. Sein Geist war leer, ohne eine einzige Erinnerung, ganz und alleine von diesem einen Moment des Erwachens erfüllt. Hatte es vergessen, oder gab es nichts, wessen es sich zu erinnern gab? Hatte es jemals etwas besessen, was es hätte vergessen können?
Es begann zu fühlen. Einen Körper, eine Hülle, ein Gefängnis? Etwas bewegte sich. Die schwache Hand schloss und öffnete sich, ein Bein versuchte sich zu beugen, doch stieß es an ein Hindernis. Ein starker Schmerz schoss durch sein Fleisch, seine Sinne, ein dumpfes Geräusch erfüllte für einen kurzen Augenblick seinen Kopf. Unwillkürlich keuchte und hustete es, etwas löste sich aus seinem Hals, es begann zu atmen. Stickige, warme Luft drang in seinen Körper, seine Lungen brannten. Die Dunkelheit wand und schlängelte sich. Vor Übelkeit öffnete es die Augen, doch die undurchdringliche Schwärze blieb unverändert. Furcht und Verstörung wechselten sich rasend schnell ab, er fühlte, wie das Blut durch seine Adern gepumpt wurde, spürte, wie sein Herz hämmerte. Sein Körper bebte vor Schmerzen, unbekannten Gefühlen, zitterte vor Angst, Verwirrung und Hilflosigkeit. Wieder wollte er sich bewegen und wieder schlugen seine Beine an ein Hindernis. Es war eingeschlossen. Es fühlte, wie die Luft immer dünner wurde, die Finsternis vor seinen Augen wirbelte wild. Sein Leib schien bersten zu wollen.
Kreischend begann es zu schreien, mit aller Kraft, die es aus der Furcht gewonnen hatte, schrie lange und verzweifelt. Der Schrei betäubte sein Gehör, neuer Schmerz entstand, der rasenden

Zorn gebar. Während es kreischte schlug es wild mit Fäusten und Füssen gegen das unsichtbare, erstickende Gefängnis. Irgendwann brach etwas splitternd, seine Haut wurde aufgerissen, es fühlte warmes Blut, das aus seinem Leib spritzte und an seinem Fleisch klebte.

Es trat und hämmerte weiter, doch der Schrei hatte sich langsam in lautes Weinen verwandelt. Das Gefängnis stürzte zusammen, die Dunkelheit wirbelte noch schneller als zuvor, doch es wusste, dass es nun sein Körper war, der sich wand und drehte. Das Gefühl des Fallens erfüllte es mit Hoffnung und Schrecken zugleich, der Augenblick schien endlos lange anzudauern. Es schlug hart auf, die Erschütterung trieb ihm alle Luft aus dem Leib. Sein verzweifelter Schrei war zu einem leisen Keuchen geworden, seine nackten Arme und Beine strichen über eine harte, kalte Oberfläche. Als es wieder einatmete, schien die Luft keine Pein mehr zu verursachen, sondern zu lindern. Beruhigt blieb es auf dem glatten, kalten Grund mit geschlossenen Augen liegen und atmete immer wieder ein und aus. Lange verharrte es so, hoffte auf Hilfe, hoffte, dass seine laute Klage vernommen worden war. Es wusste nicht, worauf es wartete, doch was immer es war, es kam nicht. Nichts geschah. Irgendwann schlief es ein.

*Seine Träume waren ohne Bilder oder Erinnerungen, doch voller unbekannter Gefühle, verwirrter, ungeordneter Gedanken und hoffnungsvoller Wünsche, die niemand außer ihm kannte, und die nicht einmal es selbst zu fassen vermochte. Es fühlte Furcht, obwohl es nicht wusste, wovor es sich ängstigte. Seltsame Geräusche erfüllten das ewige Dunkel, das sich nie lichtete, Schreie, leise Atemgeräusche, Weinen, Rauschen.*

Als es erwachte, wurde es von Panik ergriffen, doch als es sich seines erstes Erwachens und des Ausbruchs erinnern konnte, verschwand diese langsam. Es fühlte einen leichten Durst. Zunächst vorsichtig, dann immer bestimmter, versuchte es sich zu erheben, doch es war zu schwach. Auf Händen und Knien tat es seine ersten Schritte. Misstrauisch schlug es seine Lider auf, und sah zum ersten Mal Licht. Der schwache, flackernde Schein blendete es zunächst, erschrocken schloss es wieder die Augen. Als es sie wieder öffnete, ertrug es das Licht, und erblickte Formen und Gegenstände. Es befand sich in einem kleinen Raum, aus schwarzem Stein erbaut. Als es hinter sich blickte, sah es einen alten, hölzernen Tisch, zu seinen Füssen lag zerschmettert eine längliche, plumpe Kiste, sein Gefängnis. Kein weiterer Gegenstand befand sich im Raum. Verwirrt durch das Licht und die Bilder, die es sah, hob es seine Hände vor die Augen und starrte sie lange Zeit an. Seine Haut war bleich und glatt, Arm und Hände schmal. Verwundert bewegte es seine Finger, und dieses Mal fühlte sie die Regung nicht bloß, sie sah sie auch. Vorsichtig, fast ängstlich, betastete es sein Gesicht, fuhr mit den Fingern über kühle Haut. Plötzlich erfüllte es der heftige Wunsch, sich selbst ins Gesicht zu blicken, doch wusste es nicht, wie es dies vollbringen sollte.

Es wandte sich um und bemerkte eine Öffnung im schwarzen Raum. Ein langer, gebogener Gang erstreckte sich dahinter, und aus ihm drang der schwache, unruhige Schein. Voller Neugier und Misstrauen zugleich kroch es auf den Gang zu, verharrte kurz unsicher, und betrat ihn. Nicht weit vor ihm krümmte sich der Weg nach rechts, so schnell es konnte kroch es auf die Windung zu, denn plötzlich meinte es, Wärme zu spüren, die vom Licht ausging. Doch als es die Biegung hinter sich hatte, lag vor ihm nur ein weiterer Gang, lang und gerade, und die Wärme war verschwunden, als hätte es sie nie gegeben. Irgendwo in der Ferne, am Ende des Weges, erblickte es wieder das Licht. Die Furcht kam wieder, beunruhigende Laute drangen an sein Ohr, doch wusste es nicht, woher sie kamen, oder ob es selbst diese Geräusche erzeugte. Verängstigt legte es sich auf den Boden, der ihm alle Wärme zu entziehen schien. Der Durst begann in seinem Inneren zu schmerzen. Es presste seine dünnen Beine dicht an den Körper heran und verbannte das Licht, indem es die Augen schloss und die Dunkelheit willkommen hieß.

*Die steinernen Mauern aus grob gearbeiteten Felsblöcken umgab ihn ganz, ließ ihm keinen Raum zur Bewegung. Es war sein eigenes Gefängnis, und es wusste, dass es diese Mauern niemals durchbrechen konnte, ohne sich selbst zu begraben. Ab und zu drang ein schwaches Licht durch die schmalen Lücken zwischen den Felsblöcken, doch sobald es versuchte, den lockenden Schein zu erspähen, verschwand dieser und tauchte vor einer anderen Lücke wieder auf.*

Als es erwachte, lag es in vollkommener Stille, und in der Entfernung flammte noch immer das flackernde Licht. Und noch immer verspürte es den Drang, sich diesem Schein zu nähern. Es fühlte sich stärker als zuvor, also streckte es die bleichen Hände nach den groben, schwarzen Felsblöcken aus, hielt sich an ihnen fest und zog sich hoch, obwohl die zerschnittenen Handflächen schmerzten. Zitternd blieb es stehen, wartete, bis es sich sicher fühlte, dann folgte es mit ungeschickten Schritten dem dunklen Gang. Seine Schritte hallten dumpf an den Wänden wider. Je weiter es kam, desto wärmer schien die Luft und der steinerne Boden unter seinen nackten Füssen. Immer schneller wandelte es, und wäre einige Male beinahe zu Boden gestürzt. Lange ging es so, der Weg schien sich endlos durch die Schwärze zu graben, immer weiter schälte sich der Gang weiter aus der Finsternis, doch es gab seine Hoffnung nicht auf, seine Gedanken waren vom Licht besessen und besetzt. Plötzlich verschwand die flackernde Flamme wieder, verstört und in fast völliger Dunkelheit hielt es inne. Nun, da der unstete Schein nicht mehr zu sehen war, kehrte der Durst zurück.

Von Zweifeln und Furcht erfüllt schlich es geduckt und mit weit aufgerissenen Augen weiter, versuchte keinen Laut von sich zu geben, denn der Widerhall seines Atems und seiner Schritte breitete sich unheimlich und verzerrt in dieser ganzen finsteren Welt aus. Nach wenigen Augenblicken erschien eine Weggabelung. Drei neue Gänge lagen vor ihm, einer bog nach rechts, der andere nach links, der dritte folgte derselben Richtung wie der alte Weg. Es versuchte seine Furcht zu lindern, doch es gelang nicht. Die neuen Pfade schienen ihm noch finsterer und bedrohlicher. Doch es wollte nicht zurück, wollte die Kammer mit dem hölzernen Gefängnis nie mehr sehen, wo alles begonnen hatte.

Ohne weiter darüber nachzudenken wählte es einen Gang. Es horchte angestrengt in die Finsternis, doch es herrschte Totenstille. Die Dunkelheit war beinahe so vollkommen wie die Ruhe, die schwarzen Wände schienen mit ihr zu verschmelzen und ein einziges, gewaltiges Ding zu werden. Sein Herz begann heftiger zu schlagen, das einzige, was in sein Ohr drang war das Rauschen des eigenen Blutes und das unruhige Atmen, seine Augen waren weit aufgerissen, obwohl es dennoch nur Schwärze vor sich erkennen konnte. Plötzlich stieß es vor sich auf Stein. Erschrocken blieb es stehen und tastete vor sich die Mauer ab. War der Weg hier zuende? Sein Herz hämmerte schmerzvoll und laut, Schweiß benetzte seine bleiche Haut. Es folgte der Wand langsam und vorsichtig einige Schritte nach links, immer nach den Felsbrocken tastend, um die Orientierung nicht zu verlieren. Da faßten seine Hände ins Nichts. Verwundert suchte es mit seinen Fingern eine feste Oberfläche, doch es fand keine. Unsicher wandte es sich um, um in den Gang zurückzukehren, aus dem es gekommen war, doch hinter ihm war nun auch harter, ewiger Fels. Ohne Orientierung und völlig verloren und verstört in der Finsternis lief es einfach los, weiter in die Dunkelheit hinein. Das Geräusch seiner Tritte klang laut und hallend in seinen Ohren, doch sein rasender Atem übertönte alles.

Lange lief es so, verzweifelt und verängstigt, immer tiefer, wünschte sich hinter jeder Biegung das Licht herbei, doch es blieb verschwunden. Irgendwann war sein Körper erschöpft. Langsam und müde, doch immer noch ganz erfüllt von Furcht, legte es sich zitternd auf den Boden. Ihm wurde schwindelig, als es dalag war es, als bewegte es sich zusammen mit dem Boden, dem Gang, der ganzen Welt. Schlagartig überkam es starke Übelkeit, es bäumte sich auf, keuchte, erbrach sich auf schwarzes Gestein. Dann schlief es ein.

*Tiefschwarze Dunkelheit lag in der Luft, so dicht wie Blindheit. Es lief durch endlose Gänge, irgendwo vor ihm war ein Schatten, unsichtbar, doch es wusste, dass er da war. Es suchte ihn, Es jagte ihn, doch obwohl es der Jäger war, fürchtete es sich. Die Jagd war endlos, es sah die Bewegungen des Schattens nicht, roch seinen Schweiß nicht, hörte seine Schritte nicht, doch dennoch war er da, ungreifbar, verschmolzen mit der Schwärze, überall und nirgends, es war gleichgültig, nie würde er erlegt, doch es gab nicht auf, jagte weiter durch die vollkommene Dunkelheit, immer weiter, immer schneller ...*

Es schlug die Augen auf. Nichts hatte sich verändert, doch dies ließ seine Furcht nur weiter erstarken. Hastig erhob es sich, sah sich vergebens in alle Richtungen um, und ging weiter, endlose, beengende Pfade entlang, sich bei jeder Weggabelung quälend, welchen Gang es begehen sollte, die einzigen Geräusche die Laute des eigenen Leibes, der einzige treue Gefährte die schleichende Furcht. Ewigkeiten dauerte es an, wiederholte sich endlos, jeder Pfad schien es bereits einmal begangen zu haben, jede Entscheidung war so schwierig und quälend wie die vorherige. Es gab nichts, woran es sich hätte orientieren können, keinen Anhaltspunkt, wessen es sich hätte erinnern können, keine Heimat, zu der es hätte zurückkehren können. Beinahe wünschte es sich jetzt, wieder in seiner Geburtskammer zu sein, doch hatte sie den Weg zurück verloren.
Wieder ließ es sich zu Boden sinken, dieses Mal nicht von Erschöpfung, sondern von Verzweiflung bezwungen. Eine tiefe Hoffnungslosigkeit breitete sich in ihm aus, mit dem Rücken gegen die Wand und mit gesenktem Kopf starrte es in die Dunkelheit, die es nicht verstand, einsam, nur von totenstiller Kälte und leerer Finsternis umgeben.
Wieso war es hier? Wer hatte es hierher gebracht? Wieso gab es hier nur diese ewige Schwärze und Kälte, dieser endlose Irrgarten? War dies alles, was es hier gab? War es alleine oder teilten auch andere sein Schicksal? Es war erfüllt von Sehnsüchten und Fragen, doch diese Welt schien weder seine Wünsche noch seine Neugier stillen zu können. Es weinte, die

Tränen fielen kühl auf seine ausgestreckten Beine und zersprangen auf der glatten, weißen Haut.

Einige Zeit verging, bis es sich beruhigt hatte. Mit brennenden Augen wollte es sich erheben, doch erstarrte es inmitten der Bewegung. Durch einen Schleier aus Tränen hindurch sah es ein Licht, ganz nah und unbewegt. Mit hämmerndem Herzen lief es los. Nach wenigen Schritten hatte es das offene Tor in der Mauer erreicht, aus dem das helle Licht fiel. Geblendet wich es zurück und hob seine Arme schützend vor die Augen. Vorsichtig und mit tränenden Augen spähte es durch das Tor. Es war ein kleines Zimmer, in seiner Mitte stand neben einem hölzernen Stuhl ein kleiner Tisch. Auf ihm stand eine brennende Kerze, deren Schein weiß und hell die Kammer aus der Dunkelheit hob. Rund um den Tisch lagen hoch aufgetürmt Bücher, Folianten und Schriftrollen, Unzählige, scheinbar ohne Ordnung im Raum verstreut.

Es starrte die ruhige Flamme auf der Kerze an. Es war nicht das Licht, dass es gesucht hatte, doch nun war es sich nicht mehr sicher, ob es dieses überhaupt jemals gegeben hatte. Misstrauisch betrat es die Kammer, den Blick auf die Schriftstücke gerichtet, die überall herumlagen. Es beugte sich hinab und nahm ein schweres, dickes Buch in die Hände, von dem der Staub herunterrieselte, als es hochgehoben wurde. Mit zitternden Fingern schlug es das Buch auf. Die Seite enthielt ein Bild. Es zeigte etwas, das es noch nie gesehen hatte: einen hohen Baum mit dicken Wurzeln und einem grauen Stamm. Auf einem seiner Äste saß ein Vogel.

Überwältigt starrte es lange auf das Bild, ohne seinen Blick abzuwenden. Irgendwann blätterte es eine Seite um. Wieder ein Bild. Sowie auch auf der nächsten. Erstaunt sah es das ganze Buch durch. Jede der unzähligen Seiten war bemalt und zeigte Dinge, die es noch nie erblickt hatte. Es ließ das Buch fallen und öffnete ein weiteres. Auch hier war jede einzelne Seite bemalt. Zitternd sah es sich noch viele andere Schriftrollen und Bücher an, auf jedem Stück Pergament war es dasselbe. Ihm

schwindelte. Schwitzend, voller Furcht und Neugier, suchte es eines der schwersten Bücher, trug es zum Tisch in der Mitte des Raumes, setzte sich auf den Stuhl und schlug die erste Seite auf. Es sah den dunklen Nachthimmel, bedeckt mit Sternen und dem weißen Mond, darunter lag ein kleines Haus im bleichen Licht auf einer weiten, grasbewachsenen Ebene. In der Nähe stand ein Wald mit Bäumen. Das nächste Bild zeigte dieselbe Hütte, doch bei Tage, Wolken bedeckten den Himmel, und die Sonne stand hoch und blendend über allem. Ein Mensch stand vor der Hütte und sprach mit einem anderen, in den Händen hielt er die Zügel des Pferdes, das gerade mit den Hufen im Dreck scharrte. Nun, beim Licht des Mittags, konnte sie auch den kleinen See erkennen, der nicht weit weg vom Haus entfernt lag. Auf der nächsten Seite sah sie das Innere des Hauses und ein Fenster, durch das man die Wiesen, Bäume und den Himmel erblicken konnte. Jedes einzelne Bild sah es sich an, fasziniert und gebannt. Dasjenige, das es sich am längsten ansah und welches sie am stärksten in den Bann zog und berührte, zeigte einen Menschen, der über den See gebeugt stand und sein eigenes Gesicht im ruhigen Wasser betrachtete. Der Durst erwachte wieder, quälend und fordernd.
Was sind diese Bilder?, fragte es sich im Innersten bewegt. Sind es Erinnerungen? Oder sind es nur Träume und Vorstellungen einer schöneren Welt? Wer hat alle diese Seiten gefüllt?
Es betrachtete die unzähligen, aufgetürmten Bücher verwirrt, doch es fand keine Antwort, und die Fragen peinigten es und ließen es nicht ruhen. Lange dachte es nach, doch irgendwann wurde es doch durch die Müdigkeit besiegt und schlief ein.

*Es war noch immer in der Kammer der Bilder, doch etwas hatte sich verändert. Schattenhafte Gestalten wanderten zwischen den Bergen von Büchern, schlugen immer wieder Bücher mit weißen, durchscheinenden Händen auf, schauten sich die Bilder an und lachten oder weinten dabei. Manche dieser weißen Schatten brachten auch neue Bücher voller Bilder und legten sie auf die älteren.*
*Es wollte die Gesichter derer sehen, die ganz in seiner Nähe standen, doch*

*sobald es seinen Blick auf die unheimlichen, geisterhaften Umrisse lenkte, schienen sie ihre Form zu verlieren und verschmolzen mit dem hellen Licht der Kerze. Es versuchte es immer wieder, doch es gelang ihm nie.*

Als es erwachte, hatte es Mühe, Traum und Wahrheit zu trennen. Unsicher blickte es sich um und fragte sich, was tatsächlich geschehen war, doch es fand bloß unsichere Antworten. Traurig und voller Sehnsucht erhob es sich vom Stuhl und starrte auf die schwarzen Wände. Was lag dahinter? Das ewige Nichts, oder die Bilder, die es in den Büchern erblickt hatte? Doch es schien keine Rolle zu spielen, wie konnte es diesem Gefängnis denn schon entfliehen?
Es verließ die Kammer, wanderte endlos durch die finsteren Gänge und versuchte die Erinnerungen an eine andere Welt zu vergessen, doch es gelang nicht. Es verzweifelte an seinen Fragen, auf die es keine Antwort gab, kratzte an den schwarzen Felsen, in der Hoffnung, die Wand würde brechen und einen Weg freigeben. Doch nichts änderte sich, alles befand sich in endloser Wiederholung, und die Kammer der Bücher fand es nie wieder.
In wahnsinnigem Zorn zerfetzte es sich selbst die Innenseiten seiner Hände. Der Durst raste in seinem Körper, verlangte nach Linderung. Mit dem Blut, in der Schwärze fast ebenso schwarz wie die Dunkelheit selbst, begann es ein Fenster an die dunkle Wand zu malen, und innerhalb dieses Fensters formte das Blut Bäume, Wiesen, Seen und den Himmel. Als es fertig war, sank es zu erschöpft und schwach zu Boden. Der rote Lebenssaft sprudelte noch immer aus den zerfleischten Händen, es fühlte, wie alle Kraft aus ihm wich und sein Blick langsam verschwamm. Sehnsüchtig und mit vor Trauer und Schmerz verzerrtem Gesicht starrte es zu seinem Fenster empor, das es kaum mehr erkennen konnte. Es starb und als seine Augen erloschen, begannen die Felsbrocken zu beben, die Mauer zerfiel zu Staub und diese gesamte finstere Welt stürzte in sich zusammen. Doch konnte es nicht mehr sehen, was hinter seinem Gefängnis lag, noch hatte es im Augenblick seines Todes gewusst, ob es bald

wieder in einem Sarg erwachen sollte, ob seine Seele in der Kammer der Bücher Bilder einer fremden Welt malen würde, in ewiger Sehnsucht oder ob alles nur ein böser Traum gewesen war.

# Angela Redeker

## Hilfe fürs Feenreich

Es war noch nicht Morgen, noch hatte die Dunkelheit leichtes Spiel gegen die verschlafenen Lichtstrahlen der Sonne, die sich ein ums andere Mal in ihrem Wolkenbett auf die andere Seite drehte, ehe sie aufstand.
Sarfina, die kleine Waldfee, liebte diese Momente, wenn zarter Nebel sich lautlos vom Boden erhob und es schien, als würde er die Nacht mit in eine andere Welt nehmen. Dies war die Zeit, in der die meisten Menschen noch schliefen.
Sie wusste, es waren nur noch ein paar Augenblicke, bis jener Zauber ihrer Königin, wie eine kleine Lichtwelle über den Wald flutete, der sie und ihre Schwestern für das menschliche Auge unsichtbar machte. Die kleine Fee spürte dieses Prickeln in sich, genoss ihren heimlichen Ungehorsam, diese winzigen Momente der Gefahr vor Entdeckung, wenn sie sich jetzt schon auf die Lichtung wagte, um die Nebel mit einem Tanz zu begleiten. Einer Feder gleich schwebte sie auf die Wiese, verbeugte sich galant vor den Sonnenstrahlen, hüpfte durch die Gräser, drehte Luftpirouetten, die ihre Kleider so stark wirbeln ließen, dass die kleinen Tautropfen, der Gräser sich mit bewegten und sie, wie zarte Regenbögen umgaben, ach, welch herrliches Gefühl von Freiheit. Sie kicherte fröhlich und sprang erneut in Erwartung der Lichtwelle, doch nichts geschah. Hatte sie den Moment verpasst? Ihre Augen genau in jener Sekunde geschlossen gehalten? Sarfina war verwirrt, es hätte geschehen müssen, wie jeden Morgen, sie hatte schon viel länger getanzt als sonst.

„Nun heul doch nicht Junge, das hast du prima gemacht!"
Erschocken ließ die Waldfee sich auf den Boden nieder, spähte vorsichtig durch die Gräser, um zu sehen von wo die unbekannte Stimme kam. Nicht weit von ihr entfernt trat ein Menschenwesen auf die Lichtung, gefolgt von einem kleinen

Jungen, der den Kopf gesenkt hielt und sich mit dem Ärmel immer wieder über das Gesicht strich. Beide trugen die merkwürdigen Bögen um ihre Schultern, vor denen die Königin ihr Volk stets gewarnt hat. Nun schlich sich doch Angst in ihr kleines Herz, das mit einem Mal ganz stark in ihr klopfte.

„Wirst schon sehen, beim nächsten Mal triffst du auch, wichtig ist nur du hast den Pfeil abgeschossen."

Er hat einen Pfeil abgeschossen, durchfuhr es die kleine Waldfee, während sie zitternd erkannte, dass der Mensch dies mit Stolz aussprach.

„Aber ich wollte gar nicht", entgegnete der Junge mit einer Stimme, die sich anhörte, wie das Wasser des Baches, wenn es gegen einen zu großen Stein fließt.

„Natürlich wolltest du", polterte der große Mann los, drehte sich zu dem Jungen um, packte ihn an den Armen und schüttelte ihn leicht hin und her, „erzähle ja nichts anderes, wenn wir daheim sind, hörst du?" Der Junge nickte und Sarfina sah Tautropfen auf seinem Gesicht glänzen, doch dann erinnerte sie sich daran, dass eine der älteren Waldfeen ihr einmal erzählte, dass dies Tränen seien.

Dies alles verwirrte sie, da war ein kleiner Mensch, der den Pfeil nicht abschießen wollte und deshalb weinte? Sie hatte bisher immer geglaubt es würde allen Menschen Spaß machen.

Der große Mann zog ein Tuch aus seiner Tasche, kniete sich zu dem Jungen und wischte ihm damit übers Gesicht.

„Du willst doch, dass ich stolz auf dich bin, oder?"

Seine Stimme hatte einen anderen Ton angenommen, sie klang weich, aber irgendwie auch fordernd. Der Junge nickte, während er zitternd die Luft einzog.

„Gut, dann komm jetzt, wir wollen allen die gute Neuigkeit erzählen."

„Nein, ich will erst den Pfeil holen, den wollen die anderen bestimmt sehen", widersprach der Junge, dann beugte er sich leicht vor, hielt eine Hand vor die Ohrmuschel des Mannes und flüsterte ihm etwas zu, während er genau in Sarfinas Richtung blickte.

Ein merkwürdiges Geräusch zischte über Sarfinas Kopf und plötzlich war es dunkel. Etwas lag auf ihr, es war weich und hatte einen eigentümlichen Geruch.
„Keine Angst!"
Wer flüsterte da? Zu wem gehörte diese Stimme und meinte sie Sarfina? Die kleine Waldfee drückte sich ganz dicht an den Boden, schloss die Augen, ihr Herz klopfte so stark gegen ihre Brust, dass die kaum atmen konnte, sie glaubte, es wolle aus ihr heraus und fortlaufen, um dies zu verhindern, presste sie ihre Lippen fest aufeinander und schluckte ein paar Mal. Sie konzentrierte sich wieder auf die Stimmen.
„So dann lauf jetzt erstmal und suche deinen Pfeil, ist eine ganz gute Idee, denke ich."
Das war die Stimme des großen Mannes, die plötzlich wieder erklang.
„He Cassandra, ich werde deiner Mutter sagen, dass du dich morgens auf der Wiese herumtreibst, ich habe dich gesehen, auch wenn du im Gras hockst."
Nicht weit von Sarfina entfernt raschelte es, als ob sich jemand erhob.
„Sie weiß, dass ich hier bin."
Dies war die Stimme von vorhin. Wo bin ich da nur hineingeraten, fragte Sarfina sich und wünschte sie wäre gehorsamer gewesen.
Plötzlich lichtete sich das Dunkel wieder, die Sonnenstrahlen blendeten die Waldfee, schützend hielt sie ihre Hände vors Gesicht.
„Keine Angst, ich tue dir nichts."
Ganz weich, als hauchte der Wind die Worte in die Sonnenstrahlen, um sie zu Sarfina zu tragen, vernahm die kleine Fee die Erklärung. Sie blickte in grüne Augen eines hellen Mädchengesichtes, das von kleinen Löckchen umgeben war.
„Ich bin Cassandra, verzeih, dass ich meine Jacke über dich warf, aber er sollte dich nicht sehen ..."

„Du kannst mich sehen?", unterbrach Sarfina sie, die Frage klang erstaunt aber auch ängstlich.

„Ja, und das ist komisch", meinte Cassandra, zog ihre Jacke nun ganz fort, „ich hab dich die letzten zwei Tage beobachtet ..."
Als sie den erschrockenen Blick Sarfinas sah, setzte sie erklärend hinzu, „von da drüben", und wies mit der Hand in Richtung Waldrand. Sarfinas Blick folgte ihrem Finger und ein eiskalter Schauer lief ihr über den Rücken, denn sie hatte Cassandra nie bemerkt.

„Aber ich konnte dich immer nur für ein paar Momente sehen, irgendetwas geschah und dann warst du weg, es sah aus als würde etwas das Licht anstupsen, doch heute war es ganz merkwürdig, so als ob das Licht wegzuckte."
Es ist also wirklich nicht passiert, wirbelten die Worte durch den Kopf der Fee, irgendetwas hat den Zauber der Königin gestoppt, irgendetwas oder irgendjemand ...

„Oh nein!", entschlüpfte es plötzlich ihrem Mund, sie stand auf und lief ein paar Schritte.

„Was? Was ist oh nein?", fragte Cassandra aufgeregt. Sarfina drehte sich zu ihr um.

„Der Junge, der Junge von vorhin ..."

„Ach, das ist nur Walt, vor dem brauchst du keine Angst haben", versuchte das Mädchen sie zu beruhigen.

„Er hat den Pfeil abgeschossen", noch während sie dies aussprach machten ihre Gedanken sich selbstständig und ein grausames Bild entstand vor ihrem inneren Auge.

„Aber sein Vater sagte er hätte nichts getroffen ..."

„Er konnte sie nicht sehen, verstehst du denn nicht?"

„Nein", gab Cassandra zu.

„Unsere Königin ... wenn sie ihre Flügel ausbreitet legt sie einen Zauber über das Licht und ihr Menschen könnt weder sie, noch uns sehen, sie ist es, die das Licht anstupst, er muss sie getroffen haben." Voll Entsetzen kamen die letzen Silben über die nun blassen Lippen der Waldfee.

„Dann braucht sie Hilfe. Komm wir folgen Walt, er wird uns den Weg zeigen", mit diesen Worten ergriff sie Sarfinas Hand

und lief los. Es dauert nicht lange, da hatten sie den Jungen eingeholt, plötzlich zog Sarfina das Mädchen hinunter ins Gras.
„Da", hauchte sie.
„Was?" wollte Cassandra wissen.
„Siehst du die raschelnden Blätter dort drüben?"
Neugierig folgte sie ihrem Blick und nickte dann.
„Da sind meine Schwestern."
„Verdammt er läuft direkt auf sie zu, sie müssen sich verstecken." Cassandras Stimme klang fast bittend und ratlos sah sie Sarfina an, doch die schüttelte leicht den Kopf.
„Dann lenke ich ihn ab!"
Entschlossen trat Cassandra aus dem Gras und rief, „He, Walt, was suchst du?" Der Junge drehte sich um.
„Ach du bist es Cass", er schien erleichtert zu sein.
„Gar nichts, ich hab das nur so zu Papa gesagt, damit ich nicht gleich nach Hause muss, er will nur mit mir angeben", fügte er hinzu und es erschien Sarfina, als wären die Worte von Enttäuschung getragen, was sie wunderte, aber irgendwie war sie sich sicher, dass sie die Menschen nie verstehen würde.
„Du hast es also tatsächlich getan?"
Sprudelte es aus Cassandras Mund, als könne sie es nicht glauben.
„Eigentlich nicht", erklärte Walt.
„Nicht?"
Er zuckte die Schultern und sprach mit tonloser Stimme weiter.
„Naja, Papa sah das Reh und ich sollte zielen, ich wollte nicht, aber du kennst doch Papa", er sah sie mit großen Augen an, verstehend. aber traurig nickte sie.
„Ich hab dann einfach irgendwo hingezielt, das Reh sprang fort, aber der Pfeil, der schwebte für einen Moment in der Luft, das war komisch."
„Was hat dein Vater dazu gesagt", wollte sie wissen.
„Nichts, ich glaube er hat es nicht mal gesehen, er war nur begeistert, dass ich geschossen hab", erklärte er mit einer so zarten Stimme, wie das erste Morgenlicht, während Cassandra

erleichtert die Augen schloss. Er weiß es nicht, dachte sie und ihr Herz hüpfte vor Freude, ebenso wie das von Sarfina.
„Lass uns zum Bach laufen!", schlug sie vor, „den doofen Pfeil findest du sowieso nicht."
Freudig stimmte Walt zu, Hand in Hand liefen die Beiden durchs Gras, Sarfina verbeugte sich dankend, als sie an ihr vorbei liefen. Dann eilte sie zu der Stelle, an der sie ihre Königin vermutete. Ihre Schwestern sahen sich um, machten ihr freiwillig Platz und da sah sie die Königin. Ihre starke so wunderschöne Königin, sie lag im Gras, den einen Flügel geöffnet, der andere hing schlaff an ihr herunter, in ihrer Schulter steckte der Pfeil. Sie zitterte leicht, den Flügel offen zu halten schien sie sehr anzustrengen. Sarfina fühlte die Hand ihrer Schwester auf ihrem Rücken.
„Wird sie sterben?"
Wie ein Peitschenhieb knallte jeder Buchstabe in die Runde, befreite die Feen von ihrer Starre.
„Nein", hauchte Sarfina spontan, sich wohl bewusst, dass die Antwort nur ein Wunsch war.
„Den einen Flügel kann sie offen halten, doch es strengt sie sehr an, wir müssen alle in unsere Häuser zurück und sie in den Palast bringen, damit sie sich ausruhen kann", erklärte eine der Älteren.
„Los kleine Feen, schickt eure Freunde, die Libellen, Schmetterlinge und Mücken aus, es allen zu sagen", kam die Anweisung der Feenlehrerin, die Sarfina im letzten Jahr unterrichtet hatte. Gehorsam riefen die Feen lautlos, allein durch ihre Gedanken, ihre Freunde herbei und eilten dann nach Hause. Sarfina blickte über ihre Schulter zurück und sah, wie die Älteren die Stelle, an der die Königin gelegen hatte, unkenntlich machten und dabei blutbefleckte Blätter einsteckten, große Angst machte sich in ihrem Herzen breit.
Sie schlich sich in den Palast, in dem ihre Mutter arbeitete. Jeder kannte sie dort. Da sie ihre Mutter oft bei der Arbeit besuchte, nahm kaum jemand von ihr Notiz. Sie erfuhr aus den Gesprächen der Diener, die sie belauschte, dass die Königin ein Reh beschützen wollte, doch genau in dem Moment, als sie ihre Flügel ausbreitete, verzog der Schütze den Bogen, schoss in ihre

Richtung und traf sie. Dass dieses Walt war, wusste niemand, auch nicht, dass er ja gar nicht schießen und schon gar nicht jemanden treffen wollte. Sarfina wollte es allen erzählen, hüpfte zwischen den Dienern hin und her, zupfte an ihren Ärmeln, doch die anderen sprachen weiter. Der Blutverlust der Königin sei sehr hoch, alles was sie retten könnte wäre ein Bad im See der Ahnen. Von dem See der Ahnen hatte die kleine Waldfee schon viele Geschichten gehört, er lag ganz hoch oben in den Bergen, dort liegen alle Königinnen im ewigen Schlaf und sind Hüter der Zauberkräfte. Der Weg sei weit und die Königin zu schwach, um ihn allein zu gehen, außerdem benötige man ein Haar des Schützen, doch niemand wüsste, wer er war.

„Ich weiß, wer er ist", rief Sarfina so laut sie konnte.
Die nun herrschende Stille legte sich bedrückend auf Sarfinas Herz und die neugierig auf sie gerichteten Augenpaare machten ihr ein wenig Angst, sodass sie den Blick senkte, „und ich kenne jemanden, der weiß wo er wohnt", fügte sie kleinlaut hinzu.
„Sarfina, was sagst du da? Das ist kein Scherz."
„Aber ich weiß wirklich wer er ist!"
Tränen begleiteten ihre Worte, sie musste ihren Ungehorsam zugeben und so erzählte sie von ihrem Erlebnis und ihrer Begegnung mit Cassandra, die Walt kannte. Nachdem sie geendet hatte, fühlte sie Verwirrung aber auch Erleichterung in sich und in den anderen.
„Wir müssen los und den Jungen suchen", vernahm sie immer wieder aus dem Gemurmel.
„Ich werde gehen", verkündet die kleine Fee sicher, und als sich diesmal alle zu ihr drehten, hatte sie keine Angst, „ich werde Cassandra an ihrem Geruch erkennen und sie wird mir helfen."
Zu ihrer großen Überraschung versuchte niemand sie von ihrem Vorhaben abzubringen, sie fühlte Hände, die über ihren Kopf strichen, sah nie zuvor erkannte, verzweifelte Hilflosigkeit in den Augen der Älteren. Ihre Feenlehrerin aus dem letzten Jahr kam zu ihr, legte ihr die Hände auf die Schultern.
„Denk daran, Sarfina, dass du nicht unsichtbar bist, du musst sehr vorsichtig sein, im Grün der Wälder findest du Schutz, doch

im Dorf der Menschen bist du allein auf deine Schnelligkeit angewiesen.".
Sarfina nickte, in ihrem Hals steckte ein Tränenklos, der jedem Wort den Weg versperrte.
 „Unsere Gedanken begleiten dich, möge deine Suche erfolgreich sein."
Mit diesen Worten umarmte die Lehrerin ihren Schützling noch einmal, ehe sie ging.

Sarfina war auf ihrer Suche nach Cassandra am Dorfrand angekommen, sie zitterte, atmete ein paar Mal tief ein und aus, schloss die Augen und konzentrierte sich auf ihren Geruchssinn, filterte gedanklich die ankommenden Gerüche, wie den wild wachsenden Klee, die Hinterlassenschaft eines Hundes und die vielen unbekannten Gerüche heraus, bis sie ganz schwach den Geruch Cassandras ortete, dann öffnete sie die Augen und lief los, immer darauf bedacht irgendwo Schutz zu finden, hinter einer Mauer, einer Tonne oder einem Zaun. Der Geruch wurde intensiver, plötzlich vernahm sie Stimmen, ein Lachen und irgendwo bellte ein Hund.
 „Cass, du bist zauberhaft, verliere niemals den Kontakt zu ihnen, lass sie immer in deinem Herzen wohnen."
 „Ach Lukas, lass dass, ermuntere sie nicht auch noch, sie träumt so oder so viel zu viel in den Tag." Die Stimme schien ärgerlich, aber nicht zornig.
 „Das war kein Traum."
Das war Cassandra, die da sprach, erleichtert sie gefunden zu haben atmete Sarfina aus, spürte nun, wie sehr der lange schnelle Lauf sie angestrengt hatte. Sie rutschte an der Mauer, hinter der sie sich versteckt hatte, hinunter, schloss für ein paar Sekunden die Augen.
 „Aber Lukas, es stimmt und ich glaube sie brauchen unsere Hilfe. Kannst du nicht helfen? Ich meine du warst früher immer im Wald ... und sie ist verletzt ..."
Erzählt sie etwa von ihrer Königin? Was würde der andere sagen, würde auch er seinen Bogen nehmen und schießen, ihre

Königin als Trophäe haben wollen, ängstlich hüpften diese Gedanken unkontrolliert durch Sarfinas Kopf.
„He Kleines nicht weinen, natürlich helfe ich, meinetwegen können wir nachher in den Wald gehen und sie suchen." Ganz sanft und vertrauensvoll klang diese Stimme, sie schien Cassandra zu beruhigen, denn ihr eben noch so schnell ausgestoßener Atem normalisierte sich wieder. Er wollte helfen, nicht zerstören. Deshalb nahm Sarfina all ihren Mut zusammen und trat aus ihrem Versteck hervor. „Nachher wird es zu spät sein!" Cassandra drehte sich zu ihr um, und lächelte, kam auf sie zugelaufen. Lukas öffnete erstaunt den Mund, plinkerte ein paar Mal mit den Augen, als könne er nicht glauben was er da sah, doch dann kam auch er näher. Der Schatten seines großen Körpers fiel auf Sarfina und ihr Herz klopfte schon wieder so stark, als wolle es reißaus nehmen, aber dann kniete er sich zu ihr hinunter, streckte seine Hand aus.
„Ich bin Lukas, Cassandras Bruder, ihr braucht Hilfe?" Mit diesen Worten legte er den schweren Mantel des Erwachsenwerdens ab, schlüpfte zurück in seine, einst auf Drängen der sogenannten Gesellschaft, verlassenen Kinderwelt. Sarfina sah den Wandel, fühlte wie Cassandra ihre Hand festhielt und fasste Vertrauen. In schnellen kurzen Sätzen berichtete sie von den Geschehnissen, hin und wieder nickte Lukas als Bestätigung über einiges, dass er schon von den Erzählungen seiner Schwester wusste.
„Da oben in den Bergen gibt es keinen See, ich war schon oft dort und kenne mich aus", widersprach er. Sarfina lächelte ihn an und ihre Gedanken zauberten ihm eine Erinnerung zurück, als er sich als kleiner Junge einst oben in den Bergen verlaufen hatte und plötzlich den Geruch von Wasser vernahm, er konnte kein Wasser finden, aber sein Durst, der ihn bis dahin gequält hatte, war gelöscht, er hatte damals das Gefühl nicht allein zu sein. Verstehend und dankbar nickte er ihr zu.
Schnell besprachen sie ihren Plan, Cassandra besorgte das Haar des Schützen, das sei kein Problem, denn in Walts Haus wurde gefeiert, da fiel es nicht auf, wenn sie sich unter die Gäste

mischte und Lukas brachte Sarfina, versteckt in einem Rucksack, sicher aus dem Dorf.
Während sie auf der Wiese, auf der sie heute Morgen getanzt hatte, auf Cassandra warten, erzählte Sarfina von ihrer Königin, von ihrer Macht Lebewesen zu beschützen. Endlich kam Cassandra, nickte freudig auf die Frage, ob sie das Haar hätte, öffnete behutsam ihre Faust und reichte ihre Beute an Sarfina weiter, die diese sicher in ihrem Bauchbeutel verwahrte. Dann machten sich die Drei auf den Weg.
Am Palast angekommen, erkannte Sarfina Enttäuschung auf Lukas Gesicht.
Dies ist eine Höhle, die Öffnung ist zu klein, da komme ich nicht durch, konnte sie seine Gedanken hören, bewegte ihre Hand durch die Luft, und wie von selbst vergrößerte sich der Eingang, sodass auch Lukas hindurchpasste. Die anderen Waldfeen erwarteten sie, flüsterten untereinander, sodass es sich wie das Summen eines Bienenschwarms anhörte, das plötzlich verstummte. Eine der älteren Feen kam auf sie zu, nahm Sarfina bei der Hand und führte sie in die Gemächer der Königin. Stille lag auf diesem Raum und ein Hauch von Ewigkeit, es schien der Atem des Windes zu sein, der die Vorhänge beiseiteschob und den Blick auf die Königin frei gab.
Die kleine Waldfee trat an ihre Lagerstätte, holte das Haar hervor und legte es behutsam auf die Wunde der Königin.
Sie wirkte zerbrechlich, eine Blässe wie von kostbarem Porzellan überzog ihr Gesicht. Als sie den Kopf zu ihr wand, flatterten ihre Lider, wie ein ungeduldiger Schmetterling, ehe sie geöffnet wurden.
„Danke, Sarfina!", hauchte die Königin.
 Das Herz der kleinen Waldfee schien Achterbahn zu fahren, sie war so glücklich und stolz, dass die Königin ihren Namen kannte, und so voller Angst und Entsetzen über ihren Zustand. Hilfe suchend sah sie zu Lukas, zu dem Retter, den sie ihr gebracht hatte.
„Sie ist so klein!"
Voll Erstaunen kamen diese Worte über seine Lippen.

„Man kann sich kaum vorstellen, dass sie solche Macht besitzt."
„Baut ihr eure Häuser deshalb so groß, weil Größe in euren Augen gleich Macht bedeutet?"
Es war eine Frage doch Sarfinas Tonfall verriet, dass sie insgeheim über ihre soeben gewonnene Erkenntnis spöttisch lächelte.
„Vermutlich hast du damit sogar recht", pflichtet er ihr bei.
Die Augen der Königin wanderten zu Lukas, einer ihrer Diener beugte sich zu ihr hinunter, flüsterte, drehte sich dann um und gebot ihm näher zu kommen.
„Wie heißt sie?", wollte Lukas von Sarfina wissen, doch diese sah ihn verständnislos an, ehe sie antwortete „Königin", mit einem Stimmenklang, der keinen Zweifel darüber ließ, dass sie ihn für sehr unwissend hielt. Lukas trat vor, beugte sich vorsichtig zu ihr und flüsterte sanft, als hätte er Angst allein die Lautstärke seiner Stimme könnte sie zerbrechen.
„Königliche Hoheit, ich bin Lukas, Sarfina sagte Ihr seid schwer verletzt", er schluckte, „und wie ich sehe, hat sie Recht."
Seine Stimme zitterte und er räusperte sich ein wenig. „Sie sagt Ihr müsst zu dem See Eurer Ahnen, hoch in den Bergen, damit Ihr wieder gesund werdet. Ich weiß nicht, wie weit es bis dahin ist, aber ich glaube wir haben nicht mehr viel Zeit, deswegen werde ich Euch tragen, ich werde versuchen Euch so stabil wie möglich zu halten, damit Ihr keine Schmerzen habt."
Für einen Moment erschien in den Augen der Königin ein warmer weicher Glanz. Ganz behutsam schob Lukas seine Arme unter den königlichen Körper, sich seiner wertvollen Fracht bewusst, erhob er sich beinah majestätisch und gebot den Dienern mit einem Kopfzeichen ihm den Weg zu weisen.
Der Weg war lang und beschwerlich, ab und zu hörte Lukas die Königin stöhnen, dann wieder war sie still und so blass, dass er glaubte, sie würde sich in seinen Armen auflösen. Er trieb den Waldläufer zu Eile an, spürte nicht die kleinen Wunden, die Sträucher in seinem Gesicht hinterließen, ignorierte den Schmerz in seinen Armen, in seinem Herzen war nur noch ein Gedanke; dieses Lebewesen zu retten. Nur zögerlich legte die Dämmerung

sich über den Wald, als ob das Licht sich dem Kampf gegen die Dunkelheit mit aller Macht stellte, um zu helfen.
Und doch kam der Moment, da die Nacht siegte, Lukas konnte den Waldläufer nicht mehr sehen, er versuchte sich an den Geräuschen zu orientieren, doch er merkte, dass der Versuch vergeblich war, Tränen liefen über seine Wange und die Worte: „Bitte lieber Gott, hilf!", tanzten auf seinen Lippen. Plötzlich blitzte es am Himmelszelt.

„Schaut die Sterne!", hörte er Cassandra hinter sich sagen. Dass seine kleine Schwester sich mit auf den Weg gemacht hatte war ihm völlig entgangen, für einen kurzen Augenblick schloss er dankbar die Augen. Und dann waren sie da, er konnte das Wasser riechen, ehe er die vielen kleinen Sterne auf der Oberfläche des Sees glitzern sah. Langsam schritt er hinaus, immer tiefer in den See, bis der Körper der Königin vom Wasser bedeckt war, sie wurde ganz leicht in seinen Armen, doch sie rührte sich nicht, nicht einmal ihre Lider zuckten ob der Kälte des Wassers.

„Es ist zu spät", hörte er seine Stimme, es schien als tropften die Sterne vom Himmel, als seine Tränen in den See fielen.
„Gib ihr ein wenig Zeit", hauchte Sarfina ihre Gedanken in sein Herz, er drehte sich zu der Waldfee um, die am Rand des Sees stand. Plötzlich bewegte das Wasser sich, viele kleine Wellen wie Hände kamen auf ihn zu, griffen nach der Königin, nahmen sie mit in die Tiefe des Sees.
„Die Hüterinnen der Zauberkräfte", flüsterte er und blickte hoffnungsvoll hinterher.
Auf einmal war der See vom weißen Licht erfüllt, so als ob auch der Mond hier sein Bett hätte und nun aufstand, brodelte es.
Ihm war, als hörte er eine leise Melodie, ein weicher Wind strich über seine Wangen, das Wasser beruhigte sich wieder und dann sah er sie, strahlend und lächelnd schwebte sie ihm entgegen. Sanfte Wellen kräuselten sich unter ihr, dann öffnete sie ihre Flügel und war verschwunden.
„Sie ist weg!"

Staunen und Enttäuschung lagen in seinen Worten, die er zu Cassandra sprach, doch diese schüttelte wissend den Kopf. „Sieh nur genau hin", gebot ihm ihr Lächeln.
Noch einmal wanderten seine Augen über den See und dann ganz zart tauchte sie wieder vor ihm auf, er fühlte die Zartheit ihrer Flügel auf seiner Haut, sein Herz erfüllt von Glück schlug so heftig gegen seine Brust, dass es fast schmerzte, er den Atem nur stoßweise von sich geben konnte.
„Danke Lukas, Menschenkind."
Wie ein Kuss empfand er diese Worte, die sie ihm entgegen lächelte. Sie schloss die Flügel um ihn, hüllte ihn ein in warmes weiches Licht, er fühlte sich geboren, wie wenn er als kleiner Junge nach einem Albtraum in den Armen seiner Mutter lag.
„Mein Name ist Cicinita", hauchte sie, ihre Lippen berührten sanft seine Stirn, ehe sie ihn freigab.

In nächsten Augenblick spürte Lukas wie Cassandra ihre Hand in seine schob, sie standen wieder auf der Wiese, auf der Sarfina heute Morgen getanzt hatte.
„Hat sie es geschafft?"
„Ja", bestätigte Cass, „schau dort in den Bäumen, sie winken uns zu.
Beide winkten sie lächelnd zurück, ehe sie sich glücklich auf den Heimweg machten.

# Zeichnung zu der Geschichte" Hilfe fürs Feenreich"

## Zeichnung von Nadine Jalandt

# Angela Redeker

## Yourdina, Prinzessin des Himmels

Das Licht schien an diesem Tag zu müde zu sein, um sich durch die Wolken zu kämpfen, die schon seit Tagen die Sonne verdeckten. Als dichter Teppich mit einem facettenreichen Grau spannte der Himmel sich über die leeren, wie vergessen wirkenden Wege, hüllte die Schaukel auf dem Spielplatz in Einsamkeit ein. Doch plötzlich war es da, ganz winzige Strahlen spiegelten sich in den zarten Kristallen, die mit wundervollen weißen Röckchen auf die Erde herniederfielen.

In der Kinderheilanstalt herrschte reges Treiben. Die Kinder saßen um einen Tisch herum und versuchen mit mehr oder weniger Erfolg zu malen oder kneten, Therapie für die Feinmotorik nannten die Schwestern dies. Manchen Kindern schien es Spaß zu machen, sie lächelten, wenn sie die unbekannte weiche Masse zwischen ihren Fingern zerdrückten oder die Pinsel in einen Becher mit Wasser tauchten und dann die sich veränderten Farben betrachteten, zu ihnen sprachen die Schwestern und lächelten hin und wieder. Doch einige der Kinder saßen teilnahmslos auf ihren Stühlen, von denen sie nicht alleine herunter konnten, öffneten oder schlossen ihre Hände nicht, die Schwestern ließen sie gewähren.

Yourdina saß auf der Fensterbank. Sie wirkte in sich versunken, ihr Blick in den Himmel gerichtet, der Gegenwart weit entfernt. Wie kam es nur, dass sie den Schnee hörte, der doch lautlos zur Erde fiel?
Sie vernahm das Kichern der zarten Flocken, wenn der Wind sie noch einmal hoch wirbelte, mit ihnen Bilder aus Gedankenfetzen zauberte, bevor sie sich mit einem silberhellen Klang, als ob der Flügel eines Schmetterlings ein Glockenspiel berührte, sanft auf die Erde legten.

Yourdina spürte ihre Freude beim Tanz aus den Wolken, wie das Kribbeln einer Ameisenarmee auf ihrer Haut, fühlte den Schlaf, den sie der Welt zum Geschenk machten.
Doch auch ihr eisiger Tod, der sich dunkel zu ihnen auf die Straße legte, fand seinen Weg zu ihr und machte sie traurig. Durch die Gitterstäbe des Fensters, in Mauern, die sie von der Welt fernhielten, schickte sie ihre Gedanken hinaus, die wie Hände ihrer Seele, zart und behutsam über die Flocken strichen, sie glatt wie ein Tischtuch werden ließen.
Da entdeckte sie das unsichtbare Wesen, das umgeben von unschuldigem Weiß, mit hängenden Schultern da stand, nun seinen Kopf hob und direkt in ihre Augen sah. Wie die Wärme eines Sonnestrahls traf Yourdina dieser Blick, und hinterließ ein Lächeln auf ihrem Gesicht. Im tiefsten ihres Inneren suchte sie nach liebevollen Gedankenworten ihn zu erwidern, ahnte jedoch nicht, dass ihr Lächeln es längst erreicht hatte.
„Da seid Ihr ja Prinzessin, so lange hab ich nach Euch gesucht."
Niemand außer Yourdina fühlte diese Worte, während sich das unsichtbare Wesen mit den Schneeflocken vereinte, zu ihr tanzte, und sich wie ein Schal an die Fensterscheibe legte.
Yourdina schmiegte sich an das kühle Glas und lauschte.
„Wo habt Ihr nur gesteckt?"
„Ach, ich wollte die Liebe sehen, die Menschen so einmalig macht", antworteten ihre großen Augen, die nun den Schimmer von Sehnsucht trugen.
„Habt Ihr sie gefunden?"
Das unsichtbare Wesen schien vor Neugierde zu glühen.
Yourdina atmete tief, schloss die Augen, ließ noch einmal jene zauberhaften Momente, von denen sie glaubte der Liebe nahe gewesen zu sein, Revue passieren.
„Ein bisschen, denke ich", gestand sie schließlich.
„Ein bisschen?"
Das unsichtbare Wesen wirbelte vor dem Fenster auf, sodass die zarten Flocken, die es mit sich trug, wie eine Windhose über die Wege tanzten, es schien fast als würde es sich die Haare raufen.
Wenn die Menschen sie angenommen hatten, dann wäre keine

Rückkehr mehr möglich, sie würde ihre Fähigkeiten nicht verlieren, aber ihre Erinnerung, und fortan ständig von Zweifeln geplagt sein.
„Shalina, warum regst du dich so auf?"
Yourdinas Gedanken ließen das Wesen innehalten.
„Ihr kennt meine Namen, Ihr kennt immer noch meinen Namen, dann haben wir Euch nicht verloren", triumphierte es nun.
„Verloren, nein wie kommst du nur auf so etwas", lächelte Yourdina nun, „ich war doch nur spazieren", erklärte sie wortlos weiter.
Noch einmal vollführte Shalina einen Tanz, der Jubelschrei der Schneeflocken auslöste.
„Du kitzelst in ihren Bäuchen", lächelten Yourdinas Augen.
„Warum hast du mich gesucht?"
„Aber Prinzessin, Ihr seit vor langer Zeit fort gegangen und niemand wusste wohin."
„Verzeiht, ich dachte nicht, dass es so lange dauern würde."
Um Vergebung bittend senkte sie den Kopf, dachte noch einmal an den Morgen, als sie ihr Zuhause verließ. Freudige Erwartung kribbelte in ihrem Bauch, beflügelte sie. So viele Geschichten hatte sie von den Menschen gehört, die ihre Neugierde weckten. Nur für einen Augenblick wollte sie sich zu ihnen gesellen, doch man nahm sie mit in dieses Haus.
Für einen Moment herrschte Stille zwischen den Beiden, bis Shalina Eisblumenerinnerungen an die Fensterscheibe hauchte.
„Weißt du, damals als ich fortging, wollte ich die Liebe nicht nur sehen, sondern auch fühlen ..."
„Prinzessin", empörte sich Shalina, „das war sehr dumm von Euch!"
„Ja, ich weiß, ich darf es nicht, deswegen habe ich auch niemanden etwas gesagt."
„Aber ... wie kommt es dann?"
„Sie halten mich für verrückt", lächelte Yourdina sich in ihre Gedanken, während ihr Blick schüchtern zu den Schwestern, die mit den anderen Kindern am Tisch saßen, wanderte.

„Verrückt?"
„Ja, einige haben auch Angst vor mir und den anderen Kindern, deshalb halten sie uns von den Menschen da draußen fern." Erklärte sie und malte mit den Fingerspitzen die Eisblumen nach, zog nachdenklich eine Augenbraue hoch, von Weiten hörte sie einige Schneeflocken weinen, die gern länger geblieben wären.
"Ich erzählte ihnen von den Kissenschlachten, welche die jungen Wolken zum Fest ihres ersten Regens veranstalten, doch sie schüttelten den Kopf, lächelten und nannten es Gewitter."
„Prinzessin, möchtet Ihr nicht heimkommen?"
Die Frage kam zaghaft, denn Shalina wusste, dass nachdem Yourdina zwar nur Kontakt zu den Menschen hatte, die Entscheidung jedoch nicht mehr in ihren Händen lag.
Die kleine Prinzessin stand auf, ging langsam auf die anderen Kinder zu, doch niemand beachtete sie. Die Schwestern setzten die andern Kinder zurecht, zogen sie zurück, wenn sie sich auf ihren Stühlen drehten oder versuchen aufzustehen. Eins der Kinder stieß einen Becher um, und das gräulichblau schimmernde Wasser floss über den Tisch, durchtränkte die auf ihm liegenden Blätter Papier, die Kinder lachten, die Schwester verdrehte leicht die Augen und stöhnte, bevor sich eine Zornesfalte auf ihrer Stirn bildete und sie versuchte das Wasser mit einem Tuch aufzunehmen.
„Nein!", schrie ein kleines Mädchen und grabschte mit ihren Händchen in die Luft. „Nein! Nein ...!"
„Was hast du denn?"
Eine andere Schwester kam dazu, hob das kleine Mädchen aus dem Stühlchen und schaukelte es sanft hin und her, aber die Arme des Kindes zeigten immer noch in Richtung Tisch und versuchen verzweifelte zurück zu gelangen.
„Lassen Sie ihr das Wasser, es trägt ihre Sommererinnerungen", mischte Yourdina sich ein.
„Jetzt nicht", wand die Schwester sich an sie.
„Aber sehen Sie denn nicht ..."

„Doch", unterbrach die Schwester sie, „sie hat gemalt und nun ist der Becher umgestürzt und das Wasser zerstört ihr Bild."
Und zu dem immer noch zappelnden Kind auf ihrem Arm sagte sie: „Schscht, ganz ruhig wir machen wieder alles trocken, wir helfen dir."
„Nein!", hauchte Yourdina enttäuscht, „dass tun Sie nicht, sie hatte ihre ganzen Sommerfarben in den Becher gefüllt, jene glitzernde Wärme, die helle Tage ihr geschenkt, und die sie nun durch dunkle begleiteten sollte, die haben Sie ihr genommen."
Genauso unglücklich, wie dies kleine Mädchen, das nun tief in sich versunken stumm weinte, kamen diese Worte über die Lippen der Prinzessin.
„Sie kommen wieder, die Farben", tröstend versuchte sie diese Gedanken in die Kleine zu streicheln, doch es gelang ihr nicht.
Yourdina sah Unsicherheit in den Augen der Schwester, aber sie fühlte auch so etwas wie Schmerz. Neigte den Kopf ein wenig zur Seite und betrachtete aufmerksam das Gesicht der erwachsenen Frau.
„Warum seht ihr nie richtig hin?"
Die Frage blieb unbeantwortet, die Schwester streichelte sanft über den Kopf des kleinen Mädchens, das immer noch schluchzte.
„Ihr habt doch Augen."
Mit diesen Worten drehte die Prinzessin sich, um und ging wieder zum Fenster, nachdenkliche Blicke folgten ihr.
„Hast du gesehen Shalina? Sie ist da, die Liebe, doch sie verstehen sie einfach nicht." Traurigkeit schrieb diese Worte während sie über Yourdinas Wangen lief.
„Ja, ich möchte heimkommen!"
Erleichtert schloss Shalina die Augen.
Mit lautem Klirren ließ sie, die Fensterscheibe zerspringen, ein Wirbel aus freudig kichernden Schneeflocken, drang ins Zimmer, hüllte die Prinzessin des Himmels sanft in eine Wolke, hob sie empor und trug sie heim.

# Angelika Pauly

## Das Ding

November, Nebel, schlechte Sicht nicht nur für Autofahrer, sondern auch für Fußgänger innerhalb der Stadt. Dazu das Dämmerlicht des frühen Morgens. Herr I. ging zu Fuß zu seiner Fabrik, orientierte sich an Ampeln, die hell durch die milchige Luft schienen und an den Scheinwerfern der Autos. Ein Knacken von oben ließ ihn in die Atmosphäre schauen und er erblickte ein schwarzes, krummes Etwas, das einige hundert Meter über ihm schwebte. Erschrocken blieb er stehen und deutete mit seiner Hand nach oben. „Was ist das?", fragte er Passanten. Eine Frau blieb stehen, folgte mit ihren Blicken seiner weisenden Hand, schüttelte dann verwundert ihren Kopf und sagte: „Was meinen Sie? Ich sehe nichts ..."
Ein älteres Ehepaar blieb ebenfalls stehen, sah nach oben und dann Herrn I. misstrauisch an, denn auch sie sahen nichts außer einem nebligen, wolkenverhangenen Himmel. Herr I. ging weiter, schaute sich aber immer wieder um und tatsächlich, das Ding war immer noch da und schien ihm sogar zu folgen, denn der Abstand zu ihm war gleich geblieben. Nun begann unser Held zu laufen ... schnell und immer schneller. Außer Atem blieb er in einer Toreinfahrt stehen und lugte vorsichtig aus seiner Deckung heraus nach oben. Direkt über der Einfahrt schwebte das Ding.
Herr I. schrie, sein Körper versagte den Dienst und er fiel zu Boden. Passanten kümmerten sich um ihn, halfen ihm auf, klopften ihm den Schmutz von der Kleidung. Ob sie ihn ins Krankenhaus bringen sollten, wollten sie wissen.

Nein, das könne ihn auch nicht vor dem Ding retten, meinte Herr I. und zeigte nach oben.
„Welches Ding?"
„Das Schwarze da. Sehen Sie es denn nicht? Es verfolgt mich."
Die freundlichen Helfer wurden ernst und gar nicht mehr freundlich, wichen zurück und sahen Herrn I. abschätzend an. Schnell gingen sie weiter und ließen den vermeintlich Verrückten allein. Dieser schaute nach oben. Das Ding veränderte seine Farbe, aus dem Schwarz wurde ein Grau, das zu leuchten begann. Schließlich glänzte es in einer silbernen Farbe, die immer gleißender wurde, blendete und Herrn I. das Augenlicht kostete.
„Kommen Sie! Ich bringe Sie zu einem Arzt!", ertönte es. Zwei Arme hakten den nunmehr Blinden unter, der den Boden unter seinen Füßen nicht mehr spürte. Wieder schrie Herr I., doch niemand nahm Notiz davon.
... und das Ding flog mit ihm davon.

# Angelika Pauly

## Herr I. und das Ende der Welt
## oder
## Ist die Erde nicht doch eine Scheibe?

Heimweg von der Fabrik, endlos lang, wenn man es eilig hat und Herr I. hatte es eilig. Fußball, sein zweites Leben, Sportübertragung im TV. Auch andere Menschen hetzten heimwärts. Gedränge auf der Straße und unser Held brauchte bis zu seiner Lieblingsbäckerei doppelt so lange. Rasch Gebäck und Brot gekauft und dann weiter. Warten an der Ampel und weiter die Hauptstraße entlang, von einem Haus zum anderen, vorbei an Toreinfahrten und Ladengeschäften ... eines am anderen. Der Weg zog sich in die Länge, die Zeit zog sich in die Länge und auch die nächste Straße dehnte sich aus. Schon war Herr I. über zwei Stunden unterwegs. Es wurde dunkel, der Abend kam, doch keine Straßenlaterne ging an. Auf seinem weiteren Weg verloren sich auch allmählich die Passanten. Die Bürgersteige nahmen das Niveau der Fahrbahn an und beide waren bald im Dämmerlicht nicht mehr voneinander zu unterscheiden. Rechts und links wurden die Häuser spärlicher, kein Auto war mehr zu sehen und der Asphalt der Straße wich ausgedünntem Gras und Moos. Schließlich war es ganz dunkel geworden. Vor Herrn I. dehnte sich nun eine Fläche, die sich vom Horizont nicht mehr abhob. Er stieß an einen kleinen Stein, der mit einem leisen Klang in irgendeine Tiefe fiel. Erschreckt ließ er sich auf die Knie fallen und robbte dann der Länge nach weiter, immer auf der Hut. Richtig. Seine Hände erfassten eine Kante, einen

Rand, was auch immer, es ging jedenfalls nicht weiter. Endstation.

„Das Ende der Welt!", rief Herr I. und ängstigte sich vor dem Abgrund, lag flach auf dem Boden und schrie um Hilfe.

„Nicht das Ende der Welt, aber wohl dein Ende!", donnerte eine Stimme an sein Ohr.

„Nein, nicht mein Ende. Die Erde ist doch eine Scheibe. Hier ist der Beweis!", rief Herr I. der unbekannten Stimme zu.

„Dein Ende. Du kannst nicht mehr weiter. Versuche es doch einmal!", forderte ihn der Unbekannte lachend auf.

Herr I. lehnte sich ein wenig über den Rand. In dem Schwarz öffnete sich ein Spalt und ließ tausend Sterne erstrahlen. Ein besonders helles Exemplar zwinkerte ihm freundlich zu. Er streckte erleichtert seine Hände aus, froh über die Rettung ... verlor den Halt und fiel in die Tiefe.

Ein lautes Lachen begleitete ihn in den Tod.

# Angelika Pauly

## Das Experiment

Wolltest du nicht immer schon wissen, was andere Menschen denken? Wolltest du nicht immer schon die Gedanken, die Bilder, die sie im Kopf haben, sehen?
Haben Menschen denn Bilder im Kopf?
Ja, jede Menge.
Ein Experiment und keine Ahnung ob es klappt.
Die Probandin ließ sich darauf ein, selber voller Neugier und ohne Angst. Ich könnte das nicht, aber von mir ist hier auch nicht die Rede. Ein paar junge Leute, die waren es, die haben sich daran gemacht. Woher sie die Idee hatten? Vielleicht haben sie davon geträumt, wer weiß ... jedenfalls wussten sie sehr genau, wie sie vorzugehen hatten. Ihr Arbeitszeug war ein Schwamm, ein normaler Haushaltsschwamm, rechteckig, nicht sonderlich groß, in eine Hand passend. Schwämme saugen Feuchtigkeit auf und genau das sollte dieser auch machen, die Feuchtigkeit, das Körperwasser der Freiwilligen aufsaugen. Der Körper musste trockengelegt werden, gänzlich ausgetrocknet (nur für eine Weile, schon klar, niemand wollte die Frau umbringen).Wäre der Körper trocken, kämen aus dem Kopf die Bilder heraus.
Die Frau legte sich also auf eine Liege und zwei weitere Teilnehmer des Experimentes rubbelt mit dem Schwamm ihren Leib trocken, bis kein Tropfen Wasser oder Blut noch in ihm war. Sie lag schließlich da und ähnelte einer Mumie, leblos, ausgezehrt, ausgemergelt und – bewusstlos. Musste so sein, denn ihr Bewusstsein kam ja aus ihrem Kopf heraus in Gestalt vieler sich bewegender Bilder. Diese

Bilder waren allerdings in einer Art Blase gefangen und konnten die Umgebung des Kopfes nicht verlassen, ja, waren an den Schädel angehängt, befestigt, gekettet, wie auch immer ... man konnte sie nicht greifen oder betasten, nur ansehen. Spektakulär waren sie nicht. Das meiste, was Menschen in ihren Köpfen haben, ist nicht besonders aufregend sondern eine Abfolge gewöhnlicher Gedanken. So waren auch diese Bilder ziemlich langweilig. Schön bunt zwar und laufen konnten sie ja auch, aber langweilig, noch langweiliger als das letzte Urlaubsvideo deines Nachbarn (und der war auf Lanzarote).
Die Betrachter verloren schnell das Interesse, schauten auf andere Sachen, machten andere Sachen und vergaßen für ein paar Stunden die Versuchsfrau. Dass ihr Experiment geglückt war, wurde ihnen gar nicht recht bewusst und so vergaßen sie auch das.
Am nächsten Morgen fanden sie die Frau noch genauso auf der Liege vor wie am Tag zuvor und wurden nervös. Ob es ihnen wohl gelang, sie wieder ins Leben zurückzuholen? Sie wussten genau, wie man das macht und sie machten es auch. Mit dem Schwamm, vorher in einen Wassereimer getaucht und triefend nass, rubbelten sie Flüssigkeit und Leben in ihre Versuchsperson. Diese schlug schließlich die Augen wieder auf, sah um sich und fragte aufgeregt, ob es denn geklappt hätte.
Ja, hatte es.
Aber wenn interessierte es (noch)?
Mich nicht.
Dich?

# Angelika Pauly

## Der Traumwächter

An einem Abend in meinem Leben ging ich müde durch meinen Garten, dachte an das Ende und den Abschied. Das Gras, über das ich schritt, beugte seine Halme und trauerte mit mir. Die Vögel hörten auf zu singen und die Grillen stellten ihr Zirpen ein. Da erblickte ich ein Wesen, das ich noch nie zuvor in meinem Leben gesehen hatte.
„Ich bin dein Traumwächter", so stellte es sich vor und zauberte aus seiner Rocktasche eine Kugel, in die ich hineinsehen sollte.
Ich sah mich selber darin, vergnügt und froh, einen Stift in der Hand und ein Blatt Papier vor mir. Dann drehte es die Kugel auf den Kopf und ich erblickte mich als alte Frau, glücklich lachend mit einem Baby auf dem Arm und einem weiteren Kind an der Hand.
Dann stellte es die Kugel auf seine Handfläche, blies hinein und sie wurde kleiner und kleiner, bis sie die Größe eines Kieselsteines hatte. Diesen Stein warf der Traumwächter auf den Gartenweg, der voller Rheinkiesel war. Die Sonne ging unter, es wurde dunkel und ich ging zurück in mein Haus.
Am nächsten Tag, beim ersten Morgengrauen, lief ich in den Garten und suchte den Traumkiesel aber unter den vielen Steinen fand ich ihn nicht.
„Traumwächter, wo bist du?", rief ich und schon kam er herbei.
„Wo ist der Traumstein? Ich kann ihn unter den vielen nicht erkennen", klagte ich.

„Jeder Stein ist ein Traum", erklärte er mir. „Gib acht!" und nahm ein paar Steine, legte sie auf seine Handfläche, blies sie mit seinem Atem an und bald leuchteten und lockten Kristallkugeln zum Hineinsehen. Ich sah Sommer und Sonne, Winter und glitzernden Schnee, Weihnachtsbäume und Kerzenschein, Umarmungen, Küsse und Liebe.
Ich nahm eine Handvoll Kieselsteine und steckte sie in meine Hosentasche. Manchmal, wenn ich traurig und alleine bin, verteile ich sie wie Brotkrumen. Bei Tag schmelzen sie unter der Sonne und bieten mir eine weiche Rast, in der Nacht fangen sie das kalte Mondlicht ein, werden hart wie Diamant und ihr Glitzern und Funkeln weist mir den Weg.

# Angelika Pauly

## Traumwächters Schlaflied

Wer küsst den Rosen
zur Nacht die Augen zu –
wer wiegt den Kummer
des Tages zur Ruh?

Wer holt die Kleinen
und Kinder herein –
in wessen Armen
schlafen sie ein?

Wer deckt die Bäume
und Grashalme zu –
wer schließt den Tag
und die Haustüre zu?

Wer geht mich wachem Blick
immer wieder zurück -
schenkt den Verlassenen
ihr vergangenes Glück?

Ich singe mein Lied
in deinen Schlaf hinein -
in meiner Nacht
ist niemand allein.

# Angie Adams

## Bitte an die Erdenmenschen

Wir grünen Männchen sehen rot,
wenn wir sehen die Erdennot.
Bei uns auf dem Mars, da sind Gezeiten,
die uns weniger Probleme bereiten,
als euch da unten auf der Erde.
Wir wollen gar nicht erst so werden,
wie diese dummen Erdenleute,
die nicht für die Zukunft leben,
sondern nur für das Heute.
Nicht daran denken, dass über Nacht
sie die Erde haben fast umgebracht.
Und diese sich so richtig wehrt,
weil man handelt, hier verkehrt.
Profit ist uns doch gar nicht wichtig.
So wie wir leben, ist es richtig.
Das was wir brauchen haben wir,
uns fehlt nicht mal das kühle Bier.
Es gibt keine Taifune, Krieg und Brände,
bei uns wackeln nicht Haus und Wände.
Zufrieden erleben wir jeden Tag.
nur eines plagt uns wirklich arg.
Jeden Tag bitten wir immerzu:
„Erdenmensch, lass uns in Ruh!"

# Angie Adams

## Delfin

Auf einem Delfin möchte ich reiten,
mit ihm durch das Mondlicht gleiten,
durch die Wogen,
mal langsam, mal schnell
vorbeiziehend,
an Sternen so hell.

Träumen auf seinem Rücken,
Bilder ziehn vorbei in Stücken.
Wunderbarer Traum,
wunderbares Meer
und ich glaub es kaum,
ziehe weit umher.

Das Wasser berauschend,
so flüsternd und klar,
die Wellen belauschend,
fühl mich dann wunderbar.
Beschützt und gelassen,
geleitet mich dieses Tier.
Der Traum geht weiter,
nicht fern von mir.

# Angie Adams

## Sternenritt

Wenn der Mond am Himmel steht
und mein Herz sich schlafen legt,
schlägt es weiter, aber nicht nur für mich,
es schlägt dann ganz doll auch für dich.

Wenn die Sterne vom Himmel lachen,
denke ich an viele Sachen,
die mir mal traurig und mal heiter
begegneten und es geht so weiter.

Wenn der Mond am Himmel scheint,
mal halb, mal voll, so wie er´s meint,
dann lasse ich seinen hellen Schein
zu mir ins kleine Fenster ein.

Schau ich ihn an dann mit bedacht,
dann meine ich, der Bursche lacht
und`s Sternlein singt dazu ein Lied.
Ich möchte machen einen Sternenritt.

Mein Haar, es flattert voll im Wind,
als mich holte ein Sternenkind.
Mir war nicht kalt, mir wurde warm
und Onkel Mond nahm mich in den Arm.

Er sprach zu mir:
„Was willst du hier?"

Ich neigte vor ihm still mein Haupt.
Hätte es selbst nicht geglaubt.

Habe nicht geredet, nicht gedacht,
da hat der Bursch doch glatt gelacht.
Lud mich für diese Nacht gar ein,
bei ihm mal gerne Gast zu sein.

Von oben war die Welt so klar,
sie sah so aus, so wunderbar.
Auch unten brannten viele Lichter,
nur ich erkannte keine Gesichter.

Und ich habe mir gedacht:
„Was mein Liebster unten macht?
Ob er mich sieht mit Sternenchor?"
Ich saß doch auf des Mondes Ohr.

So hatt´ ich eine ganze Nacht,
in holdem Kreis ganz oben verbracht.
Sag, ist´s ein Traum oder lieg ich noch wach?
Ist es noch Nacht oder ist´s schon Tag?

Der Traum war schön, ich sehe mich noch
von Sternen getragen, so weit so hoch.
Mein Nachtkleid vorher hatte weit und breit
nicht so einen Glanz in der Vergangenheit.

Und irgendetwas funkelte am Saum,
sah aus wie Sternenstaub -
War es doch kein Traum?

# Carl-Friedrich von Steegen

## Das Spiegeltor des roten Chac

Das linke Triebwerk zog öligen Rauch, dann stand auch dieser Propeller. Carter drückte sich in den schäbigen Sitz - hinter nasser Stirn und gepressten Fäusten spulten hundert Bilder. Nun würde er sterben und irgendwo in Flugzeugtrümmern im Regenwald modern. Carter hatte es kommen sehen - schon vor zehn Minuten, als dieser kalte Blitzschlag in die Maschine gefahren war, und der rechte Motor gespuckt hatte und schließlich ausgefallen war. Rauschender Flugwind und gedämpftes Fluchen aus den Cockpit - sonst war Totenstille in der Kabine der Dakota. Sie war vollgepackt mit Verpflegung, Werkzeug- und Gerätekisten. Carter saß hinten und war einziger Passagier.

Die Piloten hatten sich die freieste Lichtung im bewaldeten Hochland Guatemalas ausgesucht, die sie in ihrer Eile ausmachen und zur Notlandung ansteuern konnten. Doch was aus tausend Fuß über Grund wie eine brauchbare Bahn ausgesehen hatte, erwies sich im Sinkflug als rissige, felsbedeckte Halde. Krachen, Schleifen, Poltern, Bersten - nach ihrem Bruch lag die Frachtmaschine am Fuß des abschüssigen Hangs.

Lange stand eine hohe, breite Staubwolke über der Stelle. Es war still. Kein Luftzug ging, so, als hätten Natur und Zeit den Atem angehalten. Am Himmel kreisten zwei Adler. Stumm blickten Berge ins Tal, eingehüllt in faltige Mäntel aus dichtem, tiefem Wald.

Carter stand auf. Es musste ihn aus den Trümmern geschleudert haben. Sie lagen überall. Er rückte die Nickelbrille gerade und blickte sich um. Im Westen stiegen Stufenpyramiden aus dunkler Wildnis. Ihre bemalten Wände und gepflasterten Plattformen schimmerten wie Gold, während die Sonne sank. Carter schaute auf die Uhr. Sie stand. Während er die Flugzeugreste untersuchte, sah er ins zerstörte Cockpit. Ein kurzer Blick genügte - dort lebte niemand mehr. Carter wusste nicht, wie er heil rausgekommen war. Er hatte keine Wunden, Schrammen, Schmerzen.

Wann würde Hilfe kommen? Carter rieb sich das bärtige Kinn. Man wird nach der vermissten Maschine suchen, kein Zweifel. Der einzige Flugplatz dieser Gegend lag irgendwo im Norden, mindestens eine Flugstunde entfernt. Irgendwann würden Suchmaschinen die Trümmer orten. Das nächste Camp mochte fünfzig Meilen entfernt sein, vielleicht mehr. Carter wusste, was es heißt, sich auf langen, engen Pfaden durch feuchte, tropfende Tunnels zu quälen, die Gummisucher in den verfilzten Wald gehauen hatten. Es würde Wochen dauern, bevor die ersten Hilfstrupps zur Stelle waren.

Carter war Archäologe. Seine Arbeit galt der Maya-Kultur, deren Bauwerke in den umliegenden Höhen und Senken von den Wäldern Zentralamerikas zugedeckt waren. Immer wieder blickte Carter auf die Zikkurate im Westen, die so gut erhalten schienen, als seien sie gerade erst gebaut. Er würde sie untersuchen, Stufe um Stufe, Stein um Stein - er hatte Zeit, viel Zeit. Verpflegung gab es genug, ebenso Werkzeug, Kamera und Waffen. Carter suchte sich das

Notwendige zusammen. Am nächsten Tag brach er auf. Es war nicht weit.

Carter stand vor einer Ringmauer aus behauenem Stein, die er nicht überklettern konnte. Doch fand er bald ein Tor darin, so merkwürdig beschaffen, dass der Wissenschaftler ratlos näher trat. Stuck rahmte den Eingang, mit Ornamenten wie gefrorene Sahne, woraus Götterfratzen wuchsen. Ein blinkendes Rechteck füllte dieses Tor, belegt mit tausend Plättchen aus geschliffenem, schimmerndem Obsidian. Carter staunte - lebendig und plastisch blinkte sein Abbild darin, märchenhaft in seiner Tiefe, wie eingetaucht in ein Meer zarter Pastelle. Er spürte einen fremden Willen, der seine Schritte vorwärts zwang. Er trieb ihn durch das Spiegeltor, sanft und unerbittlich, durch eine Schleuse, die sich ein paar Schritte lang wie duftendes Wasser um ihn schloss.

Der Archäologe stand in einer anderen Zeit. Das, was er hier sah, mochte sich vor etlichen tausend Jahren den Blicken geboten haben. Sechs parallele Pflasterplätze leuchteten weiß im späten Sonnenlicht, ca. 150 Meter lang und hundert breit. An ihren Ostgrenzen warfen gedrungene Pyramiden dunkle Schatten, denen jeweils eine gleiche Zikkurat gegenüberstand. Am Fuß ihrer Stufen hielten Stelen aus Kalkstein Wache, vor ihnen ein runder Steinaltar. Wie seltsam: Der größte der Plätze war voller Menschen. Ihre Gewänder und Federhauben waren bemalt, sie tanzten wie Herbstlaub unter den mächtigen Pyramidenstufen. Priesterastronomen schritten von Stele zu Stele und ihre Stimmen hallten, während sie die Länge des Mondjahres verkündeten. In großen Tonpfannen schwelte beißender, rußender Rauch von Kopal. Träge krochen die Schwaden über den Platz und hüllten lange

Reihen von Jaguarkriegern ein, die dort reglos Posten standen.

Carter war ein mutiger Mann. Ruhig ging er durch die Menge, mit offener Hand erwies er den Friedensgruß. Doch niemand beachtete ihn, obgleich er hätte auffallen müssen mit seinen europäischen Kaki-Sachen, mit Brille und mit grauem Bart. Sie können mich nicht sehen, dachte Carter, wahrhaftig! ... ich bin unsichtbar. Und noch etwas - er verstand jedes Wort, das die Priester riefen, jedes Chorgebet, der aus der Menge kam. Dabei hatte er keinen der klassischen Maya-Dialekte gekannt, bevor es ihn hierher verschlagen hatte - weder den der Chol, noch den der Yukatecen, Tzotzil oder Chorti.

"Sie liegt zwischen Cayo und La Libertad, mitten im Hochland." Der Suchpilot drehte sich eine Zigarette. "Neben irgend so einer Ruinenstadt."

Gibt es Überlebende?", fragte Estevez, der für die Bergung der verunglückten Besatzung und Ausrüstung verantwortlich war.

"Das kann man nie wissen", brummte der Flieger, "wie es aussieht, eher nein."

"Was machen wir?", Estevez studierte die Karte und malte einen roten Kreis um das Suchgebiet, "kann man dort landen?"

Der Pilot lachte und wischte über den markierten Teil der Karte. "Wer das versucht, macht todsicher Bruch."

So entschied Estevez, sich mit seinem Hilfstrupp durch die Wälder zu schlagen. Als Führer nahm er Couoh, einen Maya, der als Gummisucher arbeitete. Couoh kannte jeden Pfad in dieser wilden Gegend, Estevez' Handkompass wies die Richtung. Über ihren Köpfen schlossen sich die Laubkronen zu einem Schattendom, worin nur gelegentlich blaue Himmelsflecken leuchteten. Die Stämme standen dicht und verschwammen zu dunklen Massen. Umgestürzte Bäume waren braun vor Fäulnis. Jeder neue Tag brachte neue Kämpfe mit den Maultieren und der Wildnis. Sie übernachteten in verlassenen Gummisammlerlagern, wo Stechfliegen und Sumpfmücken wie dunkle Wolken waren und sie um den Schlaf brachten.

"Noch einen Tag, Senores, dann sind wir in der heiligen Stadt." Die Männer saßen um das schwelende Nachtfeuer und hörten Couoh zu, der so seltsame Sachen erzählte. "Sie ist alt, sie heißt Tikal. dort herrschen die Chicchan. Sie mögen keine Maschinen und haben zwei Echsenköpfe."

Warum sie keine Maschinen mögen, wurde Couoh gefragt, und er sagte, dass die Regengötter alles verachteten, was sie nicht kennen. Es waren erstaunliche Dinge, worüber Couoh sonst noch berichtete.

"Die Welt ruht auf dem Rücken eines Alligators", erzählte der Maya, "der durch weites Wasser schwimmt. Viermal ist sie untergegangen, Senores, fünfmal ist sie wieder aufgetaucht. Die Mayapriester haben aufs Jahr genau gewusst, wann das jeweils passiert ist. Sie haben viele Jahrmillionen zurückrechnen können."

"So viele Jahre?!", sagte einer, "meine Eltern konnten nicht mal genau angeben, wann ich geboren bin."

"Zeiten sind Lasten", erklärte Couoh, der sich nicht beirren ließ. "Zahlen-Götter schleppen sie durch die Ewigkeit. Die Maya Priester konnten mit ihnen sprechen."

"Sie sprachen mit den Göttern?"

Couoh bejahte die Frage, dann nannte er das aktuelle Datum und erklärte dazu: "Gott Zwölf trägt den April auf dem Rücken, Gott Eins das Jahrtausend, Gott Neun das Jahrhundert, Gott Vier das Jahrzehnt, Gott Sechs das Jahr."

Die Männer blickten ihn fragend an.

"Wenn die Sonne sich den Schlaf aus den Augen reibt", meinte Couoh, "wird Gott Dreizehn die Last nehmen und weitertragen."

Auch von Menschenopfern erzählte der alte Maya. Mit ihren herausgeschnittenen Herzen würde der Alligator besänftigt, damit er die Welt nicht ein fünftes Mal von seinem Rücken werfe und ins weite Wasser senke.

"Madre mia!", Estevez schüttelte sich. "Du bist ein guter Christ wie alle hier, Couoh?! Zahlengötter! Menschenopfer! So was kannst du doch nicht ernsthaft glauben!"

"Die alten Götter leben", Couoh's Stimme bildete die spanischen Worte auf seine Art, so, als spräche er Chol, "sie sterben nicht. Sie sind mächtiger als alle Maschinen. Wer auf dem Opferstein stirbt, ist auserwählt. Er steigt aus der Morgenröte und begleitet die Sonne in das Paradies, das am höchsten liegt."

Die Männer lachten und klopften Couoh auf die Schulter. Sie wussten, dass die Maya gute Christen waren. Aber es gab nun einmal Merkwürdigkeiten aus alter Zeit, von denen die Maya nicht lassen wollten.

Der Tropenwald war weit und wellig, eine grüne Hölle aus Sumpf und Wildnis. Mahagonibäume, Zedern, Palmen legten den Männern und ihren Mulis tausend Wurzeln in den Weg, und stolperte man unter den Brotnussbäumen her, unter den Kapoks, die den Maya heilig sind, oder den Sapodilla, aus dessen runzligem Stamm Chicle gezapft wird, der Rohstoff für Kaugummi, so waren selbst die Schatten der Riesen heiß. Die Zahl der Bäume schien den Männern unendlich wie die Zeit, ebenso unendlich die Zahl der Luftpflanzen, Bromeliazeen und Lianen, die herabbaumelten und Mensch und Tier um die Köpfe schlugen.

Am 13. April 1946 war der Hilfstrupp am Ziel. Der Pfad hatte sie in eine langgestreckte Senke hineingeführt, ein fiebriges Sumpfland in der Regenzeit, doch staubtrocken, als es die Männer durchquerten. Der Wald hatte nun Dornbäumen Platz gemacht und die Sonne röstete Maultiere und Reiter. Die Zweige wurden zu Peitschen, Stechameisen stürzten sich auf die schweißnasse Kreatur. Der Pfad schlängelte nach Süden und bog nach Westen, bevor er wieder in den Regenwald hochführte. Dort schauten Ruinen aus der dunklen Wildnis. Buschwerk wuchs aus dunklen Höhlen, kletterte an rissigen Mauern.

Ihre verwitterten Häupter glänzten weiß, wo sie das Sonnenlicht traf.

"Vorn! ... seht! ... die heilige Stadt!" Couoh wies auf die klotzigen Bauten, die wie hohle Zähne aus einem toten Kiefer ragten.

Estevez schützte die Augen mit der Hand und suchte. Aus dem Buschwerk unterhalb der toten Stadt stach das rotgelb am Leitwerk der vermissten Maschine, am Himmel über dem zerschmetterten Rumpf kreisten zwei Adler. Zur Dakota war es keine dreihundert Meter weit.

Carter stand mitten in der gefiederten Menge. Die Scheiterhaufen im Tempelhof waren niedergebrannt, und ein Dutzend Ministranten hatten die Glut zu einem Feuerteppich auseinander gefegt. Aus dem Tempel sah Carter eine bunte Prozession kommen. Der Priester vorn war rot gekleidet wie der Chac des Ostens. Sein Kopfschmuck war dicht mit grünen Quetzalfedern besetzt, er rahmte die langnasige Maske des Chicchan. Grün ist die Farbe der Maispflanzen, dachte Carter, die zum Wachstum Regen brauchen. Dem Priester folgten drei weitere, welche Regengötter der übrigen Himmelsrichtungen verkörperten. Alle trugen den grünen Kopfschmuck, aber der Chac des Nordens ging in Weiß, der Chac des Westens in Schwarz, der Chac des Südens in Gelb. Jeder Chac führte das Steinbeil in der Rechten, das Symbol des Donners, und in der Linken den Zackenstock, das Wahrzeichen des Blitzes. Über den Schultern hing ihnen die Kürbisflasche, aus denen die Regengötter Wasser spenden.

Wenige Schritte vom Glutteppich entfernt standen nun die Priester, verneigten sich nach Osten und opferten dem roten Chac. Sie verbrannten Kopal und vergossen Balche, den Rauschtrank. Aus der Menge pochten Trommelschläge, immer mehr, immer schneller. Die Priester zogen die Sandalen aus, mit bloßen Füßen schritten sie zur Glut. Rasseln und Muschelhörner lärmten, Geweihsprossen schlugen auf Schildkrötenpanzer. Ein Priester nach dem anderen wandelte nun über den Glutteppich, hin und zurück, ohne Hast, ohne Furcht, ohne Schaden.

Jetzt lärmten und tobten die vier Himmelsungeheuer. In ihren schauerlichen Hüllen steckten Priesterschüler, die wie der Welt-Alligator bellten und das Winden seines schuppigen Körpers nachahmten. Die schillernden Monster wälzten sich durch Gassen, die ihnen das Maya-Volk öffnete, und kletterten die Pyramidentreppe hoch. Auf der hohen Plattform formierten sie sich um den Tempel des Morgensterns - das rote Ungeheuer blickte nun nach Osten, des gelbe nach Süden, das schwarze nach Westen, das weiße nach Norden. Die Priester folgten ihnen. Der Archäologe nutze seine Unsichtbarkeit und dokumentierte den Maya-Ritus aus aller Nähe mit Kamera und Notizbuch. Im Tempel des Morgenstern legten die Priester Kopfschmuck, Gewänder, Insignien ab.

Die Sonne stand jetzt tief am Himmel. Jaguarkrieger führten das Chac-Opfer die langen Stufenreihen hoch. Oben nahm man ihm die Kleider, legte ihn rücklings auf den Stein. Opferpriester hielten ihm Arme und Beine. Der Stein, die Helfer, das verrenkte Profil des Opfers warfen groteske Schatten im letzten Sonnenlicht. Der Oberpriester zeigte das Messer aus Feuerstein, das die Maya 'Hand Gottes' nennen. Die Menge war totenstill.

"Der rote Chac hat dich gerufen!" Der Oberpriester sprach nicht laut, und trotzdem konnte jeder verstehen, was er sagte. "Geh hin zum roten Chac. Du bist der Bote deines Volkes."

Der Körper des Opfers bäumte sich auf, als ihm das Messer unter die Rippen fuhr. Der Oberpriester schnitt das Herz heraus, trat an den Rand der Plattform und hob es gegen die sterbende Sonne. Es pulste noch in seinen ausgestreckten Händen, und Blut lief ihm die Arme herab. Unten stieg ein Schrei aus der Menge. Nun würde die Sonne ruhen und der Morgenstern am Himmel leuchten, bis die Sonne aufsteigt und der Tag Fünf-Imix beginnt. Ein heiliges Opfer an den roten Chac! - der Untergang der Welt würde nun, das glaubte die Menge, um ein Katun hinausgeschoben. Ein Katun! - das sind zwanzig gute Jahre.

Dann aber war es wieder still, ganz still. Die Menge hatte eine Gasse geöffnet und sich in den Staub geworfen, weil ein Scheusal mit zwei Echsenköpfen durchs Spiegeltor getreten war und über Platz und Stufen zur Opferstelle trampelte. Das heisere, düstere Bellen der schuppigen Kreatur schallte durch Tikal, und es war kein Zweifel, dass der rote Chac des Ostens nun persönlich erschienen war, der Mächtigste unter den Regengöttern. Carter sah den Oberpriester ihm das blutende Herz reichen, des roten Chacs Klauen zupacken, reißen - man hörte die stinkenden Kiefern schmatzen. Schleim tropfte dem roten Chac von der schmutzroten Panzerhaut, sein Schuppenleib war glitschig, als sei er frisch aus einem Drachenei gekrochen.

Carter war starr vor Schreck, so nah war ihm das Untier. Augen unter wulstigen Höckern, glühende Kohlen in tiefen Höhlen, Wut über jeden in Tikal, der fremd war - vier Augen starrten auf Carter, Götteraugen, die alles sehen.

Carter floh in den Tempel. Der rote Chac verfolgte ihn, Klauen dröhnten auf dem Stein der Flure, Keuchen, Knurren schallte durch die Hallen. Wohin der Archäologe sich wandte, überall Priester, Ministranten, die den roten Chac trampeln hörten, auf den Knien lagen und die Federhäupter neigten. Im Gelass neben dem Ausgang fand Carter etliche Ornate, die man dort abgelegt hatte. Hastig hüllte er sich in einen roten Federmantel, band die Maske vors Gesicht, setzte den Kopfschmuck aus grünen Quetzalfedern auf. Carter floh ins Freie und warf sich zu Boden. Wenig unterschied er sich nun von den Priestern, die vor dem roten Chac im Staub lagen. Böse wanderten die vier Augen des Regengottes, während seine Klauenfüße um den Tempel schlurften. Er bellte, während ihm Blut und Geifer von den Lefzen tropften.

Weil er den roten Chac hinter dem Tempel verschwinden sah, eilte Carter die Stufen hinab. Der Wissenschaftler pustete, während er durch die Gasse der kauernder Maya zum Spiegeltor rannte. Dann hörte er den Gott brüllen, und von der Plattform der Pyramide sah man den roten Chac Blitz und Donner schleudern. Der Schlag des zornigen Gottes fuhr ins Spiegeltor. Das blanke Rechteck aus Obsidian schimmerte nun trüb und feucht und Carters Bild schwamm darin wie ein grässlicher, toter Vogel. Carter spürte einen fremden Willen, der seine Schritte vorwärts zwang. Er trieb ihn durch das Spiegeltor, würgend und unerbittlich, durch eine Schleuse, die sich hundert Schritte lang wie faules Wasser um ihn schloss und ihm den Atem nahm.

Man hatte die toten Piloten begraben. Wo aber war Carter - war es möglich, dass er lebte? Estevez ließ ihn suchen, zwei Tage, drei Tage. Dann kam man, um Estevez zu holen. Die Männer standen vor den Ruinen der Tempelstadt, am Fuß eines trostlosen Walls mit Farn und Rebgewächsen - wohl die Reste der verfallenen Ringmauer. Das große, rechteckige Tor war noch leidlich erhalten - Dornengestrüpp quoll aus seiner Tiefe und rankte um verwitterte Stuckornamente, woraus Götterfratzen wuchsen. Estevez trat heran.

"Das Tor des roten Chac, Senor", in Couoh's Augen war Furcht, "dort beginnt und endet alle Zeit."

Estevez schob sich in den Kreis der Männer. Unter seinen Stiefeln knirschten tausend Splitter, die aussahen wie Obsidian und wie mürbe Muschelschalen zersprangen. Man starrte auf ein verdorrtes Gerippe, dessen Schädel mit einer langnasigen Maske bedeckt und dessen Knochen in verblichene Federgewänder gehüllt waren. Oben in den Bäumen schnatterten Spinnenaffen. Estevez kniete nieder und schaute sich den Toten näher an. Er fand Metallknöpfe auf zerfallenem Kakistoff und die Reste einer Kamera. Als er die Maske vom Schädel nahm, zerbröselte sie ihm unter den Fingern. Eine Nickelbrille rutschte in das dürre Moos, als der Schädel zur Seite rollte. Auch einen goldenen Ehering fand Estevez, er schlackerte dem Toten am Fingerknochen. Kein Zweifel, diese Funde stammten nicht aus der alten Maya-Zeit - die Brille, die Kamera, die Knöpfe, die Uhr, der Ring. Estevez hatte Carter recht gut gekannt, und als man den Ring gereinigt hatte, konnte man dessen Namens- und Datengravur lesen. Unverständlich nur, dass der Nachlass so verrottet war, als hätte er anderthalb Jahrtausende im Regenwald gelegen.

Wer war dieser bizarre Tote und wie kam er an Carters Sachen? Estevez hörte Couoh's weiche Sprache, der Maya kauerte auf den Knien, blickte nach Osten, beugte den Nacken, rang die Hände. Estevez war seltsam zumute. Dann stand Couoh neben ihm, ihm rannen Tränen über das breite Gesicht.

"Ich habe es geahnt, Senor", der alte Maya wies scheu auf das Bündel Knochen, "der rote Chac hat seinen Blitz gegen die blanke Maschine geschickt, die über den Himmel brummt. Das Unwetter, das der rote Chac macht, ist stark. Die Maschine fiel runter und die Zahlengötter wurden verwirrt."

Estevez schüttelte den Kopf. Er wusste nicht, wie das gemeint war.

"Die Zahlengötter sind genau", sagte Couoh mit leiser Stimme, "aber wenn es der rote Chac knallen und blitzen lässt, erschrecken sie sich und laufen schon mal durcheinander. In solchen Momenten kann es sein, dass sie ihre Lasten verwechseln. So was kommt vor, Senor! Vielleicht hat Gott Eins sein Jahrtausend und Gott Neun sein Jahrhundert versehentlich an Gott Fünf gegeben, und Gott Fünf hat diese Lasten aufgenommen. Und in dieses Durcheinander ist auch Senor Carter geraten."

# Carl-Friedrich von Steegen

## Der Ring in der Dose

Maria Welz isst für ihr Leben gern Schokolade. Sie ist Witwe und fast achtzig, sie sieht nicht mehr besonders und hört nicht gut. Sie lebt allein in ihrem Haus.

Es war am 2. April 2005. Die Martinshörner hatte sie wohl gehört, aber als sie aufgestanden war, sah sie nur das Wrack der Maschine, Splitter und einen Pulk schwatzender Nachbarn. Den toten Motorradfahrer hatte man weggebracht.

Es schellte und sie machte auf. Draußen stand ein junger Mann. Er trug eine alte Uniform, umgeschneidert, abgerüstet, umgefärbt. Er sah hungrig aus, die Kleidung schlackerte, in den Augen saß ihm der Schreck.

„Ich habe uns das Paket abgeholt", sagte er. „Du musst grad' unterschreiben."

Er gab ihr einen DIN A 4 Vordruck, der mit Schreibmaschine ausgefertigt war.

„Unten rechts", sagte er.

Sie war verdattert, als sie unterschrieb. Wie lange ist das her! - was für eine Ähnlichkeit! – der junge Mann glich ihrem ersten Mann aufs Haar. *Abgefertigt am 15. 12. 1947* las sie, während sie unterschrieb.

„Wieso Welz?!", er studierte das Formular. „Wir heißen doch Milford."
Dann war er weg. Sie war verwirrt und trug das Paket in die Küche. Es war ein stabiler gelber Karton, sie stellte ihn auf den

Tisch. *CARE U.S.A.* stand darauf, und einen Händedruck als Logo gab es auch. Sie holte eine Zange und knipste die Bänder durch, öffnete den Karton und packte ihn aus. Es waren US Army Rationen darin - Konserven und verschweißte Tüten - Zucker, Brot, gekochte und geschälte Kartoffeln, Kaugummi, Milchpulver, Lucky Strikes, Schokolade, Marmelade, Corned Beef.

Eine merkwürdige Geschichte, total hintergründig. Maria Welz erzählt sie so: Eduard Milford, ihr erster Mann, hatte an der Verteilungsstelle Oldenburg ein Care-Paket abgeholt, das an seine junge Frau adressiert war. Das war am 2. April 1947. Auf der Rückfahrt verunglückte er mit seinem Motorrad. Er starb an der Unfallstelle. Die Identifikation war strittig, weil es gebrannt hatte. Nach langen Ermittlungen wurde die Akte irgendwann geschlossen und Milford für tot erklärt.

Sechzig Jahre später ist er seiner Frau erschienen – sie fast achtzig, er so jung wie er starb. Der Unfalltod eines unbekannten Motorradfahrers am 2. April 2005 vor ihrer Haustür löste diesen Besuch aus.

Maria Welz' Care Paket ist Tatsache, sie zeigt es jedem, der es sehen will. Es ist so frisch und original, als sei es in unseren Tagen ausgeliefert worden. Und da ist noch was: Die alte Dame hat einen Tag später Eduard Milfords Trauring im Care Paket gefunden – *E. und M. 21.12.46* stand darin eingraviert. Er lag in einer Büchse mit Blockschokolade, die sie mit dem Büchsenöffner aufgeschnitten hatte.

# Carl-Friedrich von Steegen

## Der Traum

Ich schwebe über den Schulhof. Überall liegen Asche und Zementbrocken. Meine Finger umklammern die Griffe der Tasche und des Gitarrenkoffers - in der Tasche habe ich den Pons und ein paar Texte für die Lateinklausur versteckt, im Koffer verbirgt sich die Gibson. Das Gymnasium gleicht einem staubigen Märchen - keine Stimmen, kein Getrappel, kein Mensch. Vor der Klausur habe ich echt Schiss, da werden mir der Schulrat und der Direx über die Schulter gucken, und Scherp, der Pauker, wird durch die Reihen streichen und Ausschau halten, ob ich den Pons auf den Knien habe und darin Vokabeln suche, oder ob ich nach Spickzetteln taste. Mir werden die Finger feucht, während ich an das Blättern in diesem Zwerglexikon denke, das besser zu einem Wichtel passt. Um elf beginnt die Klausur. Das Konzert wird um sechzehn Uhr sein, ich freute mich darauf.

Wo ist meine Uhr, wo ist das Handy? Ich habe die Dinger abgelegt und in den Koffer getan. Cool bleiben! - ich habe Zeit genug, und wen sollte ich jetzt anrufen? Um mich herum blüht Erika, stehen Wächter mit spitzen Mützen - der Sandweg ist endlos, windet sich durch dürre Krüppel und Felsgräber. Um elf beginnt die Klausur! - ich werde pünktlich sein, ich schwebe durch Wachholder- und Heideduft.

"Was hast du in der Tasche?", fragt mich Michael, der vom Himmel gefallen ist.

Er schwebt nun neben mir. Auch Rainer fällt herab und fragt mich, was ich in der Tasche habe. Ich schwitze.

"Schulsachen! .. nichts Besonderes!", murmele ich, "echt nichts Besonderes."
Die beiden lachen über mich, weil sie wissen, dass ich spicke. Sie sind die Besten in der Klasse, haben in Latein und Sport eine Zwei Plus. Sie brauchen keinen Pons, haben alles im Kopf, brauchen keine Hilfe, auch die Schwungstemme schaffen sie allein. Ich bleibe stehen, denn vor mir klafft ein Abgrund. Steine klicken hinter mir, ich drehe mich um. Dort sitzen Michael und Rainer, werfen Kiesel in meine Richtung und halten sich die Bäuche über mein fahles Gesicht. Ich taumele, stolpere über den Felsrand.
Aber ich kann fliegen. Wenn ich den Kopf hebe, geht es empor, nehme ich ihn auf die Brust, sinke ich. Und hebe oder senke ich die Arme, geht es nach rechts oder links. Ich werde übermütig, rase auf den Gletscher zu und, kurz bevor ich aufschlage, hebe ich den Kopf und sause darüber weg. Ich stürze mich in Schluchten, und wo sie enden, fliege ich einen halben Looping und dann eine Rolle, schon versinken die Felswände im Morgendunst und ich ziehe in den Himmel wie Peter Pan.

Ach ja, dort ist die Schule. Ich lande, eile die Sandsteintreppen hoch, sie sind rissig und ausgelatscht. Wäre doch die Klausur schon geschrieben, ich habe unglaublich Schiss vor Herrn Scherp, der Latein gibt, vor seinem Schmerbauch, seinem Rasierwasser, vor seinem stieren Blick. Das Schulkonzert! - darauf freue ich mich. Mit der Gibson komme ich besser zurecht als mit den lateinischen Philosophen. Ich werde frei sein, ich werde Akkorde greifen und Solo spielen, Latein ist dann abgehakt. Ich steige und steige, wie viel Stufen sind es .. tausendeins .. tausendzwei .. eine Wendeltreppe wie eine Ziehharmonika, sie wächst und wächst, nimmt kein Ende. Vier Männer kommen mir entgegen, der Schulrat, der Direx, Herr Scherp ... und der Hausmeister, der einen Gipskopf unter dem Arm schleppt. Es ist die Büste des jüngeren Lucius Annaeus Seneca, die sonst immer, neben dem Eingang rechts, im Konferenzzimmer steht. Die Herren mustern mich, ihre Blicke sind verächtlich, und ehe ich es mich versehe, schreiten sie durch mich durch und verschwinden in den Stufenspiralen unter mir. Ich bin Luft für sie! Ich halte den Gipskopf unter dem Arm. Meine Tasche! - wo ist meine Tasche?! – der Hausmeister hat sie mir abgenommen, einfach so. Ohne den Pons bin ich am Ende, dann hat mich der Scherp am Boden.

Die Pausenklingel schrillt. Keine Stimmen, kein Getrappel, kein Mensch. Ich betrete das Gebäude. Wie vorhin - das Gymnasium ist tot. Ich trage den Gipskopf durch den langen Gang und meinen Gitarrenkoffer. Aber eigentlich schwebe ich an den Klassentüren vorbei, alles ist leicht, nur mein Herz ist schwer.

"Wo ist dein Koffer?", fragt mich Michael, der mit Rainer aus der Klassentür guckt.

"Na ja", sage ich, "der ist weg. Ich denke, der Hausmeister hat ihn."

Die beiden zeigen mir einen Vogel.

"Ohne Pons hast du überhaupt nichts drauf", feixt Michael.

"Und der Gipskopf .. woher hast du ihn?", fragt Rainer. "Der Hausmeister .. er muss ihn mir gegeben haben."

"*Muss* er das?"

"Nein .. muss er nicht .. natürlich nicht .. nun ja, weiß nicht so genau .. ging alles schnell."

"Der Gipskopf wird dir auch nichts helfen."

Auf dem Flur machen die beiden ein paar Flick Flacks, so nahe vor mir, dass ich ausweichen muss und ins Stolpern komme. Und dann sind sie weg.

Ich habe Klassendienst und höre Scherps Schritte auf dem Flur. Ich ziehe die Tür zu und renne auf meinen Platz. Der Scherp duftet wie ein Wölkchen. Ich sitze hinten links, und der Dieter Neumann vorn, etwa dort, wo auch das Katheder steht. Der Neumann ist ein lieber Kerl, er ist schüchtern.

"Das Dieterchen", sagt Scherp gern und fährt ihm dann durch die blonden Locken.

Ich komme nach Hause. Alles ist dunkel, meine Schwestern lugen durch die Schlüssellöcher. Ich bücke mich, ich krieg es mit dem Lederriemen wegen des blauen Briefes. Meine Schwestern kichern, ich höre sie wohl. Ich schäme mich, weil ich nicht so wie Michael oder Rainer bin.

Irgendwas weht mich fort, ich falle tief, kann nicht fliegen, gleiten. Die Nacht um mich, sie glitzert, funkelt, ich falle, ich falle. Ich werde ganz leicht, und ich schwebe durch den Flur, vorbei an den Türen der Klassenzimmer. Dort ist mein Klassenzimmer. Ein paar Stühle sind aufgestapelt, an der Decke schaukelt eine Glühbirne, sie leuchtet schwach und lässt Schatten wandern. Vorn steht das Katheder, wurmstichig und verschnitzt, und oben drauf hockt der Dieter Neumann.

"Neumann!", sage ich, "Neumann .. du hier? .. das ich ja ein Ding!"

Der Neumann guckt mich an, grämlich wie ein Marabu. Seine Haare sind grau, seine Haut ist trocken. Er muss krank sein, er gibt sich gerade eine Injektion.

"Ich kann mich gut an dich erinnern", versuche ich das Gespräch. "Weißt du noch, wir waren nur noch zwölf von vierundfünfzig Sextanern .. damals, als wir Abi machten."

"Ja", sagt er. "Klar soweit .. hast du Kontakt zu Michael und Rainer?"

Ich erzähle ihm, dass ich sie nur im Traum wieder getroffen habe, nicht in Wirklichkeit.

"Irgendjemand wollte eine Liste machen mit den ganzen Adressen. Hast du die?"

"Nein."

"Echt schade."

"Weiß auch nicht so .. aber ist doch ganz lustig", ich setze den Gipskopf irgendwohin und lege den Koffer daneben, "dass wir uns hier wiedersehen."

Neumann schaut mich kritisch an.

"An dich erinnere ich mich nicht so gut", er scheint es ernst zu meinen. "Das liegt vielleicht daran, dass du hinter mir gesessen hast."

Es gibt eine verlegene Pause. Mich nerven ein paar Motten, die um die Glühbirne tanzen.

"Weißt du", frage ich, "wie spät es ist?"

"Dass du so etwas überhaupt fragst", Neumann zeigt auf die Schuluhr gegenüber, die wie ein Teig aufgegangen ist und nun die ganze Wand einnimmt – sie pulst, ihr Werk tönt wie ein Schmiedehammer.

"Es ist elf Uhr dreißig, du Birne."

Ich hatte so viel Zeit und bin nun doch zu spät gekommen .. der Gedanke, wegen der versäumten Lateinklausur Ärger zu kriegen, macht mich krank. Vielleicht, dass ich den Musiklehrer anrufe und ihn bitte, für mich beim Kollegen Scherp ein gutes Wort einzulegen. Mit dem Musiklehrer kann ich gut, der ist in Ordnung. Aber im Lehrerzimmer ist es düster, und während ich dort herumtappe und nach dem Lichtschalter taste, prasseln tausend Zeigestöcke in sich zusammen, die überall an den Wänden und Möbeln lehnen. Mich erfasst der Holzstrudel, prügelt mich die Treppen runter, wirbelt mich aus der Schule. Ich wühle mich aus einem Berg von runden Hölzern, falle ein paar Mal über die glatten Dinger, gelange auf allen Vieren in das Gebäude zurück. Ich irre durch die verlassenen Gänge, rufe nach dem Musiklehrer und suche ihn, finde ihn nicht. Das Handy! .. ich könnte ihn anrufen .. auch das Handy finde ich nicht. Dann fällt es mir ein. Das Handy ist im Gitarrenkoffer, und den habe ich, zusammen mit dem Gipskopf, im Klassenzimmer gelassen. Ich öffne die Tür, ich sehe Scherp. Er liegt dort zu Bett, küsst den Gipskopf und schaut entsetzt zur Tür, als habe er etwas Verbotenes getan. Ich schließe die Tür zum Klassenzimmer, schleiche auf Zehenspitzen davon.
Vorn sitzen der Schulrat, der Direx, das Schulkollegium, natürlich auch Michael und Rainer. Es ist eine große Aula, sie ist mit Gästen und Schülern vollgestopft. Der Musiklehrer schiebt mich auf die Bühne, wo mich die zwölf Schüler des Schulorchesters anstarren.

"Durchschlagen!" sagt er beschwörend, "denk daran, durchschlagen!"

Er meint die Akkorde, er meint die Gitarre. Aber ich habe keine, meine Gibson ist weg, mir schlottern die Knie, mir tropfen die Finger. Jemand drückt mir eine Trompete in die Hand. Der Musiklehrer hebt den Taktstock. Eine Trompete! .. ich habe keine Ahnung wie man Trompete spielt. Und dann blase ich Trompete. Ein Engel ist in mir und spielt für mich, alles geht ganz leicht, alles ist ganz einfach. Die Leute steigen auf die Stühle, trampeln herum, pfeifen, gestikulieren. Ihr Jubel gilt mir. Jetzt fällt der Vorhang. Draußen tobt das Publikum, ist völlig von der Rolle - es will, dass ich eine Zugabe spiele, die Leute wollen Autogramme.

Neumann versperrt mir den Weg, blickt wie ein Marabu, gibt sich gerade eine Injektion.

"Hast du gesehen? Michael und Rainer sitzen in der ersten Reihe."

Ich sage ihm, dass ich sie gesehen habe.

"Irgendjemand wollte eine Liste machen mit den ganzen Adressen. Hast du die?"

"Nein."

"Echt schade .. warum hast du Michael und Rainer nicht danach gefragt?!"

"Weiß auch nicht so .. war irgendwie keine Gelegenheit."

Neumann schaut mich kritisch an.

"Wer bist du eigentlich?"

Ich sage ihm meinen Namen, und dass wir zusammen Abi gemacht haben.

"An dich erinnere ich mich nicht so gut", er schüttelt den grauen Kopf. "Das liegt vielleicht daran, dass du hinter mir gesessen hast."

# Christina Patjens

**Furchtlos**

furchtlos, mit Dir
im Zauberwald
der Fabelwesen
Gnome und Einhörner
in Frieden
miteinander lebend
gute Feen, sowie
schwarzmagische Hexen
geheimnisvolle Stille
nur das Tönen
des Windes
verzaubert, jedoch,
nur von Dir

# Christina Patjens

## Symbiose

den
Orbit streifend
synchron
im Paralleluniversum
Reflektion
der Supernova
Komposition
der
5. Dimension
ohne
Horizont
am
Zenit

# Detlef Heublein

## Das fliegende Pferd

Am Himmel droben fliegt ein Pferd,
ganz sanft,
so wie es sich gehört.
Schlägt leise mit den weißen Schwingen,
statt auf der Erde rumzuspringen
und kommt direkt jetzt auf mich zu.
Ich wunder mich und denk: „Nanu,
was will denn dieses Pferd von dir?"
Da ist es auch schon nah bei mir
und sagt: „Ich bin der Pegasus,
mit deiner Ruhe ist jetzt Schluß.
Du wirst mich jetzt ein Stück begleiten
und hoch zum Himmel mit mir reiten."

So bin ich auf das Pferd gestiegen.
Was soll' s – ich wollt schon immer fliegen.
Wir sind ein ganzes Stück geflogen,
hab frischen Wind mir reingezogen
und auf der Erde angelangt
hab ich mich bei dem Pferd bedankt.
Ich sprach zu ihm: „Beim nächsten Ritt
komm ich bestimmt mal wieder mit."

Sachen gibt 's, die glaubt man nicht,
doch liegt vor mir jetzt ein Gedicht.

# Detlef Heublein

## Erlkönig

### Richtigstellung eines Sachverhalts

Ich saß mal so am Wegesrand,
der bei den Erlen sich befand.
Da kam ein Mann auf einem Pferd
mit seinem Sohn – bedauernswert.

Es schrie der Junge nicht sehr wenig,
das störte mich – den Erlenkönig.
Ich wollt ihn trösten – er indessen
schrie weiterhin fast wie besessen.

Hab seine Schönheit hoch gelobt,
doch hat er nur ganz wild getobt.
Lud ihn sogar zum Essen ein,
doch hörte er nicht auf zu schrein.

Aus seinen Augen Angst ihm kroch.
So rief ich meine Töchter noch,
die sollten ihn mit Tanz erheitern.
Betrübt sah ich die Sache scheitern.

Ich hab ihn dann nur sanft berührt,
er hat es wohl auch kaum gespürt.
Er machte seine Augen zu,
vorbei sein Leben war im Nu.

Die Angst – der schlechteste Berater
trieb hastig weiter jetzt den Vater.
Der sah mich um den Sohn nicht trauern,
ich konnt die beiden nur bedauern.

Und Goethe hat in jener Nacht
noch ein Gedicht daraus gemacht,
in dem die Handlung so entstellt,
dass man mich für gespenstig hält.

Wir wollten doch dem Sohn nur helfen,
wir – die Verwandten von den Elfen.

# Detlef Heublein

## Himmel und Hölle

Mein Leben hier war grad vorbei,
sah mich schon in der Hölle schmoren,
doch war ein Platz im Himmel frei.
Man hat als Engel mich erkoren.

Ich kam also im Himmel an
und wurde gleich gefragt,
ob ich wohl Harfe spielen kann.
Und ich hab „Ja" gesagt.

Doch kann ich nur die eignen Sachen,
und jedes davon nur einmal.
Wer zuhört, hat da nichts zu Lachen,
für ihn ist es wohl eine Qual.

So zupfte ich die Saiten locker.
Ich rockte los, so gut es ging.
Die Englein fielen fast vom Hocker.
Das war ganz neu – das war mein Ding.

Der Herrgott aber war empört,
und rief: „Das ist ein starkes Stück."
Ich hätt den Frieden arg gestört.
Er trieb zur Erde mich zurück.

Wenn einst die Hölle nach mir schreit,
macht mir das wirklich nicht viel aus.
Ich bin dann wieder spielbereit
und hole meine Harfe raus.

# Erik Schreiber

## Der Untergang

Das kleine Kloster „Schwalbennest" hängt seit Jahrhunderten in der Steilwand der Insel „letzte Perle". Den Namen trägt die Insel, weil es wie die letzte einer Reihe von Perlen an einer Inselkette zu hängen scheint. Im Vergleich zur granitenen Steilwand ist das alte Kloster noch sehr jung. Auch die auf umliegenden Bergspitzen stehenden Geisterstelen sind mehrere tausend Jahre älter als das kleine Kloster. Die ältesten Schriften des Klosters „Schwalbennest" bezeichneten diese Geisterstelen bereits als uralt. Und der Gelehrte Wang konnte auf seiner Reise selbst noch einen Blick auf die Bambusblättchen werfen und die Geschichte des Klosters lesen.
Während der ersten Jahrhunderte diente der Schamanenplatz dem Drachengott, später dessen Tochter, der Jadeprinzessin. Den gläubigen Pilgern der alten Götter leistete der Schamanenplatz „Schwalbennest" gute Dienste auf dem alten Pilgerpfad der neun Heiligtümer. Mehr konnte der Gelehrte Wang aber auch nicht mehr über die alten Götter herausfinden. Und was sich hinter dem Begriff der neun Heiligtümer verbirgt, wird die Geschichte des Klosters für sich behalten.
Danach soll es eine Zeit des Umbruchs gegeben haben, denn der Schamanenplatz wich einem kleinen Kloster und wechselte mehrmals den Besitzer und auch die Götter änderten sich. Lange Jahre diente das Kloster dem Dämonenkaiser Htohtaza als Heimstatt. Hier herrschte er ein halbes Jahrhundert mit grausamer Gewalt und schier unstillbarem Blutdurst. Erst der Kindgott Tsin-Li konnte den Dämonenkaiser in die Unterwelt zurücktreiben.
Lange Jahrhunderte herrschte unter diesem Heiligen Friede und Eintracht unter den Bewohnern des Klosters und der umliegenden Täler. Es folgten erfolgreiche Jahre und auch hin und wieder magere Jahre. Aber es war eine friedliche Zeit.

Irgendwann verließ der Kindgott das Kloster und hinterließ einen Abt, der für ihn das Kloster führen sollte. In dieser Zeit, noch lange vor dem Sternsteinunglück, erschien Han Wei. Han Wei wurde das erste Mal gesehen, als er unten im Tal auf der Straße entlang wanderte, die sich am Fluss Qixia entlang wand. Han Wei war ein graubärtiger alter Mann, mit sonnengebräunter, faltiger Haut, der trotz seines Alters aufrecht an seinem Wanderstab ging. Er benötigte noch einen ganzen Tag, bis er den Berg hinauf am Kloster ankam und mit dem Ende seines Stabes an die hölzerne Pforte der Abtei klopfte.

Bereits vor der Ankunft des damals noch fremden Han Wei hatten sich Gerüchte verbreitet, dass sich in den Nebentälern die „schleichende weiße Pest" verbreitet hätte. Um so argwöhnischer musterten ihn die Augen, die durch die kleine Luke blickten, die sich nach dem Klopfen geöffnet hatte. Sie betrachteten den alten Mann aufmerksam ob irgendwelcher Anzeichen. Han Wei wurde aufgefordert, seinen Oberkörper zu entblößen und sich um die eigene Achse zu drehen. Als diese stille Musterung zur Zufriedenheit des Priesters ausfiel, öffnete dieser und bot ihm des Klosters Gastfreundschaft. Hinter ihm schloss sich die schwere Eichenholztür und ein Balken wurde vorgelegt. Das Kreischen des Holzes und das Knarren des Riegels blieben hinter ihm zurück, als ihn ein zweiter Priester freundlich, aber bestimmt am Arm nahm und in den hellen Hof des Klosters führte.

„Wir hörten", so der Priester, „dass wieder die weiße Pest im Land wütet. Wir müssen daher vorsichtig sein und bitten dich daher um Vergebung."

„Pah!", antwortete Han Wei verbittert, „die einzige Krankheit, die in diesem Land wütet, ist die Unwissenheit."

„Ihr kommt von weit her?"

„Ja sicher, von weit her", antwortete er. „Doch was soll es? Ist es nicht egal, von wo ich komme und wohin mich mein Weg führt?"

Der Priester führte den Wanderer über den teilweise gepflasterten Hof in eine kleine leere Kammer. Lediglich ein

Stehpult befand sich in dem düsteren Raum, in den durch die schmalen Fenster nicht genug Licht hereinfiel. Auf dem Pult lagen eine Schriftrolle, sowie ein Pinsel und ein Tuschestein. Der Priester wollte gerade die Tusche anrühren, doch Han Wei nahm ihn den Pinsel ab. In raschen, fließenden Bewegungen schrieb er seinen Namen auf die Schriftrolle. Han Wei, Gelehrter, Seher, Wanderer. Der Priester blickte zuerst ihn, dann die Schrift an und versuchte, die Schrift zu lesen. Mühsam entzifferte er das erste Schriftzeichen. Als er das zweite Schriftzeichen lesen wollte, kam ihm Han Wei zuvor und las ihm vor, was er geschrieben hatte. Kaum war der Name gefallen, färbte sich der Kopf des Priesters mit einer leichten Röte.
Han Wei lachte. „So, habt ihr bereits von mir gehört? Aber was habt ihr gehört? Vorwärts, führt mich zum Abt, ich möchte mit ihm sprechen."
Diese erste, historische Begegnung mit Han Wei blieb nicht die Einzige. Der Gelehrte, Seher und Wanderer, wie er sich selbst bezeichnete, lebte ungefähr sieben Jahre im „Schwalbennest". Dann zog er weiter. Doch in den Verzeichnissen des Klosters steht, er wäre über Jahrzehnte hinweg immer wieder gekommen, um für einige Jahre in dem kleinen Kloster zu verweilen. Eines Tages verließ er das Schwalbennest und der letzte Abt, der ihn zu sehen bekam, war Lu Hsin Tai. Lu sah ihn vom Kloster aus, als Han die kalkige, leere Strasse entlang zog, die hinauf zum Kloster führte. Aber Han Wei erreichte nie das Tor, obwohl der Abt und einige Priester ungeduldig nach ihm Ausschau hielten und später lange nach ihm suchten. Seither hat sich in dem kleinen, abseits gelegenen Kloster nicht viel geändert.
Ein Blick aus den schmalen Fenstern bietet heute jedoch einen gänzlich veränderten Ausblick. Wo früher der Fluss Qixia floss, findet sich heute der Ufersaum. Der alte Pilgerpfad windet sich am Steilufer in die Höhe. Vom Kloster sieht man über das Meer; gischtende Wellenkämme, blaugrauer Himmel und hoch in der Luft segelnde Möwen und Albatrosse. Ab und zu sieht man in der Ferne die Segel vorbeiziehender Dschunken oder näher an der Küste dümpelnde Fischerboote. In den Bergen entleeren

düstere Wolken ihre Regenfracht oder die Sonne brennt heiß herunter. Dann wird der Schatten hart und das Kloster liegt im kühlenden Schatten. Und weit oben, hoch im Himmel schrauben sich die seltenen Adler in die Höhe. Das Kloster „Schwalbennest" auf „letzte Perle" hat sich nicht mehr verändert, seit Han Wei nicht mehr in das Kloster kam und auf dem Weg dorthin spurlos verschwand.

Lon De Hong blickte durch das Fenster der Bibliothek. Unter ihm lag das Tal im Schatten der Steilwand. In der Ferne trottete eine winzige, einsame Gestalt den steinigen Hang hinauf. Das Sonnenlicht blitzt und blinkt auf dem der Spitze des Wanderstabes des fernen Wanderers. Er kam mit einem Ochsenkarren bis zum letzten Dorf und von dort ging er weiter, die paar Habseligkeiten in einem Korb auf dem Rücken und den alten Wanderstab, mit der goldenen Auflage auf der Spitze, in der Hand. Während der vergangenen Monate sammelte der Wanderer Informationen über Han Wei für seine Unterlagen, die er in einer Bambusröhre mit sich führte. Er suchte nach Wissenswertem über einen Mann, der angeblich Generationen überlebte. Dafür, dass er vor ungefähr siebenhundert Jahren das erste Mal erwähnt wurde und das letzte Mal vor 475 Jahren, müsste der geheimnisvolle und sagenumwobene Gelehrte über zweihundert Jahre alt geworden sein. Eingedenk der Möglichkeit, im Klosterarchiv eventuell einen Hinweis auf den letzten Aufenthaltsort zu finden, war der einsame Wanderer seit Monaten auf dem Weg. Der Hinweis auf den letzten Aufenthaltsort von Han Wei bezog sich lediglich auf eine Sage, die eine Wochenreise von hier aufgeschrieben wurde. In einem Brief, den er dem jetzigen Abt des Klosters „Schwalbennest" schrieb, bat er schüchtern um einen Besuch und die Erlaubnis, nicht nur das Kloster zu besuchen, sondern ebenfalls in den Unterlagen lesen zu dürfen. Rasch war die Einladung erfolgt und seinem Wunsch wurde entsprochen. Der Brief wurde vom Abt Li beantwortet und ein Mönch namens Su-Ha würde ihn erwarten. Su-Ha sei derjenige, unter dessen Obhut die

Klosterbibliothek steht, und derjenige der sich mit dem Vermächtnis von Han Wei am Besten auskenne. Gerade das erwähnte Vermächtnis machte den Wanderer neugierig. Su-Ha erwähnte in einem Begleitschreiben nur, dass seit Jahrzehnten niemand mehr ein solch gesteigertes Interesse an Han Wei gezeigt hätte. In der Tat seien nach bestem Wissen und Gewissen des Mönchs Abt Li und er die beiden einzigen noch lebenden Menschen, die Kenntnisse davon hatten, dass Han Wei auf dem Weg zum Kloster damals spurlos verschwand. Auch hätte er lange Jahre in der Bibliothek des Klosters gearbeitet und seine Forschungen betrieben. Der Mönch Su-Ha versicherte ihm, bis zu seiner Ankunft alle Hinterlassenschaften herauszusuchen und sortiert vorzulegen. Auch die eigenen Informationen, die Su-Ha in jahrelanger Arbeit zusammentrug, will der Mönch ihm zur Verfügung stellen.
Der Wanderer wollte nicht an diesen Glücksfall glauben, machte sich jedoch schnurstracks auf den Weg. Schon der in dem Dorf Na Lon gemachte Fund, die alte Sage um Han Wei, war ein glücklicher Zufall. Immerhin handelte es sich um eine, eventuell sogar echte Version des letzten Wunders, das Han Wei gewirkt haben sollte: die fehlerfreie Vorhersage eines Quellfundes während einer Trockenheit.
Jetzt schien es, als hätte Zhe Jiang, so der Name des bislang namenlosen Wanderers, eine wirkliche Chance, über die wenigen Informationen hinaus mehr über den Seher und Gelehrten zu erfahren. Auf den Brief des Abtes antwortete er sofort und sandte einen Boten los, seine, Zhe Jiangs, Ankunft baldmöglichst zu vermelden. Zhe Jiang wollte sich auf die Dauer seines Aufenthaltes nicht festlegen, vor Ort erst sehen, was ihn erwartete und dann eine entsprechende Entscheidung treffen.
Wäre Zhe Jiang damals gefragt worden, woran er glaubt, so wäre der Begriff Vorsehung sicher nicht über seine Lippen gekommen. Zwar fand er bei seiner Ausbildung zum Gelehrten und Lehrer einen sehr alten Hinweis auf Han Wei, und diese unvorhergesehene Entdeckung war ihm wie eine ungeheuerliche Enthüllung erschienen, aber er wäre damals nie auf den

Gedanken gekommen, einen Großteil seiner Studien mit der Suche nach Han Wei zu verbringen. Eine seltsame Art der Niederschrift und des Inhaltes hatte ihn über die Kluft der Jahrhunderte angesprochen. Seither lebte Zhe Jiang in vielen Orten, lehrte den Kindern das Notwendigste und führte seine Studien fort. Immer, wenn er Hinweisen folgte, von denen er glaubte, sie bringen ihn Han Wei näher, kündigte er seinen Lehrauftrag und folgte der Spur zu einem anderen Dorf oder Stadt. Dort arbeitete er wieder als Lehrer und setzte seine privaten Studien fort.
Nichtsdestotrotz wäre Zhe Jiang der erste gewesen, der sich und anderen eingestanden hätte, dass sein Forschen nach einem Beweis für Han Weis Leben bislang nichts eingebracht hatte. Einen unumstößlichen Beweis für dessen Wirken und Leben gab es bislang keinen. Sicher, die Sagen und Legenden, die sich um diesen Mann sammelten, mussten ein Körnchen Wahrheit enthalten, doch vielerorts war Han Wei noch nicht einmal dem Namen nach bekannt, obwohl gerade die Sage in diesem Ort spielen sollte beziehungsweise den Anfang nahm. Enttäuscht und verbittert zog sich daher Zhe Jiang einmal mehr zurück und wollte seine Nachforschungen aufgeben. Aber paradoxerweise fühlte Zhe Jiang, obwohl eine winzige Spur nach der anderem im Sande verlief oder sich im nebulösen Hörensagen auflöste, immer wieder davon überzeugt, dass Han Wei gelebt hatte. Ein nicht näher bezeichnender Drang ließ ihn in seiner Arbeit nicht nachlassen, die Suche fortzusetzen. Es schien ihm manchmal so, als sei er auf eine rätselhafte, nicht näher zu bestimmende Weise dazu ausersehen, die Existenz von Han Wei zu beweisen, zudem sich beide eines ruhelosen Lebens befleißigten, wohl wissend, dass der Drang dazu aus unterschiedlichen Quellen herrührte.
In der letzten Nacht, als Zhe Jiang in der ärmlichen Hütte eines Bauern übernachtete, den Blick durch das undichte Dach in den Sternenhimmel gewandt, lag er lange wach und grübelte über die Kette von Zufällen nach, die ihn auf die Fährte des Sehers und Wanderers Han Wei setzten. Es schien, als wolle eine unsichtbare Hand ihn führen und schützen. Die anfängliche

Entdeckung der ersten Aufzeichnungen, die ihn zu genau jener Zeit, an jenen Ort führten, den Überfall durch die Räuberbande auf das Dorf Du Han mit der Flucht in die alten Höhlen, wo er in einem Tonkrug beschriebene Tontafeln fand, und schließlich den Hinweis auf das Kloster „Schwalbennest" und das angebliche Vermächtnis. Es war, als hätte er in wichtigen, kritischen Momenten immer wieder eine Eingebung erhalten, die allein ihn auf den rechten Pfad zurückführte.
Als er so da lag, dachte er laut, halb erschreckt von seiner eigenen Stimme in der Stille der Nacht: „Meister Han Wei, suche ich dich, oder suchst du mich?" Kurz darauf zog eine Sternschnuppe über das Haus hinweg, mit einem langen, dünnen Schweif, wie mit heller Tusche an den dunklen Himmel gemalt.
Zhe Jiang lächelte und schlief ein.
Am frühen Vormittag bog er dann auf der kalkigen Straße um einen Felsvorsprung und er hatte einen imposanten Ausblick auf das lange Tal und das in der ferne befindliche Kloster „Schwalbennest". Mit einem dankbaren Seufzer ließ er sich am Wegesrand auf einem Stein nieder, lehnt sich gegen die Steinwand dahinter und ruhte sich aus. Irgendwie hatte er es plötzlich nicht mehr eilig und ein Gefühl, als käme er nach Hause, beschlich ihn. Der Anblick des friedlichen Tales, seiner fast greifbaren Ruhe und Friedfertigkeit schien dazu bestimmt zu sein, sich bis zu seinem Tode in sein Gedächtnis einzubrennen. Das Kloster „Schwalbennest", dessen Mauern im warmen Licht der noch nicht sehr heißen Vormittagssonne einen weichen Schatten warfen, dessen einst rote Ziegeldächer inzwischen zu einem einfachen Ockerton verblichen waren und sich auf ein kleines Felsplateau schmiegten, wirkten trotz des großartigen Eindrucks sehr bescheiden. Dahinter erhoben sich Gipfel neben Gipfel, die wie ein Kamm ihre Bergspitzen in einen blauen, wolkenlosen Himmel reckten. Während Zhe Jiang hinauf zur Abtei blickte, befiel ihn das Gefühl, das Bauwerk stehe nur da, um den Blick auf das Eigentliche und Wichtige des Ortes zu verdecken, damit die Einzigartigkeit des Platzes nicht sofort augenfällig wird.

Zhe Jiang klaubte ein nicht mehr so weißes Taschentuch aus seiner Hose und wischte sich den Schweiß von der Stirn. Dabei verschob er seinen Reisstrohhut und ein paar Strähnen seines fast weißen Haares fielen darunter hervor. Energisch rückte er den Strohhut zurecht, erhob sich und marschierte leichten Schrittes weiter in das fruchtbare Tal hinein. Der Fluss Qixia schlängelte sich zwischen grünen Wiesen, auf denen braune Kühe standen, und gelben Getreidefeldern hindurch, auf eine kleine, ferne Ortschaft am Fuße des Klosters zu. Er benötigte für die Strecke, als er die letzte Steigung zum Kloster nahm, fast einen halben Tag. Die Sonne stand schon recht tief, brannte aber immer noch unbarmherzig vom weiterhin wolkenlosen Himmel herab. Während des Aufstiegs befand er sich zwar die meiste Zeit im Schatten, doch war die Luft weiterhin heiß und stickig. Das Wasser, das er zu Beginn des Aufstieges aus dem Fluss geschöpft hatte, war lange aufgebraucht und so wurden die letzten beiden Stunden des mühevollen Aufstieges zur Qual. Als er nun das offen stehende Tor des Klosters erreichte, wieselte ein kleiner Junge in den hellen Umhang des Novizen gekleidet davon, nur um kurz darauf mit einem älteren Mönch im hellblauen Mönchsgewand wieder zu erscheinen. Bei der Aussicht auf den Besucher breitete er seine beiden Arme aus und begrüßte den Wanderer aufs herzlichste.
„Willkommen, Gelehrter Zhe Jiang", rief er, „willkommen, ich erwarte Euch seit einer halben Stunde."
Zhe Jiang ergriff einen leichten Schwindel. Mochte es vom Aufstieg kommen, mochte es die Sonne sein, aber er war sich sehr wohl bewusst, für seine Ankunft im Kloster keinen Tag und schon gar keine Stunde genannt zu haben. Im Gegenteil, seine eigentliche Planung sah vor, erst morgen, am späteren Abend hier einzutreffen. Wenn er nicht den Bauern mit dem Karren getroffen hätte, dessen Ochsen ihn, den Karren, mit stoischer Ruhe zogen, wäre es auch so gekommen.
Zhe Jiang lächelte und umarmte den Mönch wie einen lieben Freund. Fragend sah er ihn an: „Ihr seid Su-Ha, der Bibliothekar?"

„Selbstverständlich, in persona." Der kleine Mönch, denn erst beim Näherkommen erkannte er, dass Su-Ha einen Kopf kleiner war als er selbst, lächelte und sagte: „Dann habt Ihr den Bauern doch getroffen und konntet somit früher erscheinen."
Der Wanderer kniff verblüfft die Augen zusammen. „Ganz genau, aber woher wisst ihr das?"
Der Mönch wechselte so schnell das Thema, weil ein zweiter Novize aus dem Gebäude hinzukam und ihm mit dem ersten Novizen zusammen den schweren Korb von den Schultern nahm.
„Sie müssen verschwitzt, durstig und müde sein. Kommen Sie!" Er nahm Zhe Jiang am Arm und führte ihn in das Innere der Anlage. „Ich zeige Ihnen Ihre Unterkunft und zu Essen und Trinken wird Ihnen auch gleich gereicht." Zhe Jiang musterte den Mönch voller Neugier von der Seite. In den letzten Jahren hatte er viele Orte und Versammlungsplätze aufgesucht, aber nirgends hatte er das Gefühl wie hier, zu Hause zu sein. Angekommen oder sogar zurückgekehrt.
Ihn umfing das heitere Gefühl einer zeitlosen Gelassenheit. Inmitten des kleinen Gärtchens, das die Gebäude umstanden, entsprang eine kleine Quelle, sprudelte in eine aus Fels gehauenen, bemoosten Schale, plätscherte zwischen den Beeten hindurch und verschwand schließlich spurlos, als hätte es den kleinen Wasserlauf nie gegeben, in einer Felsspalte. Zhe Jiang begab sich zur Schale und warf einen Blick in das klare Wasser, benutzte die Oberfläche als Spiegel. Er blickte in ein faltiges, schmutziges, von Schweißrinnsalen gefurchtes Gesicht. Einmal mehr griff er zu seinem Taschentuch, befeuchtete es im Wasser und wischte sich über das Gesicht. Gleich neben seinem Gesicht erschien das Gesicht von Su-Ha.
„Das Wasser entspringt einer Quelle", erklärte der kleingewachsene Mönch, „und verschwindet in einer Erdspalte. Bisher versiegte diese Quelle noch nie, aber niemand kann sicher sagen, woher das Wasser kommt und wohin es geht."
Auf dem Beckenrand stand eine blankgewienerte Schale. Su-Ha ergriff sie, tauchte sie in das klare Quellwasser und reichte Zhe

Jiang die Schale. Dankbar nahm er das köstlich kühle Nass und leerte den Napf fast in einem Zug. Er reichte dem Mönch die Schale zurück und sah, wie Su-Ha bekräftigend mit dem Kopf nickte. „Ja, jetzt sind Sie da, so wie er es sagte."

In der ersten Woche seines Aufenthaltes im „Schwalbennest" versuchte Zhe Jiang sich einzugewöhnen. Ein wenig machte ihm die dünne Luft des hochgelegenen, kleinen Plateaus zu schaffen. Hauptsächlich der Mönch Su-Ha sorgte dafür, dass sich Zhe Jiang wohl fühlte. Auf irgendeine, schwerlich zu beschreibende Art und Weise, gelang es dem kleinen Mönch, in ihm den Gelehrten, eine Überzeugung zu wecken, dass hier im „Schwalbennest" seine Suche und seine Forschung ein Ende finden werde. Irgendwo in den dunklen Räumlichkeiten, zwischen alten, hölzernen Regalen und steinernen Felsnischen, zwischen Aufzeichnungen auf altem Leder, hölzernen Bambus und modrigem Papyrus, irgendwo hier solle Zhe Jiang suchen und gegebenenfalls fündig werden.
Gemäß seinem im Brief geäußerten Versprechen legte der Bibliothekar dem Gast jene dokumentarischen Beweise vor, die das Kloster zu bieten hatte. Im Verlauf der Jahre sammelte der Bibliothekar selbst einige Exponate, die an Han Wei erinnerten oder gar von ihm selbst stammen sollten. Unter diesen Stücken fand sich ein seltsames Messer mit einem Holzgriff in Form zweier gewundener Schlangen und einer Messerschneide aus Obsidian. Zhe Jiang staunte darüber, war er doch der Meinung, es gäbe außer dem geschriebenen und gesprochenen Wort nichts mehr, das an den längst verstorbenen Gelehrten erinnere.
So fanden sich ein paar sehr alte Bambusstäbe mit einer Niederschrift, die vom Gelehrten selbst stammen soll. Sie berichtet von seiner ersten Ankunft. Han Wei beschreibt, wie er von einer Pilgerfahrt in den Fußstapfen des ehemaligen Tyrannen und späteren Heiligen Te Pin Wah hier einkehrte, eine Zeit lang blieb und dann die Pilgerfahrt beendete. Nach dieser Pilgerfahrt kam er wieder zum „Schwalbennest" zurück.

„Hier sind alle Beweise", sagte Su-Ha. Er eilte zu einem Regal und holte ein paar dünne Bambustafeln, blies den Staub herunter, um daraufhin hustend zurückzukommen, wo bereits mehr Bambustafeln und Papyri lagen, und legte die Unterlagen auf den Tisch. Su-Ha verabschiedete sich, er hätte noch zu tun, und ließ Zhe Jiang allein in der Stube.

Eines Abends spazierten Zhe Jiang und Su-Ha außerhalb der Gebäude den Weg hinauf, um einen besonders schönen Platz einzunehmen und den Sonnenuntergang zu beobachten. Die Steigung, die sie nahmen, war geringfügig, doch etwa alle fünfzig Schritte war Su-Ha gezwungen, eine kurze Pause einzulegen, um Atem zu schöpfen. Bei dieser Gelegenheit erkannte Zhe Jiang, dass der kleine freundliche und immer lächelnde Mönch ein kranker Mann war. Zhe Jiang beobachtet Su-Ha genauer. Unter den Lachfalten in seinem Gesicht hatten sich andere Falten verborgen, solche, die einen langen, vertrauten Schmerz zeigten. Der Gelehrte Zhe unterbreitete den Vorschlag, sich hinzusetzen, doch davon wollte der alte Bibliothekar nichts wissen. Er beharrte darauf, ihm unbedingt etwas wichtiges zeigen zu wollen, mit einer großen Bedeutung für die Studien von Zhe Jiang. Da wurde Zhe klar, dass es nicht um den letzten Sonnenuntergang ging, sondern dass etwas weitaus wichtigeres auf ihn wartete. Nach langen Minuten des Aufstieges, immer wieder von Pausen für Su-Ha unterbrochen, gelangten sie an einen besonderen Platz. Sie standen vor einer der Geisterstelen, die in einem Kreis um die Abtei angeordnet waren. Was man nur von diesem Platz sehen konnte, waren alle Stelen; egal, ob sie auf gleicher Höhe oder höher oder tiefer als das Plateau mit dem Kloster standen. Es zeigte sich, dass das Kloster sich genau in der Mitte befand.
„Sagen Sie mir, Zhe Jiang", fragte der Alte mit schwacher Stimme, „was halten Sie von den Aufzeichnungen, die Han Wei machte?"
Zhe Jiang breitete in einer Geste, die sowohl schuldbewusst wie auch unverbindlich wirkte, die Arme aus. „Um die Wahrheit zu sagen, verehrter Su-Ha, ich kann von mir nicht behaupten, eine

Meinung von ihm zu haben. Natürlich weiß ich, dass von ihm einige außergewöhnliche Dinge behauptet wurden, doch gibt er nur eine Außergewöhnlichkeit von sich selbst zu. Nämlich die, er könne die Zukunft voraussehen."

„Die ungewöhnliche Treffsicherheit", so fuhr Su-Ha fort, „seiner Voraussagen brachte ihn beim Kaiser in Ungnade. Han Wei hatte dies ebenfalls vorausgesehen und wanderte aus dem unmittelbaren Bereich des Kaisers aus, ehe der Kaiser seiner habhaft werden konnte."

Zhe Jiang lächelte. „Offenbar erwies sich seine Hellsichtigkeit für ihn als eine sehr nützliche Begabung."

Der alte Mönch schüttelte bedauernd den Kopf. „Ja und nein", sagte er und überhörte dabei den feinen Spott Zhe Jiangs. „Haben Sie bereits die Unterlagen gelesen, in denen ein alter Schamanenplatz erwähnt wird, auf dem später erst ein Zelt und jetzt ein Kloster steht?" Er wies mit der Hand nach unten. „Sehen Sie genau hin, was sehen Sie?"

„In der Tat, es ist hier. Das alte Geheimnis von Han Wei ist hier." Zhe Jiang war verblüfft. „Warum?", so wollte er von dem Bibliothekar wissen, „warum sagten Sie mir das denn nicht früher? Ich hätte ganz anders an meine Forschungen herangehen können."

Der alte Mönch schien erst darauf antworten zu wollen, änderte aber seine Meinung. Eine weitausholende Handbewegung beschrieb einen Kreis.

„Das alles hier ist schon uralt. Und unser Kloster steht im genauen Mittelpunkt des Kreises. Es ist ganz und gar nicht zufällig. Der Meister Han Wei hat daraufhin versucht, den genauen Mittelpunkt zu erfassen, den dieser Kreis bildet."

„Wozu sollte das gut sein?" wollte Zhe Jiang wissen.

„Er wollte den Zhongxin, den Mittelpunkt errechnen."

„Und dann?" fragte Zhe.

Su-Ha überlegte, blieb nachdenklich und antwortete ein wenig zögerlich. „Er überredete den damaligen Abt, ihm ein Observatorium zu bauen, ein sogenanntes Zhongxin."

„Was hoffte er, von da aus zu beobachten?"

„Er beobachtete nicht nach außen, er beobachtete darinnen, das Zhongxin hat keine Fenster," bemerkte der alte Mönch, der ein wenig unter Atemnot litt.
„Sie überraschen mich," meinte der Gelehrte Zhe, „gibt es das Zhongxin noch, kann ich es besichtigen?"
„Vielleicht," meinte der Mönch, „wir müssten nur den Abt Li um Zustimmung bitten." Su-Ha wurde von einem erneuten Hustenanfall geplagt, der ihn aschfahl im Gesicht werden ließ. Zhe Jiang klopfte seinem Begleiter vorsichtig auf den Rücken, fühlte sich ansonsten aber recht hilflos. Endlich wischte sich der alte Bibliothekar den Speichel von den bläulichen Lippen. Zhe erschrak ein wenig, als er bemerkte, dass sich Blut untern den Speichel gemischt hatte.
„Wir sollten zurückgehen", sagte Zhe. Es war etwas kühler geworden und die Sonne kurz vorher hinter dem Horizont versunken. Su-Ha nickte ergeben und auf dem Rückweg stützte er sich ein wenig auf Zhe Jiang. Auf dem Rückweg überwältigte den Bibliothekar ein weiterer, noch schlimmerer Hustenfall, nach dessen Abklingen er geisterbleich aussah und leise röchelte. Zhe Jiang war nun doch ernsthaft um den alten Mann besorgt war, schickte sich an, aus der Abtei Hilfe zu holen. Der Mönch ließ es jedoch nicht zu. Statt dessen versicherte er dem Gelehrten, sich wegen des Zhongxin unverzüglich an den Abt zu wenden.

Drei Tage später starb Su-Ha, nach einem besonders heftigen Hustenanfall. Nach dem abendlichen Gebet für den zum Freund gewordenen alten Bibliothekar, der morgen feierlich verbrannt werden sollte, saß Zhe Jiang lange Zeit nur mit einem Kerzenlicht in seiner Kammer. Der Wind blies durch das Tal, wehte Blätter mit sich und kündigte einen frühen Herbst an. Er pfiff durch die morschen Ritzen, wehte den Staub durch den kleinen Garten. Irgendwie war das Wetter typisch für einen Tod. Der ganze Tag war trüb, die Wolken hingen tief ins Tal und somit lag das Kloster mitten in den Wolken. Der Tag nach der Verbrennung verlief langsam. Zhes Gedanken weilten bei Su-Ha, der nun draußen in der Erde nur noch als Aschehaufen in einem namenlosen Grab lag. Und was sollten die Worte des Abtes Li bedeuten, als er das Gebet unter die Überschrift: „Dein Ziel liegt in dir selbst" stellte? Ihm schien, als sei er der einzige Teilnehmer, der genau den Ursprung dieser Zeile kannte.

An der Tür erklang ein zaghaftes, ehrfürchtiges Klopfen, herein kam ein junger Novize, den er bei seiner Ankunft kennen gelernt hatte. In seinen Händen trug er eine kleine, mit Kupfer beschlagene Holzkiste, stellte sie vor Zhe Jiang auf den wackeligen Tisch und brachte einen kleinen Schlüssel zum Vorschein. Er legte ihn neben das Kästchen und verabschiedete sich mit den Worten: „Der ehrwürdige Abt Li beauftragte mich, Ihnen dies zu überreichen. Das ist alles, was noch an Bruder Su-Ha erinnert. Abt Li ist der Meinung, unser Bruder Su-Ha hätte es so gewollt." An der Tür angekommen verneigte er sich kurz und verließ leise den Raum, dessen Tür er genauso leise schloss.

Zhe Jiang nahm den Schlüssel an sich und begutachtete ihn voller Interesse. Er war gänzlich anders von Gestalt, als jeder andere Schlüssel, den er je kennen gelernt hatte. Geschmiedet in einer Form, die einer übermäßig mit Ornamenten umrankten Doppelwelle ähnelte. Er besaß keine Vorstellung davon, wie alt der Schlüssel war oder woraus er hergestellt war. Das Material erinnerte an eine Legierung, wies jedoch keine sichtbare Patina auf, die Rückschlüsse auf das Alter erleichtert hätte. Er beugte sich vor, um den Schlüssel auf den Tisch zurückzulegen. Im gleichen Atemzug nahm er sich das Kästchen vom Tisch. Es war ungefähr eine Hand lang, eine Hand breit und gut drei Finger hoch. Der Eibenholzdeckel, zierlich mit silbernen und kupfernen Einlegearbeiten geschmückt, war leicht verzogen. Zhe hob das Kästchen an und schüttelte es vorsichtig. In seinem Inneren hörte Zhe Jiang etwas rutschen und an die Seitenwände anstoßen. Für ihn bestand kein Zweifel, dass der seltsame Schlüssel dazu diente, das Kästchen zu öffnen. Als er aber gerade das durchführen wollte, fand er kein Schlüsselloch. Er drehte das Kästchen um, fand im fahlen Licht der Kerze aber nur den eingebrannten Namen Han Wei, aber keine Möglichkeit, den Schlüssel irgendwo hineinzuführen.

Sein Pulsschlag erhöhte sich merklich. Ungeduldig eilte er ans andere Ende der Kammer, um den alten Kerzenständer zu holen, den er eigentlich nie benutzte. Nachdem er alle Kerzen entzündet hatte, nahm er die kleine Kassette und stellte sie direkt daneben, damit das volle Licht der Kerze auf den Deckel fiel. Dabei bemerkte Zhe, dass ein Teil der Einlegearbeiten mit den Verzierungen des Schlüssels zusammenpasste. Er passte den Schlüssel ein und versuchte mehrmals das Kästchen zu öffnen. Nachdem er zwei-, dreimal an den Einlagearbeiten drückte, gab der Deckel langsam nach. Mit einem Seufzer entließ Zhe den angestauten Atem, legte den Schlüssel beiseite und klappte den Deckel des Kästchens nach hinten. Im Innern des Kästchens lag, in ein rotes Tuch eingewickelt, ein kleiner Stapel beschriebener Metalltafeln sowie ein sorgfältig zusammengefaltetes Papier. Zhe Jiang wischte sich die schweißfeuchten Finger ab, griff nach der ersten engbeschriebenen Tafel. Als die Kerzen kurz aufflackerten, konnte er sehen, dass die Schrift nicht aus Tinte bestand, sondern irgendwie in das Metall eingeätzt war.

Der Wind säuselte und wimmerte durch die Gebäude und im Nebengebäude der Abtei begann man die Gebetsmühlen zum letzten Gebet zu drehen. Zhe Jiang schauderte etwas, denn auch in seiner Kammer pfiff der Wind durch die altersschwachen Hölzer. Die einzelnen Kerzenflammen flackerten unruhig in der dunklen Kammer immer kurz vor einem endgültigen Verlöschen. Zhe Jiang schob seinen Tisch und den Stuhl etwas in eine andere Ecke, wo es nicht so zugig war.
Zuerst wischte er sich seine schweißnassen Finger ab. Sorgfältig und nur mit den Fingerspitzen entnahm er dem Tuch das Papier, faltete es auseinander und strich es auf dem Tisch liegend mit der Handfläche glatt. Dann starrte er auf etwas hinab, das auf den ersten Blick einem unbegreiflichen Spinnennetz ähnelte. Säuberlich gezogene Linien teilten das Blatt, füllten es und zeigten letztlich eine Form, die eine unübersehbare Ähnlichkeit mit dem Muster des Schlüssels aufwies. Als er den Schlüssel auf das Stück Papier legte, ergab es sich, das Muster und Schlüssel

genau übereinander passten. Aber noch etwas anderes ließ ihn innehalten. Etwas rührte an seinem Gedächtnis, etwas, wovon er wusste, es schon einmal gesehen zu haben. Plötzlich fiel es ihm ein, das Muster hatte er vor Jahren in Mae Jong, der Stadt der Geister, in eine Steinplatte gemeißelt gesehen. Dies hier war genau das gleiche, wunderbare Muster, das ihn zuerst an Zauberformeln eines Magiers glauben ließ. Kaum hatte ihn seine Erinnerung darauf gebracht, als er an die Geisterstelen denken musste, den Ausblick, als er mit Su-Ha oberhalb des Klosters auf dem Berg stand. Konnte das die Karte sein, die Su-Ha in dem Gespräch erwähnte? Er hielt die Karte näher an die Kerze heran, erkannte den Ring kleiner Kreise, die um einen zentralen Punkt angeordnet waren. Von all diesen Kreisen gingen feine Linien aus und trafen sich, quer durch das Muster, in einem gemeinsamen Mittelpunkt.
Zhe Jiang war überzeugt, in seinen Händen die geheimnisvollste Karte seines Lebens zu halten. Leider lag der Schnittpunkt der Linien auf dem zentralen Knickpunkt des gefalteten Papiers. Dort fanden sich auch ein paar Schriftzeichen, die Zhe trotz aller Mühe und bis zum Äußersten angestrengten Augen nicht entziffern konnte. Enttäuscht schüttelt er den Kopf, gab die scheinbar aussichtslose Mühe, die Schriftzeichen zu entziffern, auf. Nachdem er die Karte wieder ordentlich zusammengefaltet hatte, nahm er die Metalltafel in die Hand und begann zu lesen. Am Ende der letzten Metalltafel bestanden die Kerzen nur noch aus heruntergebrannten, teilweise erloschenen Stumpen und Zhe litt unter heftigen Kopfschmerzen durch das angestrengte Lesen. Er legte die Metallplatten in das Tuch, wickelte alles sorgfältig zusammen und legte es schließlich in das Kästchen. Mit einem leisen, fast unhörbaren Klick schloss sich der Deckel, während Zhe das Kästchen aus der Hand legte und auf den Tisch abstellte. Er stützte sein Gesicht in die Handflächen und wartete darauf, dass die pochenden Kopfschmerzen nachließen. Er fühlte sich daran erinnert, wie er bei einem Erdrutsch von einem faustgroßen Stein getroffen wurde und dieser ihm ähnliche Kopfschmerzen bereitete, wie er sie jetzt verspürte. Der

Gelehrte beschloss, das Zimmer zu verlassen und nach draußen an die frische Luft zu gehen. Obgleich der Wind immer noch heftig blies, hielt er es für das Beste, seine Kopfschmerzen und seine haltlos hin und her schwingenden Gedanken damit zu behandeln. Er verließ das Gebäude, die Bibliothek, in der er eine Kammer bewohnte und als einziges Haus nicht nur an, sondern zum Teil auch in den Fels gebaut war.

Sein Weg führte ihn, wieder einmal, direkt in das Gärtchen zu der Brunnenschale. Er setzte sich daneben und ließ seinen Gedanken freien Lauf. Er dachte an die Zeichnung, die Metalltafeln, die Schachtel. Selbstverständlich, da wollte er sich sicher sein, handelte es sich um eine Fälschung. Eine gelungene, sehr gut gemachte Fälschung. Es musste einfach eine Fälschung sein. Er befürchtete jedoch gleichzeitig, dass das soeben gelesene Buch nichts dergleichen war, sondern in der Tat nichts geringeres als ein prophetischer Text, von einer solch unglaublichen Treffsicherheit, wie er niemals von Menschen allein vorhergesagt werden konnte. Dass dieser Text nicht im Nachhinein geschrieben wurde, erschien ihm ganz klar, denn es wurden seine, Zhe Jiangs Ankunft, seine Suche in der Bibliothek, der Tod Su-Has beschrieben, und darüber hinaus stand dort, dass ihn Abt Li am dritten Tag nach dem Begräbnis von Su-Ha ihn zu sich bestellen würde.

Zhe Jiang setzte sich die beiden folgenden Tage wieder in die Studierstube und setzte seine Studien fort. Die Zeit floss dahin und er vermisste eigentlich seinen freundlichen, immer lächelnden Begleiter Su-Ha. Am dritten Tag nach Su-Has Begräbnis öffnete sich die Tür und Zhe dachte erst, es käme Su-Ha, bis er sah, dass es nur einer der Novizen war. Der Novize bat ihn, mit zum Abt Li zu kommen. Zhe hielt kurz inne, nahm dann das kleine Kästchen, das er seither immer bei sich führte, und folgte dem Novizen auf den dunklen Gang hinaus. Der Abt war ein Mann, den man sein Alter nicht unbedingt ansah. Zhe schätzte ihn auf sechzig Jahre. Abt Li hatte eine leicht füllige

Gestalt, besaß kluge und gütige Augen, die in einem fahlen Gesicht saßen, einen grauen Oberlippenbart, dessen Enden an den Seiten der Mundwinkel lang herunterhingen und ebensolche buschige Augenbrauen. Im Gegensatz dazu war sein Schädel völlig kahl und glich eher einer Kugel als einem Kopf. Er trug, wie alle hier, die schlichte rotbraune Kutte seines Ordens und lediglich eine kleine Kette mit dem Symbol des Yin und Yang als Schmuck. Er lächelte, als Zhe in seine Kammer kam, während der Novize leise selbige wieder verließ und hinter sich die Türe schloss.

Zhe streckte seine beiden Hände, die das Kästchen von Su-Ha hielten, dem Abt entgegen. „Abt Li, ich ...", begann er etwas unbeholfen, doch dann fehlte es ihm plötzlich an Worten.

„Ja?" half der Abt mit einem stillen Lächeln nach, um es Zhe leichter zu machen.

„Abt Li, wissen Sie, was hier drinnen ist?"

„Ja, ich denke, ich weiß es."

„Warum haben Sie es mir übergeben lassen?" wollte Zhe wissen.

„Bruder Su-Ha wollte es so und einen letzten Wunsch soll man nie abschlagen." Der Abt winkte Zhe näher und beide setzten sich auf weiche Kissen. „Su-Ha bat mich darum. Nur deswegen."

„Das, was hier beschrieben steht, ist eine Fälschung," platzte es aus Zhe heraus. „Aber das müssten Sie eigentlich wissen."

„Das nehmen Sie an?"

„Ja natürlich!" betonte Zhe mit Nachdruck.

„Und was verleiht Ihnen eine solche Sicherheit?" fragte der Abt.

„Weil es einfach so sein muss", ereiferte sich Zhe Jiang.

„Aber es gab schon immer Propheten und sie haben immer vorhergesehen", meinte der Abt.

„Ja, nein, ich meine ..." Zhe begann zu stottern. „Das, was bislang vorhergesagt wurde, waren immer irgendwelche Halbwahrheiten, Vorhersagen von Katastrophen, die man auf nahezu alle unerwarteten Umstände beziehen konnte."

Der Abt nickte verstehend. „Wenn ich gerade noch einmal fragen darf: Warum sind sie hier?"

Zhe Jiang stellte das Kästchen auf dem Tisch ab und legte den Schlüssel daneben. Während er das tat, wurde ihm nicht zum ersten Mal klar, dass die von Abt Li aufgeworfene Frage keineswegs eine einfache Antwort verdiente. „Im Grunde genommen wollte ich mich über Han Wei erkundigen und weitere Informationen über ihn sammeln. Ich glaubte, dass ich diesem faszinierenden Gelehrten dann näher komme. Ich verspürte den Drang in mir, alles über den Verfasser der Schriften in Erfahrung zu bringen, was sich eben erfahren lässt."
Abt Li schien diese Entgegnung sehr eingehend zu bedenken. Dann erhob er sich und trat an ein kleines Schränkchen, dass eine einfache Porzellanvase zierte. Er öffnete das Schränkchen und holte einige alte Metalltafeln heraus, die im Großen und Ganzen den Metalltafeln ähnelten, die er bereits kannte. Abt Li schloss die Tür und wandte sich wieder an Zhe Jiang zu.
„Ich denke, dass sie die Metalltafeln ausreichend studierten?" Zhe Jiang nickte. „Dann erinnern Sie sich daran, wann die Voraussagen enden?" Wieder nickte Zhe Jiang. „Und glauben Sie, dass wir jetzt in einem Jahrzehnt oder gar Jahrhundert des Friedens leben werden?"
Zhe wurde unsicher, doch nickte er und meinte: „Das ist vollkommen richtig."
Abt Li blätterte in dem Buch. „Nächstes Jahr wird ein Schamane vollkommen durchdrehen und den Berg No Hoi in einen feuerspuckenden Vulkan verwandeln. Zwei Jahre später wird der Vulkan in sich zusammenfallen und sich während der nächsten Jahre in einen großen See verwandeln." Abt Li blätterte weiter, indem er sich eine Tafel nach der anderen vornahm und nach hinten steckte.
„Sie wollen mir damit sagen, dass diese Vorhersagen alle von Wan Hei stammen? Das ist doch unglaublich. Wie soll ein Schamane, ob verrückt oder nicht, einen Berg in einen Vulkan verwandeln? Das kann ich nicht glauben."
Der Abt lächelte. „Die Wahrsagungen sind nicht alle von ihm. Wenn Sie sich die Metalltafel genau angesehen hätten, müssten sie die unterschiedlichen Handschriften bemerkt haben."

Zhe Jiang verneinte. „Es war zu dunkel. Mir sind keine unterschiedlichen Schriften aufgefallen. Wollen Sie sagen, dass außer Han Wei noch andere an diesen Metalltafel geschrieben haben? Etwa auch Su-Ha?"
„Diese letzten Tafeln?" Abt Li nickte. „Sie stammen von Su-Ha, ja. Vor seinem Tod vertraute er mir an, dass Sie Interesse haben, den Zongxin zu untersuchen. Ist das richtig?"
„Dann existiert das Zongxin wirklich?" Zhe wurde ungeduldig. Er strich sich mit den Händen über die Kleidung, als ob er feuchte Hände abwischen will. „Kann ich es sehen, jetzt?"
„Oh ja, das Zongxin existiert. Und hier ist der Schlüssel dazu." Der Abt nahm von einem Wandhaken in einer kleinen Nische einen einzelnen Schlüssel. „Aber sagen Sie mir, bevor ich Sie hinführe, warum Sie der Meinung sind, dass die Vorhersagen alle Fälschungen sind."
Zhe Jiang musterte das Kästchen, in dem seine Metalltafeln lagen, dann irrte sein Blick zu dem Tuch, in denen die Tafel des Abtes steckte, dann wieder zum Abt Li selbst, der wartend an der alten Holztür stand.
„Ich glaubte immer an den freien Willen", sagte Zhe, „an diese Tafeln zu glauben bedeutet, die Freiheit des Willens zu leugnen."
„Mehr haben Sie nicht?" fragte der Abt. „Ich dachte, die Unterschiedlichkeit der Schriften hätte ihnen eindeutig klar gemacht, dass ein Unterschied etwa alle fünfzig Jahre eintritt. Die Unterschiede sind unerheblich, aber unwiderlegbar vorhanden."
„Das Licht war nicht sehr gut, letzte Nacht." Zhe zuckte mit den Achseln. „Ich fand keine Unterschiede."
Li lächelte verhalten. „Sehen Sie sich das alles noch einmal bei Tageslicht an." Li drückte den Schlüssel ins Schloss, öffnete das Kästchen mit seinen Intarsienarbeiten und entnahm die Metalltafeln. Er griff hinein und überreichte sie Zhe. Jiang blätterte schnell durch und sah die Aussagen des Abtes bestätigt. Ihm wurde schnell klar, dass hier wirklich verschiedene Menschen geschrieben hatten.

„Wenn ich Sie richtig verstehe," sagte Zhe „vertreten Sie die Auffassung, dass die Vorhersagen in den vergangenen Jahrhunderten von zahlreichen Mönchen niedergeschrieben wurden?"
„Das ist durchaus richtig. Es hat den Anschein, als sei die Hellsichtigkeit auf ungefähr fünfzig Jahre begrenzt. In verschiedenen Fällen gibt es aber auch längere Zeiträume, so etwa bei Han Wei. Und nun, Herr Gelehrter", dabei schwang ein wenig Ironie in seinen Worten mit, „schlage ich vor, zum Zongxin hinabzusteigen." Der Abt lächelte wieder und wirkte sehr erfreut. Er packte die beiden Stapel Metalltafeln in die Kassette. Er schloss den Deckel und legte beides, Kästchen und Schlüssel, in den kleinen Wandschrank.
Die beiden gingen einen weiß gekalkten Gang entlang, verließen das Gebäude um durch einen überdachten Gang zu einem weiteren Gebäude zu gelangen. Der Abt schloss eine rot gestrichene Tür auf und verschwand in einem kleinen Raum. Hier entzündete er eine Kerze, die auf einem schmalen Brett nur darauf wartete. Zhe Jiang folgte dem Abt, der gleich nach ihm die Türe wieder verschloss, sich umdrehte und im flackernden Schein der Kerze sich bückte und eine Luke im Boden öffnete. Mit müden schlurfenden Schritten stieg er die in den Boden eingelassenen Stufen hinab. Als ihm Zhe folgte, musste er sich bücken, da er für den schmalen Gang zu groß war. Gebückt folgte er Li hinterdrein, um vor einer weiteren Tür zu stehen. Zhe griff nach der Tür, die keinen Griff zierte, sondern nur ein Loch, an dem man die Tür zum Gang hin ziehend öffnen konnte. Der Gelehrte zog den Kopf noch ein Stück ein und trat durch die Tür hindurch. Den festgestampften Boden bedeckte eine uralte Staubschicht, ein paar alte Spinnennetze hingen von der Decke herunter. Der Abt blieb stehen und deutete auf einen steinernen Sitz.
„Das Zongxin", sagte er.
Zhe Jang blinzelte im schwachen Kerzenschein und wollte nicht glauben, was er da sah. Ein Steinsitz. Der Abt schob sich aus

dem kleinen Raum, um so mehr Platz für Zhe zu lassen. Der schaute unsicher zum Abt.
„Das hat Han Wei gebaut?"
„Nun ja," antwortete der Abt. „Vor etwa hundert Jahren gab es einen Erdrutsch und wir mussten uns zu diesem Punkt wieder durchgraben. Vorher lag dieser Platz an der Oberfläche in einem kleinen abgeschiedenen Gebäudeteil. Da es aber von Han Wei so geschrieben stand, funktioniert der steinerne Sitz nur an dieser Stelle in dieser Position. Und wenn wir schon einmal hier sind, wollen Sie es nun ausprobieren?"
Zhe Jiang musterte im flackernden Licht den kühlen Sitz. Er konnte sich nicht vorstellen, wie hier die Hellsicht vonstattengehen sollte. Er zögerte und hätte gern gesagt, morgen oder die nächsten Tage würde er es gern versuchen. Doch ihm war plötzlich klar, eine zweite Chance würde er so schnell nicht, wenn überhaupt, wieder erhalten. Also musste er sich entscheiden. Jetzt oder nie. Entschlossen nahm er Platz. Vorsichtig schloss der Abt die Tür und ließ ihn in völliger Dunkelheit zurück. Die Kerze nahm er wieder mit zurück. Zhe würde sie nicht benötigen.

Das war vor siebenundfünfzig Jahren. Zhe Jiang, in die Jahre gekommen, saß an einem Tisch im Schatten eines Baumes, den er nur wenige Tage nach dem Tod von Su-Ha, am Tag nach dem Besuch des Zongxin, gepflanzt hatte. Ihm fiel wieder ein, wie er in das kleine Kloster kam und wie ihn Su-Ha begrüßte. Inzwischen war er der letzte der Mönche. Seit Jahren kamen keine Novizen mehr und seit fast acht Jahren war er allein, als die letzten Mönche in die entfernte Stadt wollten und nicht wiederkamen.
Am Himmel kreiste ein Adler, schrie kurz auf und ließ sich dann von der warmen Aufluft davontragen. Zhe seufzte. Er griff neben sich in den Kräutergarten, pflückte etwas Pfefferminze und zerrieb sie zwischen den Fingern, um dann die Blätter vor die Nase zu halten und die aromatischen Düfte tief einzuatmen. Unten am Fuß des Berges floss träge der Fluss dahin, blinzelte

ihm im Sonnenlicht aufmunternd zu und trieb die kleinen Schatten einfacher Boote vor sich her.

Zhe seufzte erneut, er wollte diesen Tag noch einmal genießen. Er hatte es im Gefühl, dass dies sein letzter Tag werden sollte. Er erinnerte sich wieder an seine Vorhersagen. Bisher war alles eingetroffen, was er damals aufgeschrieben hatte. Aber nicht nur das. Su-Has Vorhersage mit dem Magier und dem Vulkan trat ebenso ein, wie der unerklärliche Blumenregen vor fünfundzwanzig Jahren oder der Erdrutsch, den Räuberüberfall und vieles andere mehr. Warum war er eigentlich nicht wieder hinuntergestiegen? Aus Unwissenheit? Aus Mangel an Glauben? Oder weil er erneute, schreckliche Bilder befürchtete? War es die schreckliche Pein, die immer wiederkehrende Pein, ohne die allzu seltenen Momente einfachen Glücks? Seine letzten Eindrücke würden demnächst eintreffen müssen, aber er war sich nicht sicher, ob er das alles noch erleben wollte. Denn sein letzter Eintrag war die Zerstörung von Ao-Lai. Ein Himmelsstein würde das Land treffen und es in zigtausende Inseln zerfallen lassen. Selbst das „Schwalbennest" würde nur noch eine Insel unter vielen sein.

Aber wenigstens hatte er alles schriftlich festgehalten. Der Abt Li hatte ihm, noch kurz vor dessen Tod, in das Geheimnis der Metalltafeln und der Beschriftung eingewiesen. Jetzt saß Zhe Jiang auf dem Stuhl und sah weiter in das Land hinunter. Die wenigen bestellten Felder, die seltenen Boote auf dem Fluss. Er blickte den dahinziehenden Menschen und Karren auf dem breiten Uferweg hinterher. Es war ein friedliches Bild und er wollte es solange in sich aufnehmen, wie er nur konnte. Als er jedoch den Kopf hob, mehr zufällig als absichtlich, sah er einen riesigen Schatten auf sich zukommen ...

# Franz Preitler

## Hund der Unterwelt

Im Zimmer steht ein Spiegel, schwarz und kalt,
ich erkenne darin weder dich, noch sonst irgend wenn.
Dunkles Holz, vergilbtes Glas und er ist schon alt,
er war auf Reisen durch die Zeit, hat viel gesehen.

Ging eigene Wege, so wie es nur die Elfen tun,
ist ein Sinnbild für das Schöne, auch für sich.
Angekommen nun bei dir, will er tagsüber ruhen,
doch nachts erwacht er trüb und fragt dich:

„Ist deine Seele stumm, schwarz oder rein?
Hast du den Hund der Unterwelt je gesehen?
Verbirgst du deine Unnahbarkeit zum Schein?
Kannst du der Nebelwelt Trugbilder widerstehen?"

Ganz gleich, was der Spiegel zu deuten vermag,
stell dich davor und reiche die Hand zum Herz.
Beginne das Ritual nur nachts, nie am Tage,
erkennst du den Hund, so stelle auch du deine Frage:

„Warum ist meine Seele so stumm und doch rein?
Wann darf ich zu den Elfen im Moor gehen?
Ist der Bewacher der Unterwelt nur Schein?
Warum sollte ich der Nebelwelt Trugbilder sehen?"

So wirst du erkennen, was der Geist dir nie zeigen kann,
glaubst zu finden, wonach du nie hast gesucht.
Spüre Kälte der Hoffnungslosigkeit, sie schreitet voran,

sowie der Hund der Unterwelt, er ist seit Ewigkeit verflucht.

„Hast du in deinem Glauben je das Leid verdrängt?"
So fragt der trübe Spiegel, der über dir hängt.
„Soll ich dich zum Bestimmungsort fürwahr geleiten?"
So ruft die weiße Elfe aus dem Moor von weitem.

Wo Leben und Tod sich vermischen wie Erde und Blut,
dort spürst du die Magie deiner Vergangenheit tot.
Wo deine Leiche vergraben im Keller noch ruht,
predigen schwarze Dämonen vom finsteren Gebot.

Laute Schreie dröhnen qualvoll von unten herauf,
vermag es der Hund zu sein, nachdem die Unterwelt rief?
Wecke nun deine Leiche, gib ihre Seele frei zum Kauf.
Niemand will verstehen, warum sie so lang schlief.

„Schreite mit dem Hund durch die Pforte dem Nichts voran!"
So spricht der Spiegel, schwarz und kalt wie die Nacht.
„Dreh dich nicht um, sonst ist das Streben der Elfe vertan.
Erhebe dich in Ehrfurcht vor der Dunkelheit Pracht!"

Sieh klagende Gestalten ohne Namen auf der Flucht,
beneide die stummen Zeugen mit verzerrtem Gesicht,
so wird deine Sehnsucht nach magischer Kraft zur Sucht,
bis der trübe Spiegel zu schwarzen Scherben zerbricht.

„Meine Seele ist weder schwarz noch rein, egal, wer in mir wohnt. Mag es aus vergangenen Jahrhunderten sein, wann immer es war.

Mein Leben verbrachte ich bei Naturgeister im blauen Nebelmond.

Es war der Hund der Unterwelt, den ich nachts im Spiegel sah."

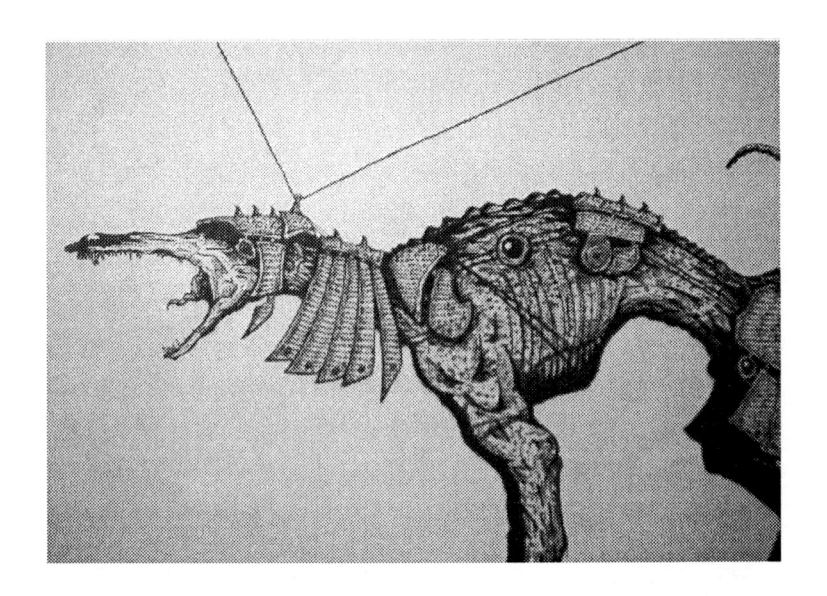

**Der Hund der Unterwelt (Zeichnung Emil Srkalovic)**

# Franz Preitler

## Der Drachenjunge

Die Welt ist bevölkert von Elfen, Ungeheuern und Zwergen, dunkle Mächte schwarz, lauern auf Menschen in den Bergen. Eine Frau läuft durch die Dämmerung, vom Regen durchnässt, umklammert ihr Kind, damit sie es aus Angst nicht fallen lässt.

„Gedulde dich mein ängstlich Kind, bald sind wir in Sicherheit!" Schwarze Gestalten schleichen immer näher in der Dunkelheit. Eine grüne Nebelelfe will helfen, sich hinter Bäumen versteckt, hat längst die Dämonen der Macht in der Finsternis entdeckt.

Mit dröhnender Stimme brüllt eine Kreatur nach der Frau: „Gib mir deinen Sohn, er ist frisch wie des Morgens Tau!" Die Frau rennt mit dem Kind im Arm, stürzt den Weg entlang, in ihren Augen erkennt man Todesangst, Schwäche und Bang.

Der steinige Weg ist vom braunen Laub der Bäume übersät, die Frau sieht die klaffende Schlucht vor ihr viel zu spät. Schreiend stürzt sie hinunter über Geröll und Gestein, das Kind fällt zu Boden, bleibt zurück nun allein.

Aus einer Wolkenbank zuckt ein Blitz herabstrahlend grell, die düstere Schattenwelt verharrt im Augenblicke schnell. Von oben kommt ein Drache zu Hilfe dem armen Kind, ergreift es, bevor die grausamen Schatten schneller sind.

Nebel steigt auf, eine knisternde Magie glänzend schön, weit am Horizont, kann man den Drachen fliegen sehen. Geborgen wächst der Junge im Tal des Drachen auf, Monate und Jahre vergehen, die Zeit nimmt ihren Lauf.

Das Reich der Zwerge und Drachen leidet unter dem Bann des Bösen, in vielen alten Büchern kann man über ihr Schicksal lesen. Die Ausrottung der Drachenwelt steht bevor unmittelbar, ein junger Mann mit magischer Kraft, könnte dies verhindern fürwahr.

Der Junge ist auserkoren für die Drachenwelt zu kämpfen, er muss mit 14 Jahren zurück ins Tal, die schwarzen Schatten dämpfen. Den blauen Stein des Friedens besitzen, wenn er zurückkehrt, wurde ihm von seinem Retter, dem Drachen jahrelang gelehrt.

Es ist spät im Sommer, der Tag um loszugehen, steht zur Wahl, tapfer macht sich der Drachenjunge auf den mühsamen Weg ins Tal. Auf einer Anhöhe still erblickt er das Dorf, liegt verlassen im Dunkeln; es sei bereits verwunschen, hört man die Gräser im Wind munkeln.

Ohne Angst und Furcht schreitet er zur Hütte seiner Mutter vor, mit glutroten Augen und Hass darin öffnet sie dem Sohn das Tor. Erfolglos hat sie nach dem Kind jahrelang in Angst gesucht, weshalb sie sich mit dem Bösen vereinte, jetzt ist sie verflucht.

Sie ist im Besitz des blauen Steines, hält ihn im Garten vergraben, dort wo die bösen Mächte sich an den verlorenen Seelen laben. „Ich bin die Hüterin des Steines!", kreischt sie ihm ins Gesicht. „Ich bin dein Sohn, Mutter, erkennst du mich nicht!"

„Ich kenne dich nicht, verlass das Dorf und geh zurück!"
„Endlich habe ich dich gefunden, Mutter, welch ein Glück!" Um die Hütte die schwarzen Schatten des Bösen aufgehen, es wird dunkel, man kann die Sterne am Himmel nicht sehen.

Der Junge stößt sie zur Seite, um den blauen Stein zu befreien. Sie fasst ihn mit ihren Krallen, man hört ihn noch schreien. Es beginnt ein schrecklicher Kampf auf Leben und Tod. Das Weiß seiner Magie, gegen das Dämon Augen Rot.

„Ach Mutter, ich liebe dich, lass mich am Leben sein!"
„Dem Teufel werde ich opfern deine Drachenseele rein!"
So tötet sie den eigenen Sohn in ihrem unendlichen Hass, der Drachenjunge fällt zu Boden, sein Gesicht leichenblass.

Die Nebelelfen weinen bitterlich, wollen helfen noch schnell, jedoch der schwarze Tod war ihnen voraus und flinker zur stell. Unangekündigt kommt gnadenloser Sturm ins Geschehen, Von Weitem kann man den Drachen heranfliegen sehen.

„Du kommst zu spät!", lacht das Weib ihn spöttisch aus.
Die Schatten werden zu Feuer, verschlingen sie samt Haus.
Im letzten Moment fasst er seinen Jungen, hebt ihn von der Erde, damit das ruhige Tal der Drachen seine letzte Ruhestatt werde.

Verloren ist die Hoffnung auf ewigen Frieden und Glück. Verzweifelt bringt der Drache seinen Jungen ins Tal zurück. Das Böse hat gesiegt:

Elfentrauer steigt wie Nebel empor,
denn das Ende der Drachenwelt steht bevor.

**Zeichnung von Emil Srkalovic**

# Gaby Schumacher
## Die versteckte Welt (Ein Märchen)

Weit, weit fort in einem fernen Land, das beherrscht ist von Feuer und Eis und umwoben von Geheimnissen und Mythen, leiden die Menschen auch heute noch häufig unter den Launen der Natur. Lassen sie während eines heftigen Gewitters ihren besorgten Blick über die bizarren Felsen ihrer Heimat wandern, an denen sich in fast nachtschwarzer Düsternis der Sturm bricht oder beobachten sie die weiten, öden Mondlandschaften gleichenden Ebenen, die bedrohliche Blitze in ein unheimliches Flackern tauchen, beflügelt das ihre Fantasie.

Nur die Wenigsten sträuben sich dagegen. Die meisten Bewohner dieses Landes jedoch geben sich dem eigenartigen Zauber des Glaubens an eine andere, für Sterbliche unsichtbare Welt hin. Mit ihrem Herzen haben sie bereits gefunden, die Wesen jenes fremden Daseins. Es sind Elfen, die sich sehnlichst ein freundschaftliches Nebeneinander mit den Menschen wünschen. Diese Zauberwesen bewohnen die Felsenhöhlen der Berge. Manchmal wählen sie aber auch einen der weit verstreuten etwas kleineren Steinbrocken. Ab und zu findet man diese dann direkt längs der Straßen der Menschen.
In Reykjavik steht eines Morgens Bauleiter Gunnar grübelnd vor einem riesigen Stein. Dummerweise liegt der dort, wo eine Ausfahrtsstraße lang geführt werden soll. "Hm, Leute!", gibt der Bauleiter seinen Arbeitern zu bedenken, "wie hieven wir bloß den Brocken hier weg?" "Chef, mit dem Bagger ist das wohl kaum ein Problem!", entgegnet Erik, einer der Männer. "Von wegen, Gunnar hat Recht. Das wird schwierig!", widerspricht Amur, sein Kollege. Gunnar seufzt. Dann aber spornt er seine Leute an: "Nutzt ja alles nichts. Auf in den Kampf!" Daraufhin spurtet Amur zu dem Baufahrzeug, klettert in die Fahrerkabine und lässt den Motor an. Doch das Fahrzeug rührt sich nicht von der Stelle. Nur die Räder drehen durch. Amur springt heraus und prüft den Untergrund. Nein, der Boden ist griffig und fest. Er

startet einen zweiten Versuch - umsonst! Ratlos stehen die Männer in den nächsten Minuten zusammen und schütteln die Köpfe. So etwas ist ihnen noch nie untergekommen.
"Holt den anderen Bagger!", fordert Gunnar. Der steht ein wenig weiter entfernt vor einer Baugrube. Diesmal versucht Erik sein Glück. Aber ... was ist das? Das Fahrzeug rollt keinesfalls in die gewünschte Richtung, sondern unaufhörlich auf die Grube zu und ist auch nicht zu stoppen. Erik wird es mulmig. Er ruft laut um Hilfe. Zu spät! Schon hat der Bagger den Grubenrand überfahren und rutscht schneller und immer schneller in die Tiefe. Am Grund kippt er auf die Seite. Die Fahrerkabine ist eingedrückt. Eriks Kopf liegt blutend auf dem Steuer. Eiligst ruft Gunnar telefonisch Helfer herbei. Jedoch werden sie eine Weile brauchen, bis sie an der Unglücksstelle sind.
Selbst dieser tragische Zwischenfall bringt die Männer nicht von ihrem Vorhaben ab. Schließlich haben sie ihren Auftrag auszuführen. So macht sich Amur daran, den Gesteinsbrocken mit einem Presslufthammer zu zerkleinern. Schweiß tropft ihm von der Stirn. Die Splitter spritzen in sämtliche Himmelsrichtungen. Plötzlich saust eine Steinspitze dem Arbeiter an die Wange. Der schreit auf, lässt sein Werkzeug fallen und schlägt verzweifelt die Hände vors Gesicht. Der Schock und der Schmerz lassen ihn hilflos ein paar Schritte umhertaumeln. Entsetzt beobachten Gunnar und die Umstehenden das Geschehen. Die Meißelspitze ist doch richtig angesetzt worden. Wie hat das nur passieren können?
Zum Glück treffen kurz darauf die Sanitäter ein. Als Erstes befreien sie Erik aus der Fahrerkabine des Baggers und schieben ihn auf einer Trage in ihren Wagen. Danach kümmern sie sich um Amur. Sie fahren die beiden Verunglückten auf dem schnellsten Wege ins nächste Krankenhaus. Wie es sich später herausstellt, hat Erik noch einmal Glück gehabt. Es ist nur eine Platzwunde. Amur dagegen muss sich einer längeren Behandlung unterziehen.
Gunnar beschleicht ein eigenartiges Gefühl. Er lässt sich tunlichst nichts anmerken, denn es ist ihm ein unheimlicher

Gedanke gekommen. Wie, wenn da etwas Wahres dran ist, an den Sagen um eine fremde Welt? Haben tatsächlich unbekannte Wesen ihre Hand im Spiel? Gunnar zweifelt nach wie vor daran, wagt es aber nicht mehr einfach als Spinnerei abzutun. So lässt er seinen Überlegungen freien Lauf: "Angenommen, es gibt sie wirklich ...Wollen sie uns Menschen auf diese Weise etwas dringlichst klar machen oder, wie wohl jetzt, gar für irgendetwas strafen? Aber wofür ...?" Eine Gänsehaut kriecht ihm über den Rücken. Gleich ihm ergeht es auch seinen Kameraden. Wortlos stehen sie aschfahlen Gesichtes neben ihm und stieren gebannt auf den ihnen unheimlich gewordenen Stein.
Urplötzlich verdunkelt sich der Himmel. Allein der Fels schimmert in einem blassen Licht. Wie gelähmt verharren die Männer an ihrem Platz. Im fahlen Schein erkennen sie zwei zierliche beflügelte Wesen, so groß wie halbwüchsige Kinder. Sie hocken oben auf dem Stein, sehen die Männer unendlich traurig und auch sehr vorwurfsvoll an. Es sind Piri und Emir, zwei Elfenjungen, die von ihrer Mutter, der Elfenkönigin, gesandt worden sind, um den Menschen ins Gewissen zu reden.
"Weshalb nehmt ihr uns unser Zuhause?", fragt Piri mit zittriger Stimme. Er ist der Jüngere der Beiden und noch entsprechend schüchterner. "W ...Woher sollen wir ahnen ...?!", stottert Gunnar, wachsbleich um die Nasenspitze herum. "Ahnen??", pariert Emir scharf, "die Meisten von euch glauben an uns. Dutzende Sagen und Legenden erzählen über das unsichtbare Reich neben eurer Welt. So wisst ihr sehr wohl, dass wir in den Felsen leben. Weshalb habt ihr nicht vor Beginn der Bauarbeiten versucht, mit uns Kontakt aufzunehmen und alles zu besprechen? Dann hätten wir dies gütlich geregelt!"
Inzwischen haben Gunnars Leute ihre Sprache wiedergefunden: "Ihr macht es euch aber sehr einfach. Schließlich ist dies unsere Welt, unsere Stadt. Wir sind auf diese Straße als Verbindung zur nächsten Ortschaft dringlichst angewiesen. Über die spärlichen Verkehrswege in dieser Gegend seid ihr ja garantiert bestens informiert!"
"Also ...", übergeht Emir diesen Einwurf, "unsere Königin lässt

euch bestellen: Entfernt ihr diesen Stein, rächt sie sich furchtbar an euch. Krankheit und Tod werden die Einwohner der Stadt dahinraffen. Entscheidet ihr euch aber zu unseren Gunsten, werden wir auf ewig eure Freunde sein und helfen, wann immer Beistand angesagt ist!"
„Hier ist soo viel Platz!", meint Klein Piri und schlägt vor: "Verlegt die Straße um ein paar Meter. Dann habt ihr euren Fahrweg und wir können trotzdem wohnen bleiben." "Genau!", ergänzt Emir mit Nachdruck, "denkt gut drüber nach. Ist unsere Mutter wütend, ist mit ihr nicht zu spaßen!" "Dabei wär` es doch so schön, ohne Streit und Krieg zu leben!", setzt Piri hinzu. Sein Freund hat ihm ja soeben beigepflichtet. Deshalb wird er schon etwas mutiger.
Erzürnt will Gunnar seiner Empörung Luft machen. Aber die Zauberwesen lassen ihm keine Gelegenheit dazu, setzen stattdessen noch eins drauf: "Morgen kommen wir wieder. Bis dann müsst ihr euch entscheiden!" Während sie noch reden, senkt sich lichter Nebel auf sie nieder und umhüllt die zarten Körper, die sich schnell gänzlich in ihm verlieren. Die Elfen sind verschwunden und nichts erinnert mehr an die Besucher aus jenem sagenhaften Zauberreich.

Verwirrt blickt Gunnar in die neuerliche Finsternis, betrachtet nachdenklich den Stein, der soeben noch die Bühne für ein kleines Wunder gewesen ist. Der Verstand des Mannes wehrt sich, möchte es als Einbildung abtun. Doch Gunnars Herz weiß um die Wahrheit. Sein Gefühl zwingt ihn, endlich als wirklich zu akzeptieren, was die Menschheit nur allzu gerne ableugnete. Befürchtet sie, vielleicht doch nicht der alleinige Herrscher auf Erden zu sein? Gibt es da etwa Wesen, die auf ihre Art noch weiser und mächtiger sind als wir Erdenbürger?

In Gunnar Erwägungen kreist unablässig alles um das eben erlebte. Wie in Trance macht er sich auf den Heimweg. Er ist so tief in seine Gedanken verstrickt, dass die vielen Fragen der Umstehenden einfach an ihm abprallen. Erschüttert forschen sie nach Antworten. Sie möchten ihre Verunsicherung wegen des unglaublichen Geschehens endlich abschütteln und in die Realität zurückfinden.

Gunnar eilt mit raschen Schritten nach Hause. Er möchte allein sein, allein mit seiner inneren Zerrissenheit. Es kommt, wie es kommen muss: In dieser Nacht wälzt er sich von wirbelnden Gedankenstürmen geplagt schlaflos auf seinem Lager hin und her. "Woher nur nehmen sich diese Fremden bloß das Recht, sich aufzudrängen, uns zu bedrängen und sogar noch Forderungen zu stellen?" Auf diese Frage findet er keine Antwort. Sie bleibt im Nebel des Unerklärlichen wie auch das Ganze überhaupt. Bevor er nach Stunden endlich erschöpft einschläft, murmelt er: "Sind wir im Recht oder sie? Haben wir mehr Anspruch auf alles als diese Elfen??"

Die Nachtruhe ist heilsam für sein aufgewühltes Gemüt. Am nächsten Morgen hat er Klarheit: "Wir Menschen dürfen uns nicht über Andere erhaben fühlen, nur weil sie für uns fremd und undurchschaubar sind!" Froh ob dieser Erkenntnis macht er sich auf zu dem Treffen vor dem Stein, der in seinem Denken zu einem Fels der Weisheit geworden ist.

Aufgeregt wartet er auf die beiden Elfen. Wieder verdunkelt sich der Himmel, nochmals schimmert jenes fahle Licht. Ein zweites Mal erscheinen Piri und Emir und hocken sich in erwartungsvoller Haltung oben auf den Stein. Eine fast feierliche Spannung liegt in der Luft, die nicht mehr an der Wichtigkeit dieser Verabredung zweifeln lässt.

Gunnar weiss um die Bedeutung der Stunde. Er strafft die Schultern und schaut seine Gegenüber fest an: "Ich habe über alles nachgedacht!" Er registriert ein Aufblinken in Emirs Augen. Ist der Elf etwa fähig, noch unausgesprochene Worte zu erahnen? Auch Piri guckt viel fröhlicher als am Tage zuvor. Einen Moment lang wollen die alten Zweifel ihn einfangen, ihn niederdrücken. Aber sie haben keine Chance. Gunnars fester Vorsatz, sich der schweren Verantwortung zu stellen, ist sein Schutzschild.

"Ich hoffe, du hast einen weisen Entschluss gefasst!?", drängt Emir auf die alles entscheidende Erklärung. "Ich werde mit eurer Königin verhandeln!" Kaum hat er geendet, verhüllte die Drei nicht länger dieses fahles Licht, sondern der ganze Himmel steht in gleißenden Flammen unirdischer Helligkeit. Die Gesichter der Elfen leuchten vor Glück wie kleine Sonnen, deren Strahlen Gunnars Herz erwärmen. Er geniesst selig die Freude des Augenblicks.

Piri und Emir schweben zu ihm herab, stellen sich ihm dicht zur Seite. "Wir haben so sehr darauf gehofft!" Ihre Stimmen beben vor Rührung. Die Elfen fassen seine Hände und halten sie fest. "Hab` Vertrauen. Schließ deine Augen!", fordern sie ihn auf. "Nicht wahr, du vertraust uns doch...?", wiederholt Klein-Piri. Dabei guckt er Gunnar flehend an. "Ja, das tue ich!" Ohne jegliches Zaudern hat Gunnar geantwortet. Zuneigung zu diesen beiden Wesen hat ihn erfasst, die er doch gar nicht kennt und die ihm doch schon so sehr nahe stehen.
Neugierig wartet Gunnar ab, was nun geschehen wird. Doch Fragen stellt er keine. Das frisch gespannte Halteseil des Vertrauens zwischen ihm und diesen beiden Geistwesen wischt jegliche Bedenken hinweg. Ein intensiver Wärmestrom fließt von Hand zu Hand. Er zeigt die wachsende Zuneigung der Drei zueinander. Nur dieses starke Gefühl macht all das Nachfolgende erst möglich.
„Es wird allerhöchste Zeit!", drängelt Emir. „Piri, wir müssen uns beeilen. Sind wir nicht rechtzeitig zurück, wird Mutter sauer und wir dürfen garantiert nicht am Elfendinner teilnehmen!"
„Wie, waas? Elfendinner...??", stottert Gunnar verdattert. Er nimmt sich sehr zusammen, damit er seine Augen nicht doch vor lauter Erstaunen weit aufreisst. Denn dadurch bricht der Zauber. Alles ist dann umsonst und die Elfen werden zu Feinden der

Menschen auf ewig. „Ach...," seufzt Piri. „So etwas Schönes kennt ihr in eurer Welt natürlich nicht!" In seiner Stimme schwingt Mitleid. „Auf prächtig gedeckter Tafel werden die köstlichsten Leckereien aufgetischt. Erlesener Blütennektar, feine Beerensäfte, Milch und Honigtorte!" „Nicht nur ihr wisst, was gut schmeckt!", lacht Emir. „Aber nun los!"
Die Elfen schauen zum Himmel. Ihr Blick verliert sich in der schier unendlosen Weite. Emir flüstert: „ Mutter, unsere Königin, wir kommen und bringen dir eine große Freude!" Sie tun ein paar graziöse Schritte, beginnen zu schweben, Gunnar in ihrer Mitte. Er fühlt sich leicht und immer leichter...
Von all dem ahnen die Menschen auf der Erde nichts. Sie sehen nur den plötzlichen Nebel, der den Stein dort an der Straße verhüllt. Das ist alles. Merkwürdig. Hatten sie nicht vor ein paar Sekunden noch einen Mann mit nachdenklichen Gesicht stehen sehen? Wo ist er nur geblieben?
Es hatte nur wenige Sekunden gebraucht Gunnar seiner Welt zu entrücken, einem sehr hektischen Leben, einer Welt voller Konflikte. „Du darfst deine Augen jetzt öffnen!", erlaubt ihm Emir. Nur zu gerne gehorcht Gunnar dieser Aufforderung und blinzelt ins Helle. Kein einziges menschliches Wesen vor ihm hat jemals den Traumhimmel des Elfenreiches bewundern dürfen. Schwebend durchtanzen die Drei zart rosa Wolken, deren Ränder von Sonnenstrahlen rotgülden gefärbt werden. Unsere Reisenden sind ganz allein in diesem Wunder der Natur. Stille liegt über allem.
Viel zu schnell geht es, viel zu rasch sind sie am Ziel. Gunnar erkennt unter sich die Berge. Ein Felsenmassiv erstreckt sich bis hin zum Horizont. „Eigenartig!", entfährt es ihm. „Was denn?" fragt Piri zurück. Jetzt ist es an dem Elfen, erstaunt zu sein. „Die Berge sehen aus wie unsere", stellt Gunnar fest. „Es sind eure Berge!", bekräftigt Emir. „Es ist, wie die Sagen es erzählen: Diese Felsen sind unsere Heimat."
Sie landen auf einem schmalen Weg direkt unter dem Grat eines riesigen Felsens. Kein Baum, kein Strauch, nur nackte Erde.
„Wir sind da!", bemerkt Piri erleichtert. Hier aber sind sie nicht

mehr allein. Vor ihnen kauert ein winziges Wesen. Sein Körperchen sieht aus wie eine Baumwurzel, sein Gesichtchen wie das eine Hutzelweibleins. „Na, gottlob seid ihr pünktlich. Wir warten schon auf euch!"
Regelrecht ein bisschen vorwurfsvoll klingt das. Dann bemerkt der Winzling Gunnar. „Hiilfe! D...das ist doch ein Mensch. Was sucht der denn hier??" „Keine Angst, Wurzel! Er möchte mit der Königin verhandeln, damit es zwischen unseren Völkern endlich Frieden gibt." „Seid ihr euch da auch ganz sicher?", bibbert Wurzel vor sich hin. Seine knorpelligen Beinchen zittern wie Espenlaub.
„Er ist eines unserer Wurzelmännchen. Ein ganz lieber Kerl, der etwas weiter unten an der Waldgrenze wohnt und den Bäumen Gesellschaft leistet, die doch sonst sehr einsam wären", stellt Emir ihn vor. "Jeden Abend kommt er ins Schloss, denn das Elfendinner lässt er sich nicht entgehen. Da fallen immer ein paar Leckereien für ihn ab." Wurzel mustert Gunnar prüfend. Gunnar erwidert den Blick. Beide kommen zu dem Ergebnis, man könne es ja ´mal miteinander versuchen.
Das Wurzelmännchen gräbt sich langsam Stückchen für Stückchen näher an den Felsen heran. Nach ein paar Metern stoppt es vor einem riesigen Tor. Emir streckt seinen Arm aus und berührt dieses mit der Hand. Lautlos gleiten die Torhälften auseinander und geben den Blick frei auf einen langen engen Gang, der steil nach unten führt. Dicht hintereinander betreten die Vier diesen Tunnel, Wurzel als Letzter. Laternen brauchen sie nicht. Die Elfenkörper leuchten auf einmal wie Sterne, so dass die bedrohliche Dunkelheit verdrängt ist. Tiefer und tiefer geht es hinab. Gunnar erscheint es wie eine Ewigkeit, bis sie endlich vor einem zweiten Tore Halt machen. Es ist von leuchtendem Rosenrot, der Farbe der Liebe und bildet Eingang zum Elfenschloss.
Gunnar ist aufgeregt. Hinter dieser Türe wird sich ihm eine andere Welt auftun. Eine bessere? Oder sind die vielen Sagen und Legenden um die Elfen eher Rosen gleich, die den menschlichen Seelen zuliebe ihre Dornen verstecken, um ihnen

Rückhalt und Stärkung in der bisweilen harten Wirklichkeit zu sein? Ja, er ist zutiefst betroffen, wenn sich alles als schmeichlerische Lüge herausstellt. Gunnar erwartet eben etwas überirdisch Schönes, wie es sich seiner Meinung nach für ein richtiges Zauberreich geziemt.

Ein zweites Mal auf dieser Reise nehmen Piri und Emir ihren menschlichen Kameraden in die Mitte: „Niemand aus dem Menschenreich durfte bisher eintreten in dieses Heiligtum, den Palast unserer Königin. Erweise dich als dieser Ehre würdig!" Der kleine Wurzel hat sich während der kurzen feierlichen Ansprache langsam bis zum Tor vorgearbeitet. Zu Gunnars Füßen verschnauft er. Es ist eben sehr anstrengend, sich auf solch knorrigen Beinen fortzubewegen.

Gunnar sieht dem kleinen Kerl an, wie sehr ihn des Elfen Worte berühren. Nicht nur, dass sein Gesichtchen noch verschrumpelter ist als sonst. Nein, Wurzel versucht, sich so gerade aufzurichten, wie es eben geht, um diese Stunde zu ehren. Aber er ist nun einmal nur ein Wurzelmännchen und Wurzelmänner haben eben schnörkelig gekrümmte Beine. Deshalb sind seine Bemühungen auch von keinem allzu großen Erfolg gekrönt. Verlegen legt er den Kopf in den Nacken und grinst Gunnar ganz besonders charmant an - sozusagen zum Ausgleich. Gunnar versteht und lächelt herzlich zurück. Unsympathisch sind sie sich schon längst nicht mehr.

„Wurzel, wir sind bereit!" Piri stupst das kleine Wesen sanft an. Wurzel versteht sofort, wendet sich zum Eingang und klopft mit einem seiner Ärmchen kräftig gegen das Tor. Es dauert nur einen kurzen Moment. Die Türe öffnet sich. Gunnar traut seinen Augen nicht. All seine wundervollen Elfenweltträume ziehen nochmals blitzschnell an ihm vorbei. Er ist freundlichen Märchenwesen begegnet und durch Bilderbuchlandschaften voller atemberaubender Farben spaziert. Doch nichts davon ist hiermit vergleichbar. Es ist tausendmal prachtvoller als alles, was er sich je vorgestellt hat.

Hinter dieser Tür verbirgt sich ein Felsensaal, mindestens vier Meter hoch. Sein Deckengewölbe ist reich mit Gemälden verziert, die Wälder und Meere darstellen, die im glühenden Morgen- oder auch Abendrot baden. Gunnars bewundernder Blick wandert zur höchsten Stelle der Decke und bleibt fasziniert haften. Dort ist eine riesige Glaskuppel eingelassen, durch die das Tageslicht den ganzen Raum in sanftes Licht taucht.
„Demnach befinden wir uns direkt unter einem Felsplateau!", folgert Gunnar.
An den Längsseiten des Saales reihen sich großzügige Sitznischen aneinander, in denen zierliche Sofas mit golden verschnörkelten Lehnen und purpurroten Polstern zum Ausruhen einladen. Davor stehen niedrige Tischchen, geschmückt mit kleinen Leuchtern mit roten Kerzen. Neben den Sofas strecken sich dichte Efeubäume und hoch gewachsene, elegante Palmen in romantischen Kübeln dem Licht entgegen. Die Form ihrer Wedel erinnert an die Elfenflügel. Diese hier allerdings sind sehr viel mächtigere Flügel und so lang, dass sie in sanftem Bogen als grüne Schilder die Sitzenden beschützen. Was wäre auch ein Elfenpalast ohne lebendiges Grün? Schließlich sind Elfen Naturgeister und alle Pflanzen ihre Freunde.

Mitten im Saale steht ein langer, wunderschöner Tisch. Auf ihm entdeckt Gunnar die herrlichsten Speisen und Getränke. Es ist genau so, wie es die Elfen beschrieben haben. Dekoriert ist die Tafel mit Lilienblüten in allen Regenbogenfarben. Jede Schüssel und jeder Teller ist mit einer solchen Blüte geschmückt. Zwei grazile Kerzenleuchter runden das charmante Bild ab. Gunnar kann sich nicht satt sehen an allem. Sein Blick wandert betört wieder und wieder aufs neue durch den Raum.

Da fällt ihm ein kleines Podest am gegenüberliegenden Ende des Saales ins Auge. „Dort steht der Thron unserer Königin!", eröffnet ihm Emir voller Stolz. Anders als die Sitzgelegenheiten des Elfenvolkes ist jener ganz von Blüten umrankt. Von Orchideen und Rosen, die mit ihrem edlen Äußeren als einzig würdiger Rahmen den Platz ihrer Gebieterin umschmeicheln.

„Du hast vorhin so gedrängt und jetzt sind wir die Ersten!", stellt Gunnar ein wenig mürrisch fest. „Mein Volk wird jede Sekunde eintreffen. Es ist die Stunde der innigen Gemeinschaft. Das lässt sich kein Elf entgehen", besänftigt Emir ihn. „Wo bleiben sie denn nur, ob sie sich bei den Bienchen vertrödelt haben?" Piri tritt ungeduldig von einem Fuß auf den anderen und zurück. Er hat offensichtlich gehörigen Kohldampf. Begehrlich schielt er zum Tisch. Ob er vielleicht...? „Wehe!", errät Emir die Gedanken seines kleinen Freundes. „Es wird erst gegessen, wenn alle da sind!" Beschämt senkt Piri Kopf zu Boden. Sogar Elfenkinder bekommen da rote Wangen.

Der Bub soll bald seinen Hunger stillen können. Plötzlich öffnen sich in den Längswänden des Saales ganz viele Türchen, die vorher selbst Gunnars ach so neugierigen Blicken verborgen geblieben sind. Große, kleine und noch kleinere Mädchen trippeln fröhlich herein. Sie tragen weich fallende, leicht ausgestellte Kleidchen in hellen Pastelltönen.. Passend dazu haben sie sich die Ränder ihrer hauchzarten Flügelchen geschminkt. Auf dem gelbgelockten Haar sitzen hübsche Hütchen mit breiter Krempe. Damit sehen sie aus wie kleine Damen. Die Kinder legen die Arme umeinander und trippeln mit grazilen Schritten von Sofa zu Sofa, bis jedes von ihnen seinen Platz gefunden hat. Dann sinken sie auf das weiche Polster, zupfen ihr Kleidchen sorgfältig zurecht und falten die kleinen Hände im Schoss zusammen. Die Gesichter zum Thron gewandt, warten sie gutgezogen so auf ihre Königin.

Sie müssen sich noch ein wenig gedulden. Denn noch fehlen die Elfenbuben. Die nehmen es, ähnlich wie die Menschenjungen, manchmal mit der Pünktlichkeit nicht so genau. So oft hat die Königin deswegen schon mit ihnen gehadert und ihnen kein

Stück von der Honigtorte erlaubt. Ganz bedröppelt haben die Schlingel jedesmal ihre Flügel gesenkt und Besserung gelobt. Aber immer wieder geht der Übermut mit ihnen durch.

Heute ist es gottlob anders. Nur eine knappe Minute verspäten sie sich. „Ihr seid ja richtig früh dran!", neckt sie ein Elfenmädchen. Es ist ein besonders hübsches Kind und vielleicht deshalb auch etwas kecker. „Ein Bienchen hätte fast nicht mehr nachhause gefunden. Dem mussten wir doch helfen. Es war wohl zum allerersten Male ausgeflogen!", rechtfertigt sich ein kleiner Elf.

Damit man sie auch an ihrem Äußeren unterscheiden kann, tragen die Elfenjungen anstatt Kleider weiße Kittel über lindgrünen oder hellblauen Kniebundhosen. Doch junge Männer sind eitel. So haben auch ihre Flügel farbige Ränder. Die Buben stürmen, nicht ganz so anmutig wie die Mädchen, zu ihren Plätzen, streichen die Kittel hastig glatt, weil sie hoffen, auf ihre Königin einen guten Eindruck zu machen und dann ein feines Lob einzuheimsen.

Plötzlich entdeckt einer von ihnen Gunnar, der zusammen mit Piri und Emir amüsiert das Treiben der Kleinen beobachtet. Prompt ist die gute Erziehung vergessen. Obwohl das da den Elfenkindern streng untersagt ist, springt der Bub auf und nähert sich zögernd den Dreien. All seinen Mut nimmt er zusammen. Die Neugierde lässt ihm keine Ruhe: „W...Wer bist denn du? Wie kommst du hierher?" Doch dann dämmert es ihm langsam, wen er da vor sich hat. In seinem Gesicht liest Gunnar deutliches Misstrauen: „Du...du kommst aus dem Menschenreich, stimmt`s? Unsere Königin hat uns erzählt, dass ihr manchmal so böse seid!"

Da mischt Emir sich ein: „Du musst dich nicht fürchten!" Der Elf deutet auf Gunnar. „Er ist nicht so, wie viele von denen. Er möchte, dass zwischen den Menschen und uns endlich alles gut

wird." „Wirklich??", strahlt das Elfenkind. „Dann find ich dich nett." Spricht`s und hopst flugs auf seinen Platz zurück.
Keine Minute zu früh, den in diesem Augenblick ertönt eine zarte Musik im Hintergrund. Es ist das Grillenorchester, das hinter dem Thron auf der untersten Stufe des Podestes stehend, der Königin zu Ehren sein schönstes Konzert anstimmt.

Hinter den fleißigen Musikern öffnet sich lautlos eine goldene Türe. Es erscheint die Herrin dieses Reiches, die Mutter all jener süßen Elfenkinder. Sie zu sehen, versetzt Gunnars Herz in Aufruhr. Es klopft wie verrückt.

Die Elfenkönigin ist eine wunderschöne Frau. Sie hat ein schmales Gesicht mit edlen Zügen und Augen, aus denen Güte und Weisheit sprechen. Ihre schlanke Figur umspielt ein strahlendweißes Kleid. Ihre Flügel sind mit Sternchen und kleinen Monden übersät, die Sinnbilder für Stille und Frieden. Leicht wie eine Feder schreitet sie auf ihren Thron zu. Bevor sie sich setzt, richtet sie das Wort an die Elfchen, deren Augen an ihren Lippen hängen. „Ein arbeitsreicher Tag geht zu Ende. Wie schön, dass wir alle zusammen sind. Und nun lasst es euch gut schmecken, meine Kinder!"

Emir lädt Gunnar ein, von den Leckereien zu kosten. Doch der hat ganz andere Sorgen. Wie wird die Unterredung verlaufen? Wird alles ein gutes Ende finden? Nach dem Dinner führt Emir ihn zum Thron der Königin. „Gebieterin, dieser Mensch möchte dazu beitragen, dass unser beider Völker in Freundschaft nebeneinander leben können." Die Königin lächelt erfreut. „In deinem Herzen lese ich, dass da noch eine wichtige Frage offen ist. Nur Mut, ich will dir antworten!"

Zunächst redet Gunnar noch etwas stockend: „Königin, Ihr wart erzürnt und habt uns mit Unglück gestraft, weil wir nur an unseren eigenen Vorteil gedacht und darüber die Bedürfnisse eures Volkes vergessen haben. Ich habe lange darüber gegrübelt und den Entschluss gefasst die Straße so um den Felsen herumzubauen, dass deine Kinder dort weiterhin wohnen können." „Ich ahnte es und bin sehr glücklich darüber, dass ein Wesen aus eurer Welt Einsicht zeigt und sich so weitere Auseinandersetzungen und Kriege erübrigen. Wir Elfen sind ein friedliebendes Volk, das Streitereien hasst; es sei denn, es geht um die Grundrechte eines jeden Lebewesens. Zu diesen Rechten zählt auch das Recht auf Heimat. – Aber, ...deine Frage hast du mir noch immer nicht gestellt!?"

Gunnar sammelt sich, wählt jedes seiner Worte mit Bedacht. Schließlich will er die Königin keinesfalls verärgern. „Bitte, könntet ihr mir erklären, wieso ihr euch das Recht heraus nehmt, in unserer Welt, die für euch fremd ist, Ansprüche zu erheben, uns zu bedrängen und uns zu nötigen, damit wir nach eurem Willen handeln?"

Einen Moment lang schweigt die Königin. Sie sieht Gunnar ruhig in die Augen. Dann antwortet sie: „In eurem Leben stürmt sehr viel Schönes, aber auch sehr viel Schweres auf euch ein. Eure Seele braucht Vorstellungen und Träume, um all diese Eindrücke zu ertragen, verarbeiten zu können. Oft spiegeln Träume Zufriedenheit, Freude und Glücksempfinden wieder. Genauso können sie auch in schweren Tagen Tränen trocknen. Ohne Träume würde die menschliche Seele kranken und verkümmern."
Sie macht eine kurze Pause. Dann fährt sie fort: "Wir Elfen sind ein Teil eurer Traumwelten. Der Gedanke an uns entrückt euch den Problemen, gibt Halt und Freude. So sorgen auch wir für euer inneres Wohlbefinden. Weil dem so ist, sind auch wir Teil eurer Welt und haben dort in gleichem Maße Heimatrecht wie ihr."

Während sie noch redet, wird die Stimme der Königin leiser und leiser. Gunnar ist verwirrt. Die Gestalten der Königin und all dieser zauberhaften Wesen verblassen langsam, bis sie im

Tageslicht aufgehen. Da gibt es keine Gebieterin der Träume, kein Elfenvolk und auch kein Märchenschloss mehr.

Gunnar steht wie verloren da, zurück in der diesseitigen Welt. Für ein paar Sekunden ist seine Seele noch gebannt im Zauberreich. Doch dann hebt er den Blick. Er schaut um sich und findet so allmählich zurück in die Realität. Er sieht sich selbst vor diesem Stein, neben sich seine beiden Mitarbeiter, die ihn fragend anschauen. Die Männer stehen dort gesund und munter wie vordem - zwei unwissende Menschen. Ihnen brennt eine Frage auf der Zunge, aber sie wagen es nicht, ihren Chef in seinen Überlegungen zu stören.

Gunnar weiss, dass er nicht nur geträumt hat. Ihm ist etwas Wunderbares geschenkt worden. Ein kurzer Blick in seine eigene Seele, die ihm die einzig richtige Lösung ihres Problems nahe gebracht hat.

Er schaut seinen Mitarbeitern fest in die Augen und sagt entschlossen:
„Wir bauen um den Stein herum!"

# Heidelind Matthews

## Blaue Wellen

Die Blumen der Nacht
verströmen ihren
magischen Duft,
während leuchtende
Nebelschleier
unerfüllte Träume
über das Meer tragen.

Schließe deine Augen
und vergesse,
was dich gefesselt hält.
Lasse dich treiben
auf den Schwingen
der Sehnsucht.

Spüre die Leichtigkeit
des Seins,
wenn dein nackter
Körper sanft
auf den schaukelnden
Wellen ruht und
das kühle Wasser
deine Haut
umschmeichelt.

Die Zeit eilt dahin
und aus der
flimmernden Ferne
erklingen die
lieblichen Stimmen
der Meerjungfrauen.

Auf weißen Schiffen
segeln sie durch
die Nacht
und
verweilen für
einen Moment,
um dir die Hand
zum Tanze
zu reichen.
Fühle dich und
werde eins mit
deinen Träumen.

# Heidelind Matthews

## Nachtfee

Sie wandelt
auf den Spuren
des Mondes und
trinkt von den
Tränen der Nacht.

Schattenberge fliehen,
wenn ihre
weißen Hände
das wattige
Schwarz der Nacht
berühren.

Auf ihren Lippen
ruhen wehmütige
Melodien,
die das finstere
Schweigen
durchbrechen.

Flatternde Wolkenschleier
umschmeicheln ihre
Gestalt und
die Zeit
hört auf
zu atmen.

# Heidelind Matthews

## Sternschnuppentanz

Im klaren
Abendlicht erwachen
die Töchter des
Mondes und
lauschen sehnsüchtig
den Klängen
des Muschelhorns.

Aufgeregt ziehen sie
ihre goldenen
Tanzschuhe an und
verlassen geschwind
auf ihren feurigen
Rossen das geliebte
Himmelszelt.

Hinab zum
tiefblauen Meer
führt sie ihr
langer Weg,
wo mit klopfendem
Herzen
die Söhne des
Windes bereits
auf sie warten.

Voller Freude
sinken sie sich
in die Arme und
tanzen ausgelassen
bis zum Morgengrauen,
im milden Schein
weißer Lampions.

# Hellmut Schmidt

## Flügel des Traumes

Der Vogel des Traumes
fliegt über unsere Köpfe.
Er ist so groß,
seine Flügel so breit,
voller lustigen Blumen,
und ich sehe ihn gern.
Ich rufe ihn,
er kommt zu mir,
ich lege mich drauf
und los geht die Reise
ins Land meiner Träume,
wo die Sonne immer scheint
und wo die Blumen lachend auf und ab springen
und mit ihren blauen Blättern mir zuwinken.
Ich sehe dieses Land,
wo das Wasser in seiner Farbenpracht hochspringt,
diese glitzernden Fontänen,
die mich einhüllen und mich zum Lachen kitzeln.
Die orangen Bäume
summen ihr Lied und klatschen mir Beifall mit Ihren Ästen.
Ich fliege zu ihnen
und summe mit,
der Löwe stimmt mit ein.
Das Reh kommt herzu.
Der Friede schwebt wie ein Nebel über dieses Land.
Kein Tier ist in Gefahr,
kein Mensch frisst den anderen,
keine Wunde sticht das Herz.

Die Sonne ist grün,
wie die Wiesen gelb.
Die Luft ist voller Rosen
und ich schwebe mit ihnen.
Werde geküsst von den Bienen
und fliege zu den Wiesen,
wo die schönsten,fraulichen Wesen
daliegen,
mit ihnen herze und scherze ich
ihre sanften und zarten Hände streicheln mich,
unsere Lippen berühren sich.
Da liege ich umgeben von ihnen,
sehe das Violett des Himmels,
fühle den Duft der Frauen
und merke das Glück ist vollkommen.

# Jörg Fischer

## Die Sünde

Wie ein gleißender Blitz durchzuckt es mich. Siedender Schmerz zerfrisst meine Eingeweide und langsam verschleiert sich mein Blick. Ist die Zeit also gekommen? Das Atmen fällt mir schwer und ich sacke zu Boden. Ich liege im Staub und verliere jedwedes Gefühl. Es schnürt mir die Kehle zu. Meine Lunge füllt sich, jedoch nicht mit Luft. Meine Sinne schwinden und doch sehe ich alles klar vor Augen, sehe jenen Tag deutlich vor mir, jenen Tag, da es begann.

An einem trüben Sommertage war er gekommen. Schon von weit her hörte ich sein Pferd. Mein Blick wanderte den schmalen Pfad entlang. Dann erblickte ich ihn.
Seine hochgewachsene Gestalt, aufrecht und von edlem Wuchs, war durchaus stattlich zu nennen. Dunkelbraune Locken umrahmten ein feingeschnittenes Gesicht, das Güte, aber auch Entschlossenheit ausdrückte. Der schwere Kettenpanzer, in den er gehüllt war, klirrte leise bei jedem Schritt. An seiner Seite hing ein Ritterschwert, wie es ihm wohl anstand, denn goldene Sporen zierten seine Stiefel. Über seine Schultern hing ein schlichter Umhang aus dunkelbraunem Stoffe. An seinem herrlichen Ross war ein großes Bündel befestigt, eingeschlagen in dickes Tuch. So erblickte ich ihn zum ersten Mal und schon in jenem Augenblick, da er vor mich hintrat, gewahrte ich einen düsteren Schatten, der auf ihm lag. Auch vermochte ich nicht zu sagen, was es damit auf sich hatte.
„Gott mit euch, Sir!" sprach ich, „Ihr scheint vom Wege abgekommen zu sein, da Ihr meine Klause fandet."
Der Ritter blickte mich unverwandt an. Es schien gar, als habe er mich in diesem Moment erst bemerkt. Dann entgegnete er: „Seid auch Ihr mir gegrüßt, ehrwürdiger Vater. In der Tat kenne ich diese Wälder nicht, doch ob ich mich verirrt habe, gilt es zu

ergründen. Im Dienste meines Herrn reite ich durch das Land, um zu finden, was nur den Wenigsten gewährt wird und mir ist klar, dass ich es nicht zu finden vermag, da schwere Schuld auf mir liegt. Meine Sünden zu beichten kam ich in diesen Wald und wenn Ihr, ehrwürdiger Vater, Peter, der Eremit seid, dann hat Gott meine Schritte wohl gelenkt."

Ich blickte prüfend in das Antlitz meines unerwarteten Gastes. Schwere Trauer und Zerrissenheit waren in den klaren Augen zu lesen. „Dem ist wohl so, denn ich bin eben jener Peter, den Ihr gesucht habt. Seid mir als Gast willkommen, auch wenn sich mir die Frage stellt, warum Ihr einen so weiten Weg auf euch genommen habt, um die Beichte abzulegen." Der junge Ritter verzog das Gesicht, ehe er antwortete. „Wenn Ihr mich angehört habt, werdet Ihr verstehen, Vater. Bitte vergebt mir, dass ich Euch nicht augenblicklich Rede und Antwort stehe."

„Dann bitte ich Euch, das Mahl mit mir zu teilen, Sir. Doch wie darf ich Euch nennen?"

„Es ist besser, Ihr wisst den Namen nicht, auf dem solch schwere Sünde liegt."

„Wollt Ihr nicht offen gegen euren Gastwirt sein? Das ist nicht recht und steht Euch nicht an!" rief ich entrüstet aus.

Der Ritter blickte bestürzt auf mich. Dann sprach er: „Auch diesmal muss ich Euch um Vergebung bitten. Doch vermag ich nicht anders zu handeln. Nehmt mein Wort, dass Ihr nichts von mir zu befürchten habt. Darum bitte ich Euch."

Seine Augen verrieten keine Falschheit und so gab ich nach. Wir teilten das Mahl und voller Demut vertiefte sich mein Gast in das anschließende Gebet. Er schien in der Tat sehr gottesfürchtig und ich fragte mich, welch schwere Schuld ein so tadelloser Ritter wohl auf sich geladen haben mochte. Doch als dann die Beichte folgen sollte, wurde mir schwer ums Herz. Es war mir nicht möglich, den Grund dafür zu entdecken, doch beschlich mich eine düstere Ahnung.

Schließlich nahm ich meinem Gast gegenüber Platz und bat ihn, zu beginnen.

Der junge Ritter holte tief Luft und schloss kurz die Augen. Dann begann er zu erzählen.

Ich versuchte, ihm ruhig zuzuhören, doch fiel es mir mit jedem Worte schwerer, das über seine Lippen kam. Wie konnte dies sein? Hörte ich recht? Es war unvorstellbar! Tiefe Bestürzung befiel mich. Die Worte des Ritters klangen dumpf in meinem Schädel wieder. Wie in einem Traume fühlte ich mich, wie in einem Albdruck, der unmöglich wahr sein durfte und durch zeitiges Erwachen sein Ende finden würde.

Doch als ich endlich wieder Herr meiner Selbst war, musste ich entsetzt feststellen, dass kein Nachtmahr mich geplagt hatte. Noch immer saß ich auf dem hölzernen Schemel meinem Gast gegenüber. Nur war es still geworden und ich gewahrte erst jetzt, dass der Ritter seine Beichte beendet hatte und mich mit tiefer Bestürzung ansah. Mir wurde mit einmal bewusst, dass ich eine ganze Weile nur so dagesessen haben musste. Womöglich hatte sich ein Aufschrei meiner Kehle entrungen. Ich suchte die Augen meines Gegenübers und stellte fest, dass sie mit Tränen gefüllt waren. Ein großer Jammer ergriff da mein Herz und ich wollte zu dem jungen Manne sprechen, ihm Worte des Trostes schenken. Doch es gelang mir nicht. Ich hatte für solch Ungeheuerlichkeit keine tröstliche Botschaft. Zu schrecklich war die Enthüllung, zu widerlich die Sünde, welche dieser Ritter begangen hatte.

Ich wies ihm eine Lagerstatt und bat um Vergebung. Ich müsse nach dieser furchtbaren Offenbarung erst Zwiesprache mit Gott halten und um die rechte Weisung bitten. Mein Gast dankte mir höflich, doch seine Stimme zitterte leicht. Er schien mit sich im Streite zu liegen. Haare raufend und Hände ringend kauerte er sich auf dem Lager nieder. Ein Beben ging durch den Leib des einst so stolzen Kriegers. Ich wandte mich ab und verließ die Klause. Nicht länger konnte ich dieses jammervolle Bild ertragen. Mein Weg führte mich hinab zu der alten Quelle im Wald. Silbrig funkelnd lag sie im Mondenschein. An dem dunklen Steine, aus welchem der Quell entsprang, fiel ich auf die

Knie und hob mein Haupt zum Firmament. Meine Hände im Schoße faltend, setzte ich zu sprechen an:
„Gnädiger Gott, Fürchterliches wurde mir heute angetragen. Von schwerstem Verrat und von Todsünde musste ich hören. Doch wie kann so etwas sein? Dieser Krieger mag der tadelloseste Ritter sein, den diese Lande je gesehen haben. So edelmütig, gütig und doch entschlossen im Kampfe und schrecklich unter seines Königs Feinden. Doch was ist nun, wenn einer der treusten Diener des Reiches selbst zum Feinde wird? Wenn Freunde zu Verrätern werden? Was soll geschehen? Was soll ich dem jungen Ritter raten? Welche Buße würde diese Schande von seiner Seele tilgen können?" Ich schloss die Augen und sog die Nachtluft ein.
Würde mir Gott, der Herr, ein Zeichen senden? Im Namen des armen Ritters, welcher unter meinem Dache ruhte, hoffte ich es. Wieder und wieder musste ich an die Worte denken, die er zu mir gesprochen hatte, jene entsetzliche Enthüllung. Ich sah Bilder vor mir. Auf einer hölzernen Tribüne erkannte ich den König in all seiner Weisheit und Güte. Doch sein Gesicht war von Sorge erfüllt. An seiner Seite stand die Königin, bleich wie der Tod, ein Tuch aus blauem Stoff vor den Mund gepresst.
Zwei gerüstete Ritter saßen hoch zu Ross. Den Schild erhoben und die Lanzen gesenkt preschten sie aufeinander zu. Der eine war in eine strahlend weiße Rüstung gehüllt. Sein glänzender Schild reflektierte das Sonnenlicht.
Der andere Ritter trug eine Rüstung aus geschwärztem Stahl und einen schwarzen Schild. Die beiden Kontrahenten prallten mit lautem Krachen aufeinander. Die Lanzen splitterten und es schien einen Augenblick, als ob ein Schatten über den Schild des weißen Ritters glitt und ein verirrter Sonnenstrahl den schwarzen Schild seines Kontrahenten erhellte. Dann sank der dunkle Ritter aus dem Sattel und fiel zu Boden. Dumpf schlug er auf und regte sich nicht mehr. Aus seiner Brust ragte der hölzerne Schaft einer Lanze. Der Ritter in der weißen Rüstung verharrte kurz, dann hob er sein Visier und ich erkannte meinen Gast in ihm. Er hatte

diesen Zweikampf für sich entschieden, doch zeigte sein Antlitz keine Siegesfreude, sondern lediglich Schmerz und Trauer.
Die Bilder zogen eilig vor meinem inneren Auge dahin. Schon befand ich mich in einem wunderschönen Garten, umgeben von starken Mauern. Dort erblickte ich einen jungen Mann, der, in edle Kleider gehüllt, auf dem Rande eines Brunnens saß. Als sich eine zierliche Gestalt nahte, hob er den Kopf und das Sonnenlicht umspielte sein Antlitz. Ich war kaum verwundert eben jenen weißen Ritter in diesem Jüngling wiederzuerkennen. In einem hellgrünen Kleide kam die Königin daher, der Wind spielte in ihren blonden Haaren. Augenblicklich ging der Jüngling auf ein Knie. Doch die Königin hob ihn auf und fasste sein Gesicht mit Daumen und Zeigefinger. Lange blickten sie sich an, dann geschah es, ein heißer Kuss, eine Berührung und ich ward Zeuge des schändlichen Verrats an König und Ritterwürde, an Freundschaft und Treueschwur. Doch schon glitt ich weiter, ein wüstes Schlachtfeld entspann sich vor meinen Augen. Überall wogten die Leiber der Kämpfenden. Schreie von Sterbenden und Verwundeten erfüllten die Luft. Pfeile verdunkelten den Himmel. Abermals sanken Männer getroffen zu Boden. In all dem Gemetzel gewahrte ich einen Lichtblitz, sah den König seines Schwertes beraubt, umstellt von wütenden Sachsenkriegern. Sie zerrten ihn hohnlachend in die Höhe und banden ihm die Hände. Alle Hoffnung schien verloren, der König in Feindeshand. Abermals blitzte es auf. Dann preschte mit einem Satz ein Ritter in glänzender Rüstung heran. Mit gewaltigen Hieben fällte er so manchen Feind. Sein Schwert fuhr hinab, schnitt, schlug und stach mit unbändiger Kraft. Der Ritter bahnte sich seinen Weg durch die Sachsen und vergoss ihr Blut in Strömen, die eigenen Wunden nicht achtend. Als er den König erreicht hatte, zog er diesen auf sein Ross, hielt den Schild schützend über ihn und trug ihn so vom Schlachtfeld und in Sicherheit.
Dann sah ich eine große Halle. In dieser Halle saßen viele Ritter mit ihren Damen um einen runden Tisch. Unter ihnen auch der König und dessen Gemahlin. Sie aßen und tranken, sie scherzten

und lachten. Nur einer unter ihnen saß einsam für sich, keine Dame war an seiner Seite. Soeben lachte der König auf und trank einem seiner Ritter zu, die Königin jedoch blickte betrübt auf die Tischplatte hernieder. Dann hob sie den Kopf. Auch der einsame Ritter schaute auf und ihre Blicke trafen sich. In diesem Augenblicke ging ein Beben durch den Raum, nur leicht. Keiner schien es bemerkt zu haben. Doch mit einem Male erblickte ich einen dünnen Riss auf der Tischplatte der runden Tafel. Dann versank alles in Finsternis und als ich meine Augen wieder zu öffnen wagte, lag ich bei dem Quell im Grase. Die Sonne war bereits aufgegangen. Mir fielen die Ereignisse der vergangenen Nacht wieder ein. Was hatte das alles nur zu bedeuten?
„Warum, gnädiger Gott, hast du mir diese Gesichte geschickt? Was soll ich nur meinem Gaste raten?" Ich fühlte mich verloren. Schweren Herzens erhob ich mich. Meine Beine waren taub und so musste ich einige Zeit verharren, bis das Gefühl zurückgekehrt war. Dann machte ich mich auf den Weg zur Klause. Dort erblickte ich den jungen Ritter neben seinem Rosse stehen. Er schien zum Aufbruch bereit. Verwundert verhielt ich neben ihm.
„Ihr wollt schon aufbrechen, Sir?" fragte ich.
Der Ritter blickte zu mir hinüber. Sein Gesicht wirkte gefasst.
„Es wird das Beste sein, ehrwürdiger Vater", sagte er.
„Ich habe meinen Weg gefunden und werde meiner Geliebten entsagen. Tatsächlich ist es der einzige Weg. Unerkannt werde ich im Büßergewande durch das Land reisen und Gott um Vergebung bitten. Nicht länger kann ich mit dieser Sünde leben."
Erleichtert atmete ich auf und dankte Gott im Stillen, dass er mir diese so undankbare Aufgabe abgenommen hatte. Dann sprach ich: „Gott hat Euch wahrlich Einsicht geschenkt und Ihr werdet sicher Vergebung erlangen. Weicht nur nicht von dem Wege ab, den er Euch gewiesen hat."
Der Ritter lachte. „Seid unbesorgt, Vater. Ich bin fest entschlossen. Ich danke Euch für alles. Mögen alle Heiligen über Euch wachen."

„Und über Euch, Herr Ritter. Eine gute Reise."
Der Ritter schwang sich in den Sattel und wendete sein Ross. Dann reichte er mir das eingeschlagene Bündel, welches noch immer an seinem Sattel gehangen hatte.
„Dies benötige ich nun nicht mehr. Ihr wolltet meinen Namen erfahren und er soll Euch nun offenbart werden. Der Ritter vom See werde ich genannt und keinen anderen Namen werde ich tragen, bis meine Schuld gesühnt ist. Lebt wohl, ehrwürdiger Vater." Dann gab er seinem Pferd die Sporen und ritt davon, ohne sich noch einmal umzublicken. Ich schaute ihm verwundert nach, noch immer das Bündel haltend. Es hatte eine dreieckige Form und schien aus Metall gefertigt zu sein. Plötzlich wusste ich, was ich da in Händen hielt. Rasch schlug ich das Tuch auseinander. Ein silberner Schild kam zum Vorschein. Ja, nun wusste ich, wer in meiner Klause Obdach und Trost gesucht hatte, nur überraschte es mich kaum, hatte ich es doch schon vom ersten Augenblicke an geahnt.
Ich sollte meinen Gast nicht mehr vergessen. Tatsächlich träumte ich des Nachts oft von ihm. Manchmal schien ich eine ungewisse Zukunft zu schauen und ein anderes Mal mochte mich die Vergangenheit einholen.
So ging ein Jahr dahin und ehe ich mich versah, war der Herbst gekommen.
In einer klaren Vollmondnacht ereilten mich wieder wüste Traumbilder. Doch dieses Mal war es anders als bisher. Durch herbstliche Wälder ritten zwei Krieger Seite an Seite. Doch keine Freundschaft verband die beiden Ritter. Der eine trug eine silberne Rüstung und ich erkannte augenblicklich meinen Gast, den Ritter vom See, in ihm. Sein Begleiter trug eine schlichte Wehr ohne Zeichen. Es war ein seltsames Bild, das sich mir bot. Ich konnte mir keinen Reim darauf machen. Plötzlich gewahrte ich das Zeichen der Sünde an ihnen. Der Makel war deutlich zu erkennen. Die silberne Rüstung hatte all ihren Glanz verloren und war angelaufen. Des Anderen seine Kleider waren zerrissen und seine Rüstung verbeult. In diesem Augenblick wusste ich, dass mein Gast von damals sein Wort gebrochen hatte. Er, der

edelste unter des Königs Rittern, hatte versagt. Sein düsterer Begleiter war mir unbekannt. Doch plötzlich sah ich den König in dem jungen Manne vor mir. Wie ein Blitz durchfuhr es mich und mit einem Male war mir alles klar. Wenn der Freund den Freund verrät und der Vater mit dem Sohne ringt, dann wird das Reich zugrunde gehen. Wenn beide Sünder vor mir stehen, wird der Kreis sich schließen und das Schicksal sich erfüllen. Die Treuesten werden sich abwenden, Bruder den Bruder bekämpfen und die Schlange erneut den Untergang bringen.
Am darauffolgenden Tage vermochte ich kaum meinem Tagwerk nachzugehen. Rastlos war ich. Eine Ahnung hatte mich ergriffen, dass heute noch etwas Schreckliches geschehen würde. So war ich kaum überrascht, als ich Reiter nahen hörte. Mit Bangen erwartete ich die zwei Gestalten zu erspähen, wie sie mir im Traume erschienen sind. Als die beiden Männer in Sicht kamen, trat ich ihnen entgegen. Mein Gast vom Vorjahr neigte höflich das Haupt. Sein düsterer Begleiter nickte nur knapp. Doch keine Freude war es mir, beide nun so zu erblicken, Seite an Seite. „Ist es also wahr? Der Ritter vom See und des Königs Neffe, der zugleich dessen Sohn ist, ebenjene, deren Sünden das Sommerkönigreich ins Verderben stürzen werden, treten offen vor mein Angesicht?" rief ich aus. Da blitzte Zornesglut in Mordreds Augen und wuterfüllt zischte er: „Du wagst es, mich einen Sünder zu nennen, alter Mann? Und das, wo ein jeder weiß, dass ich nichts unrechtes je getan? Das büße mir mit deinem Blut!" Er riss das Schwert aus der Scheide. Zu spät versuchte sein Begleiter, das Unvermeidliche zu verhindern. Zu spät setzte er zu kühnem Streich an, um Mordreds Waffe abzulenken. Die Klinge fand ihr Ziel, die Sünde ward offenbar.

So liege ich nun in meinem Blute und hauche mein Leben aus. Tränen rinnen mir über die Wangen. Doch gilt meine Trauer nicht dem nahen Tode, nein, sie gilt dem Sommerreiche, dessen Schicksal nun besiegelt ist, da beide Sünder vor mich traten. Der Kreis ist geschlossen. Das Ende ist gekommen und so scheide ich aus dieser Welt.

# Jutta Miller-Waldner

## Der Märchenerzähler

Da hatte ich doch vor einiger Zeit ein merkwürdiges Erlebnis! Ich begegnete nämlich auf einem meiner Spaziergänge um den Grunewaldsee einem Mann, und nun könnte ich schreiben: jung und mit weißblonder Lockenpracht, aber das wäre einfach nicht wahr, und selbst die dichterische Freiheit ließe das nicht zu. Nein, ich stand einem hageren, streng blickenden Herrn mit schütterem Haarwuchs gegenüber, der mich unaufgefordert begleitete und mir auch noch eine Geschichte erzählte.

Ich weiß nicht, ob er geträumt hatte oder ob er ein orientalischer Märchenerzähler war, jedenfalls behauptete er, dass alles, was er mir erzählen wolle, sich wirklich genauso zugetragen habe, und ich solle es genau so niederschreiben, wie er es mir sagte, damit jeder davon erführe. Die Ereignisse seien so außergewöhnlich gewesen, dass er sie niemandem vorenthalten wolle.

Nun, ich bin ein höflicher, freundlicher Mensch, und meine Mutter hatte mich gelehrt, älteren Leuten gegenüber noch höflicher und noch freundlicher zu sein. Also schrieb ich das Erzählte nieder. Hört also gut zu!

"'Ich weiß ja nicht, wie du darüber denkst', Erzengel Uriel" — mit diesen Worten begann wirklich die Geschichte des älteren Herrn — „schaute sich an einem dieser wieder einmal traumhaften Tage, aber die Tage sind ja immer traumhaft im Himmel, unsereins muss schon in die Karibik düsen, um so etwas zu erleben, suchend nach Freund Raphael um, 'aber ich habe bald keine Lust mehr, Tag für Tag auf Wolke acht zu sitzen. Und die Sterne kann ich langsam auch nicht mehr sehen. Nachdem ich sie auf die richtige Kreisbahn gebracht und sozusagen höllisch aufgepasst habe, dass sie ja nicht ausbrechen, wie das junge Sterne manchmal gerne tun, läuft die Sache mittlerweile doch von selbst. Herr über das Reich der Sterne zu sein, ist auch nicht mehr das, was es einmal war. Es ist alles so langweilig. Weißt du, manchmal beneide ich den Luzifer'.

'Psst', unterbrach ihn Raphael Und drehte sich erschrocken nach Petrus um. Aber der stand wie immer vor dem Himmelstor und fertigte die unüberschaubare Schlange all derer ab, die Einlass begehrten.
'Na ist doch wahr', schmollte Uriel, 'ich will nicht mehr angebetet werden und durch die Wolken schweben und jauchzen. Nein, ich will wissen, was bei den Menschen so los ist. Ja, ja, ich weiß, Raphael, ich höre ihre Gebete. Okay. Aber da geht es nur um Krankheit, um Geld, um Fürbitte. Meinst du etwa, das ist das wahre Leben? Und, na ja, du sagst es bestimmt nicht weiter, wir sind ja alles Engel hier, ich möchte mich einfach mal wieder spüren, weißt du, so mit allen Sinnen, wenn du verstehst, was ich meine. Hast du denn vergessen, wie es war, als Luzifer noch bei uns wohnte? Da war hier doch wirklich noch Action.'
Er hüpfte von der Wolke, winkte Raphael fröhlich zu, machte Petrus eine lange Nase, schnappte sich die Enterprise, die gerade vorbeischoss, nickte Data kurz zu, und landete auf der Erde. Auf dem Kudamm, genauer gesagt."
"Komisch", warf ich ein, "aber ich habe noch nie ein Raumschiff auf dem Kudamm landen sehen."
"Sie sind ja vielleicht pingelig", fand mein Gefährte. "Die letzten Kilometer flog Uriel natürlich zur Erde. War doch stilvoller so", und er fügte verwundert hinzu: "Aber kein Mensch interessierte sich für ihn. Merkwürdig."

"Wie das halt so ist in einer großen Stadt", stellte ich fest. Aber mein neuer Freund hörte mir gar nicht zu. "Eigenartig", sagte er nachdenklich, "er hätte doch auffallen müssen, so groß wie er war, mit den blauen Augen, mit dem blonden Wallehaar."

"Und den Flügeln und dem Nachthemd", stimmte ich zu.

"Ach, was", er schaute mich empört an, "die Flügel sind doch nur eine Erfindung der Menschen, na ja, und Nachthemd ... Die Leute dachten vielleicht, dass er in einem Film mitspielt. In 'Die Himmel über Berlin' gibt es auch Engel."

"Hatten aber kein Nachthemd ..." Wenn Blicke töten könnten, hätte ich die Geschichte nicht aufschreiben können.

"Aber Uriel störte das nicht", erzählt der gute Mann, weiter. "Nach unzähligen Jahren inmitten einer unübersehbaren Engelschar war er froh, endlich einmal anonym zu sein. Außerdem gab es soviel zu sehen. Einmal blieb er sogar mitten auf dem Damm stehen, weil ihm eine Frau entgegenkam, die wie ein Engel aussah, aber offensichtlich aus Fleisch und Blut war — und wie, stellte er fest, und ihm wurde ganz heiß.

Aber das Hupen von fünf Autos riss ihn aus seinen Träumen und ein Mann ihn zurück auf den Bürgersteig. 'Du spinnst wohl, mitten uff'm Damm stehen zu bleiben', schrie er. 'Na ja', meinte er dann kopfschüttelnd, 'da haste wohl jerade eenen Schutzengel jehabt.'

'Tja', murmelte Uriel und blickte zu Raphael empor. Uriel hatte großen Erfolg. Er lebte. Lebte auf. Hatte endlich eine Zukunft. Er war neugierig und wollte lernen und nutzte alles aus, was sich ihm bot. Jeden Tag ging er mit einem anderen Mädchen aus, und alle fühlten sich in seiner Gegenwart schier wie im Himmel. So freundliche, nette Männer hatten sie noch nicht erlebt. Nur manchmal ging ihnen das Friedfertige, Rücksichtsvolle, Softige doch recht auf die Nerven. Aber das vergaßen sie schnell wieder.

So ging das eine lange Weile gut. Doch eines Tages stellte Uriel fest, dass das mit den Mädels ja schön und nett war, aber manchmal hätte er auch gerne einen Freund gehabt. Die anderen Männer ignorierten ihn jedoch mehr oder weniger. 'Softie' nannten sie ihn, gar 'Memme, Weichei'; er konnte nicht mithalten, wenn sie in die Kneipe gingen und ihr Bier und ein Korn oder zwei Bier und zwei Korn tranken. Er begriff einfach nicht, warum sie fast jeden Abend stundenlang auf den Fernseher starrten und manchmal ausrasteten und manchmal in die Luft hopsten vor Freude und 'Toooor! Toooor! Toooor!' brüllten oder 'Klose, du Pfeife'. Von dem Spiel, das sie Fußball nannten, hatte er nun gar keine Ahnung."

"Sie fragen mich ja gar nicht, wovon er lebte", bemerkte plötzlich mein liebenswerter Mitwanderer, blieb stehen und schaute mich an.

"Nö", sagte ich. "Ich dachte an die Lilien auf dem Felde und so. Na ja, vielleicht Hartz IV oder so."

"Ach was, da hätte er sich doch outen müssen. Nein, er jobbte. Das reichte ihm. Und das meiste Geld gab er eh weg. Der Engel in ihm ließ sich einfach nicht verleugnen", berichtete er und ging wieder weiter.

"'Was soll ich nur machen?', überlegte Uriel also. 'Ob ich in eine Männergruppe gehe? Aber das ist auch nicht das Wahre. Da hätte ich ja gleich im Himmel bleiben können.' Er dachte an Raphael und sandte einen wehmütigen Blick gen nach oben und verspürte fast Heimweh nach dem Himmelreich. Aber dass man so etwas als richtiger Mann nicht haben darf, hatte er inzwischen begriffen.

'Nein, ich gebe nicht auf', beschloss er nach langem Grübeln und straffte die Schultern. 'Schließlich habe ich schon genug Menschen bei ihren Gebeten geholfen. Da wäre es doch gelacht, wenn ich mir nicht selber helfen könnte. Ich werde schon jemanden finden, den ich um Rat fragen kann.'"

"Tja", sagte mein Begleiter, "und nun raten Sie mal, wen er schließlich fragte."

Ich dachte eine Weile nach, mir fielen Frau Irene und Dr. Sommer ein und — "na ja, er fragte einen Pfarrer".

"Den doch nicht", wieder schaute mich mein Märchenerzähler böse an und wenn Blicke … na ja, das hatten wir schon. "Nein, er hörte auf seine innere Stimme. Er war schließlich immer noch ein Engel."

"Die innere Stimme sprach zu Uriel, dass er nicht immer nur gut und edel sein solle, das mögen die Mitmenschen nicht allzu sehr, und anders aussehen dürfe er nun gar nicht. Also fuhr er manchmal schwarz, fluchte manchmal auf die Lottozahlen, stand morgens grimmig auf, aß hin und wieder ein wenig zu viel Sachertorte, trank hin und wieder noch mehr Trollinger. Er besorgte sich Levis, Nikesportschuhe und einen Rucksack, trat Hertha BSC bei und der passenden Partei."

"Na, in der Partei war er ja wohl nicht lange", rutschte es mir raus, worauf mein neuer Freund mir ein: "Auch bei Engeln dauern Wunder länger" und einen grimmigen Blick entgegenschleuderte.

"Und wieder ging es eine Weile gut", setzte mein Märchenerzähler seine Geschichte fort, "aber es war immer noch nicht so, wie er es sich auf Wolke acht einmal vorgestellt hatte. Die Menschen erschienen ihm im Grunde kalt und herzlos. Was er auch tat: er passte einfach nicht in die Norm.

'Ich gehe wieder zurück', beschloss er eines schönen Tages, als er vor dem Fernseher saß und Raumschiff Enterprise sah. 'So habe ich mir das Leben wirklich nicht vorgestellt. Und irgendwie ist alles ziemlich sinnlos, was ich hier tue. Das füllt mich nicht aus.'

"Tja, und hiermit endet die Geschichte", sagte mein Mitläufer bei diesem Spaziergang um den Grunewaldsee und verschwand in der sonntäglich gekleideten Spaziergängermenge.

"Hey", rief ich ihm hinterher, "ist Uriel nun zurückgegangen oder nicht? Die Geschichte hat ja gar keine Pointe." Aber ich sah ihn nicht wieder.

Allerdings hatte ich neulich wieder ein merkwürdiges Erlebnis. Als ich an der Bahnsteigkante stand und auf die einfahrende U-Bahn starrte, wurde mir plötzlich schwindlig. Ich wäre fast auf die Gleise gestürzt, hätte mich nicht jemand an den Arm gepackt und zurückgerissen. "Da haben Sie aber einen Schutzengel gehabt", meinte eine Frau neben mir, und ich schaute mich um und sah einen großgewachsenen, älteren Herrn mit schütterem Haarwuchs die Treppe emporeilen. Nur kurz schaute er sich um und zwinkerte mir zu.

Weitere Infos/Tipps und Texte über/von Jutta Miller-Waldner unter
http://miller-waldner.kulturserver.de
http://juttas-schreibtipps.blogspot.com

# Karin Dietrich

## Ein Traum!

Auf einer grünen Wiese stehen,
über mir blauen Himmel sehen,
das Rauschen des Meeres von ferne hören,
davon lasse ich mich gerne betören.

Ich bewege mit leisen Schritten mich fort,
weiß nicht wohin, an welchen Ort,
immer noch hör´ ich des Meeres rauschen,
bin ganz still und beginne zu lauschen.

Da höre ich Stimmen, hell und klar,
nur ganz kurz, weiß nicht, wer es war,
es könnten Elfen gewesen sein,
zierlich, kaum zu sehen, ganz klein.

Sie lachen, singen und tanzen im Kreis,
das ist für mich der beste Beweis,
es gibt diese Wesen, mit Stimmen so rein,
es wäre schön, eine von ihnen zu sein.

Sie kommen auf mich zu, lächeln mich an,
ziehen mich ganz in ihren Bann,
ich darf mit ihnen tanzen und singen,
sie wollen Glück und Freude mir bringen.

Von einer Leichtigkeit bin ich berührt,
schwebe davon, weiß nicht, wohin es führt,
das Meeresrauschen ist ganz nah und laut,
das alles ist mir sehr vertraut.

Als der Tanz zu ende, sehe ich die Elfen,
mit Wiese, Himmel und Meer verschmelzen,
ich erwache und glaube es kaum,
es war doch alles nur ein Traum.

# Marion Geiken

## Blumenelfen 2

Der Blumen
liebevolle Pflege
verdanken wir
den Elfen in ihrem Gehege.

Sie rufen und singen
vom Pflanzengemüt.
Du kannst ihnen helfen
damit alles erblüht.

Dein Auge
kann sehen,
um den Durst zu verstehen.

Deine inneren Ohren
können hören,
damit die Pflanzen
durch Mangel nicht zerstören.

Arbeite mit den Elfen
in deinem Garten.
Blumen werden blühen und duften
der vielen Arten.

# Marion Geiken

## Lichtgestalt

Lichtgestalt im Nebelwald,
ruhend am See,
zwischen Blumen und Klee.

Lichtgestalt im Nebelwald,
aus einer werden mehr,
es folgt ein ganzes Heer.

Lichtgestalten,
die unsichtbar Leben erhalten.
Der Nebel weicht,
weil Licht ihn erreicht.

Lichtgestalten,
weil sie über uns walten,
bringen Licht in jedes Wesen,
unsichtbar, kaum da gewesen.

Lichtgestalt im Nebelwald.
Mein Herz durfte sehen,
um diese Botschaft zu verstehen.

Der Nebel wird weichen,
wenn Herzen erkennen,
eure klärenden Zeichen.

# Marion Geiken

## Zauberregen

Es ist Zauberregen
und lichtvoller Segen,
wenn Glitzertropfen
an dein Herz dir klopfen.

Es ist Zauberregen,
wenn Worte bewegen.,
öffnet sich das Herzenstor,
ist alles anders als zuvor.

Es ist Zauberregen,
wenn Herzen sich regen.
Ein Schlüssel zur Wahrheit,
die jede Seele befreit.

Es ist Zauberregen,
und göttlicher Segen.
Seelenklänge, die sich verbinden,
tiefe Verbundenheit dann finden.

Es ist Zauberregen,
auf unseren Lebenswegen.
Es ist dieses Seelenlicht,
dass uns die Wahrheit spricht.

# Monika Loiber

## Der Baumhirte

Knarzend wiegt der Baum sich,
Blätter rauschen sanft im Wind.
Es ist als ob der ganze Wald,
der Natur zärtlich Weisen singt.

Kaum ist schon der Tag erwacht,
hüpfen Vögel durchs Geäst,
pfeifen munter ihre Lieder,
bauen sich ihr warmes Nest.

Wenn Gewitter sich nähern,
Tiere flieh´n vor des Donners Krach,
dann schließt der Baumhirt fürsorglich
das schützend grüne Blätterdach.

Bei Sonnenuntergang und Nacht,
wenn Stille herrscht im ew´gen Wald,
wachen sie gebieterisch,
egal ob warm, ob klirrend kalt.

Und ganz selten hört man auch
die dunkle Stimme hallen,
wenn die Hirten Träume haben
oder nach dem Tod zu Boden
fallen.

# Monika Loiber

## Der Kobold

Lustig zwitschern Vögel schon,
der kleine Mann reibt sein Gesicht,
welch wundervoller Morgen heut,
es kitzelt ihn das Sonnenlicht.

In seiner Höhle klein und grau,
gut versteckt im alten Berg,
lebt er seit hundert Jahren schon
in des Vaters eigen Werk.

Den grünen Frack zieht er sich an,
den Gürtel bindet er im Nu,
nimmt den Zylinder von der Wand,
zieht an den hübschen Schnallenschuh.

So tritt er in den neuen Tag,
voll Zuversicht und frohen Mut.
Was immer er packt heute an,
wird werden sicher schön und gut.

So wandert er auf kleinem Fuß
durch den Wald im Nebelschal,
über saftig grüne Wiesen,
bis hinab ins kleine Tal.

Schon von Ferne kann er seh´n,
was kein menschlich Auge sieht.
Glücklich geht er schnell voran,
pfeift ein fröhlich irisch´ Lied.

Dort am Fuß des Regenbogens,
gülden glitzernd hier im Licht,
steht versteckt der Topf mit Gold,
doch gierig Herzen seh´n ihn nicht.

Es langt ein kurzer, wachsamer Blick
auf diesen Schatz der Sagenwelt,
schon weiß der Kenner ganz genau,
dass keine einz´ge Münze fehlt.

So wandert selbstlos jeden Tag
er zu diesem Schatz hin.
Grüßt Tier, Natur, pfeift froh ein Lied,
genießt des Lebens süßen Sinn.

# Monika Loiber

## KLEINE FEE

Sanft kitzeln die Strahlen,
die Sonne am Morgen,
die Knospe der Blume
in der etwas verborgen.

Langsam entfaltet sich
die Blüte voll Pracht
und in ihrem Innern
eine Fee nun erwacht.

Sie reibt sich die Augen,
sieht blinzelnd ins Licht
und wäscht sich mit Tau,
ihr gar zierliches Gesicht.

Ein Kuss für die Blume,
für den Schutz sich bedankt,
dann stößt sie sich ab
ohne das sie leicht schwankt.

Lang sieht man´s noch glänzen
das Schillern der Flügel,
dann versinkt schon die Sonne
im Meer hinterm Hügel.

# Nadine Jalandt

## Der Deal

Luzifer, Luzifer,
hat es gebracht,
das Böse, das Dunkle, die schwarze Macht.
Hat genommen die Herzen,
und all' ihre Schmerzen.
Doch was bringt er, siehe,
eine Seele voll Hass und Gier.
Jetzt sehe zu ihm.
Er ist nicht allein,
denn all die Menschen,
die Menschen sind sein.
All die Menschen,
die von Hass benommen,
doch sie werden zu ihm kommen.
Und der Drache der Hölle wird das Feuer entfachen.
Und Luzifer?
Der wird laut lachen!

**Zeichnung von Nadine Jalandt
zu ihrem Gedicht „Der Deal"**

# Nadine Jalandt

## Meerjungfrau

# Thor

**Zeichnung von Nadine Jalandt**

# Regine Stahl

## Endzeit

gespensterhafte Nebel ziehen
durch sternenlose Nacht
wir wollen nur entfliehen
der unsichtbaren Macht

die Welt ist längst verstorben
Mutter Erde leidet stille
ihre Saaten sind verdorben
verloren ist selbst guter Wille

die Götter haben uns verlassen
keinen Engel spürt man mehr
als wir lernten uns zu hassen
tat sich auf das Höllenmeer

es verschlingt die letzte Hoffnung
auf ein gutes Ende hier
erspüren eher die böse Ahnung
nicht entfliehen können wir

Mächte wir heraufbeschworen
durch naive Handlungsweisen
fühlten uns wohl auserkoren
Leben, Liebe auszuweisen

das Höllenmeer, ein schwarzes Loch
zieht uns in sein gierig' Mund
lässt uns erahnen ein schweres Joch
an eiserner Kette beim Höllenhund

warum nur haben wir vergessen
wer wir sind, warum wir sind?
waren einfach nur besessen
drehten die Fähnchen nach dem Wind

ein letzter Blick zur Sonne, feuerrot
bevor sie verschwindet im Höllenschlund
Unsere Körper noch leben, die Seelen sind schon tot
verschlingt das Meer nun auch uns - und...

# Regine Stahl

Zwei Uhr ...! Nelli war mal wieder viel zu spät!
Heute sollte sie doch in diese neue Schule zur Anmeldung fahren. Sicher warteten ihre Eltern schon ungeduldig und regten sich mal wieder über ihre Trödelei auf.
Sie schwang sich also schnell auf ihr altes Fahrrad und sauste los.

„Schnell, schnell!", dachte sie noch als ganz plötzlich ein Auto aus einer Ausfahrt geschossen kam... sie hatte es nicht gesehen, stürzte über den Lenker ihres alten Rades und schlug hart mit ihrem hübschen, kleinen Kopf auf die Straße.

Alles um sie herum wurde schwarz und sie verlor die Besinnung.
Es vergingen einige Minuten als Nelli Stimmen hörte:
„Was ist das für ein merkwürdiges Wesen ...?"flüsterte die Stimme, „etwas glänzt golden auf ihrem Kopfe!"
Eine gelbe, verknöcherte Hand streckte sich in Richtung Nelli aus, als diese plötzlich die Augen aufschlug: „Iiiih – wer seid ihr? Wo bin ich hier ...?" Nellis hübsches Gesicht verzerrte sich beim Anblick dieser Wesen in eine recht komisch aussehende Grimasse.
Aber auch Nellis Gegenüber wirkte verschreckt: „Oh Gott – noch nie im Leben sah ich solch blaue Augen!
...gehört habe ich davon, dass die Menschen früher so klare Augen hatten und so goldenes Haar ..." ein wenig verstört brummelte das Wesen: „aber das ist soooo lange her..."

Nellis Gesicht entspannte sich ein wenig und sie betrachtete diese merkwürdig aussehenden Gestalten ein wenig genauer.
Sie wirkten fast lächerlich mit ihren großen Köpfen, auf denen nicht ein einziges Haar auszumachen war.
Ihre Augen waren riesengroß und schwarz ... nein eher dunkelgrau ... und sie schienen keine Augenlider zu haben, geschweige denn Wimpern. Augenbrauen fehlten ebenfalls und auch sonst jegliche Körperbehaarung.

Nellis Blicke wanderten von einem zum anderen und aus ihrem Erstaunen machte sie kein Hehl – wie Mädchen im Alter von 10 Jahren nun einmal sind.
Die Kleidung der Fremden erschien ihr sehr schäbig und trist. Jeder von ihnen trug einen ziemlich heruntergekommenen Umhang in ungefähr der gleichen undefinierbaren Farbe. Einer von ihnen allerdings stach durch die rote Farbe der Kleidung hervor. Dieser schien so etwas wie der Anführer zu sein. Er ergriff nun auch das Wort, blickte Nelli mit seinen kalt wirkenden Augen an und sagte: „Wir sind Menschen und du bist ... weiß der Teufel wie du hierher gelangt bist ... in England – um genau zu sein – in Essex in unserem Gemeinderaum in dem wir gerade eine Besprechung abhalten wollten."
„Aber das kann ja gar nicht sein!", in Nellis Stimme klang ein wenig Angst mit, „ich war eben noch in London auf dem Weg zu meinen Eltern – ich war spät dran ... Herrjeh! Ich bin immer noch spät dran und meine Eltern werden toben, wenn ich nicht endlich nach Hause komme ...!"
„London?", die Versammlung um sie herum sah sich erstaunt an und wieder wandte sich der Mann in Rot an Nelli:
„London gibt es schon seit ...", er dachte einen Moment ganz intensiv nach, „976 Jahren nicht mehr!"
Die anderen stimmten mit einem Ja-Gemurmel und Kopfnicken zu.
Nelli fing an zu weinen: „Hört auf, ja? Ihr macht einen Spaß mit mir, nicht wahr? Warum macht ihr mir solche Angst? Bitte ruft meine Eltern an, dass sie mich hier abholen sollen!"
Der Mann in Rot zeigte ein wenig Mitleid und fragte: „Wie heißt du eigentlich? ... und wie alt bist du?"
„Ich heiße Nelli und ich bin 10 Jahre alt, aber in zwei Wochen werde ich 11 und ich bekomme eine tolle Geburtstagsparty, aber wenn ich nicht endlich nach Hause komme, dann bekomme ich sie bestimmt nicht mehr und die Schule ... ich soll doch heute in der neuen Schule sein ... oh Mann – meine Eltern werden sooo sauer sein ...!",schluchzte sie und hätte der Mann

in Rot sie nicht unterbrochen, dann hätte Nelli aus Furcht immer weiter geredet.

„Nelli! Hör mir mal zu!", dabei beugte er sich zu ihr hinunter und legte beruhigend seine verknöcherte Hand auf ihre Schulter. „Welches Datum ist denn heute? Kannst du dich daran erinnern welcher Tag heute genau ist und welches Jahr?"
„Klar!", erwiderte sie schon wieder etwas zuversichtlicher.
„Heute ist Mittwoch, der 13. Juli 2006!" Es klang fast ein wenig Fröhlichkeit in ihrer Stimme mit. Die Leute sahen zwar sehr merkwürdig aus, aber es waren ja immerhin Menschen. Vielleicht sind es ja so eine Art Mönche ... sie hatte neulich in einer Zeitung ein paar Fotos gesehen.
Hätte der Mann in Rot nicht schon ein gelbliches Antlitz gehabt – sein Gesicht hätte sich in diesem Augenblick gelb gefärbt. Er stammelte: „Nein ... Kind ... nein, denk noch mal nach ... nein ... du musst dich irren ... das Jahr kann nicht stimmen!"
„Doch!" Nelli reagierte ein bisschen trotzig, sie würde doch wissen welches Jahr ist, schließlich ist sie kein kleines Kind mehr.
„Wir haben 2006, da bin ich ganz sicher!"
„Dann haben wir ein Problem, Nelli", gedankenverloren und immer noch fassungslos sah er das Mädchen an und sagte:
„Wir schreiben heute das Jahr 2982!"
Die Männer steckten ihre Köpfe zusammen und tuschelten irgendetwas, was Nelli aber nicht verstehen konnte. Diese ganze Aufregung, die nun entstand, konnte sie nicht begreifen. Sie war schließlich erst 10 Jahre alt und wollte einfach nur schnell nach Hause.
Sie ging zu einem der Fenster und schob den schmutzigen Vorhang beiseite.
Was sie dort sah ... es ließ sie zu einer Salzsäure erstarren.
Wasser ... überall Wasser! An einigen Stellen ragten bizarre Gebilde heraus die zwar Häusern ähnelten, die sie aber zuvor noch niemals gesehen hatte.
Das Wasser war lila, fast schwarz ... dort schien es kein Leben zu geben. Nelli rieb sich die Augen ... der Himmel war....nein,

das konnte doch gar nicht sein...!

Der Himmel war grün!

Erstaunt mit großen, fragenden Kinderaugen sah sie die Männer im Raum an.
„Nelli", sagte der Mann in Rot, „wir sagten dir doch, dass es nun viele, viele Jahre später ist als du glaubst.
Die Welt hat sich sehr verändert ... es gab einen großen Krieg, eine nukleare Katastrophe ... wenige Menschen überlebten diesen Krieg.
Wir können immer noch nicht verstehen, wie du aber hier hergekommen bist...?!"
„Nelli!", die anderen Männer kamen näher und riefen nun alle ihren Namen. „Nelli, Nelli.... wie konnte das geschehen?"

~~~~

„Nelli, Nelli ... wie konnte das geschehen!" Nellis Mutter war immer noch kreidebleich, als sie endlich am Krankenbett ihrer Tochter stand. Vor einer viertel Stunde hatte man sie angerufen und mitgeteilt, dass ihre Kleine einen Unfall hatte und nun im Hospital liegen würde. Sie hätte eine schwere Gehirnerschütterung, aber sonst wäre sie o. k., zwei Wochen Bettruhe und sie könne wieder nach Hause kommen.

Nelli schlug die Augen auf. „Mami, Mami ..." stöhnte sie immer noch benommen. Wo sind die Männer? Ich....verstehe ... verstehe das nicht, Mami.... warum ist alles im Wasser... und der Himmel....er ist grün."
Ihre Augen gingen wieder zu und sie fiel erneut in einen tiefen Schlaf. Dieser Schlaf ließ sie ihren Traum wieder vergessen. Niemand sprach je wieder mit ihr über einen grünen Himmel und ein untergegangenes Land, denn jeder glaubte an Halluzinationen durch die Kopfverletzung.

„Noch zwei Wochen", sinnierte Nelli, „dann bin ich endlich 18!"
Sie war auf dem Nachhauseweg von der Schule.
Ihre Vorfreude auf ihren 18. Geburtstag ließ sie die schlechten Nachrichten, die sie heute in der Schule gehört hatte, ein wenig verdrängen.
Als sie jedoch die Tür zu ihrem Elternhaus öffnete, konnte sie den Tatsachen nicht mehr entfliehen. Die Familie saß gebannt vor dem Fernseher und verfolgte die Nachrichten.
Alle waren kreidebleich.
Nellis Mutter kam geradewegs auf sie zu, nahm sie in die Arme und murmelte: „Nelli ... der Krieg hat begonnen",
dann fing sie fürchterlich zu weinen an.
Plötzlich ging alles sehr schnell ... es herrschte für Sekunden Totenstille, dann erhellte sich der ganze Raum, die ganze Straße, die ganze Stadt, das ganze Land.

Das Letzte, was Nelli in ihrem kurzen Leben sah, war
ein leuchtend grüner Himmel.

# Reimund Schön

### der Drache

Welch ein böser Fluch
lastet auf meiner Seele,
vergiftet mein Herzblut,
jagt mich schweißtreibend
durch finstere Nächte,
verleidet mir stets jeden neuen Tag.

Habe mich bewaffnet,
den Drachen Schwermut
im Kampfe zu besiegen,
ausgestattet mit dem Schwert des Reiki,
gerüstet mit neuem Mut,
treibt es mich voran
auf dem Pfade Hoffnung.

Mit dem Sonnenaufgang,
der Geburt des Tages,
wandelt sich das Monster,
wird zum Drachen Übermut,

möchte mit mir
über den Wolken fliegen,
mit mächtigen Schwingen
dem Sonnenball entgegen.
Mit himmlischer Energie
besänftige ich das Untier.
Meine Wurzeln schlagen
sich tief in Mutter Erde.
So kann ich diese Schlacht gewinnen,
dieser wandelbare Drache
ist gewiss nicht unbesiegbar.

# Reimund Schön

**Der letzte Gast**

Ein kalter Hauch,
ein fahles Licht,
Schmerz im Bauch,
blasses Angesicht.

Zu den Füssen
mein letzter Gast,
ein Lüftlein weht,
alles verblasst.

Das Leben zieht
an mir vorbei,
der Moment entflieht
wie Träumerei.

Sein weißes Leinen
hüllt mich ein,
ein leises Weinen,
es muss wohl sein.

Der letzte Gast
berührt mich sacht,
es fällt jede Last
in finstrer Nacht.

Mein Schmerz vergeht,
Wunden verschwinden,
wie vom Winde verweht,
keine Zeit zu schinden.

Ich möchte schreien,
doch mein Atem vergeht,
es gibt kein Verzeihen,
der Uhrzeiger steht.

Schweißgebadet
bin ich erwacht,
ganz unbeschadet
inmitten der Nacht.

# Reimund Schön

## Werwölfe

Werwölfe sind einsame Jäger,
hungrige Gesellen der Nacht,
streifen durch finstere Wälder,
steht der Mond in voller Pracht.

Werwölfe spüren kein Mitleid,
ein Gewissen haben sie nicht,
getrieben von stetiger Unrast,
jagen sie, bis der Tag anbricht.

Werwölfe heulen den Mond an,
triebhaft im magischen Wahn,
beklagen die verlorene Seele,
streiten verbittert Zahn um Zahn.

Ein Werwolf scheut das Taglicht,
ist gar unersättlich in seiner Gier,
am Tag ein so achtbarer Bürger,
in der Nacht ein seelenloses Tier.

# Rena Larf

## Das Liebesverbot

Die Maschine war aufgrund der vorgegebenen Koordinaten in dem unterirdischen Labyrinth weich aufgesetzt. Ich stieg vorsichtig aus. Dann legte ich meinen Tarnumhang an und tastete mich über den Weg, den mir mein Future Display anzeigte. Der Ausstieg konnte nicht weit weg sein. Laute, die von meinen Schritten hätten erzeugt werden können, dämpfte ich durch den Pappilloneffektor.
Nur wenig Zeit blieb mir, um den Anführer der Rebellen zu finden und die Zukunft der Menschheit zu verändern. *Der makabere Scherz eines Zeitmaschinenbesitzers,* schoss es mir in den Sinn.
Meine Mission nahm ihren Lauf.

Wir schrieben das Jahr 2257. Ich hatte mir von Professor Wechloy alle wichtigen Daten geben lassen und diese in mein Future Display eingespeichert. Die Entwicklung in den letzten 120 Jahren war beängstigend gewesen. Dank seines Time-Spherers, einer Weiterentwicklung der alten Glaskugel, war es uns möglich gewesen, einen Blick in unsere eigene Zukunft zu werfen.
Das ehemalige Frankreich hieß jetzt Abschnitt 5 und war eine Stätte des Friedens und der hohen Moral. Körperliche Liebe war bei Höchststrafe verboten, erotische Träume und Fantasien waren illegal. Elektronische Wächter lösten bei Tag und Nacht sofort Alarm aus und machten die Quelle der Verfehlung zuverlässig aus. Sogar im Schlaf.
In hochgeschlossenen synthetischen Kostümen mit steifen Stehkragen und Metalloberteilen liefen die Damen einher,

auf dem Kopf überdimensionale Dreispitze mit abgerundeten Ecken, an denen dichte Schleier befestigt waren, die das Gesicht verhüllen sollten.
Das Credo der Weiblichkeit war zu Statuetten transformiert.
Das Tragen von Netzstrümpfen und Dessous wurde wegen Verstoßes gegen die Sittengesetze mit mindestens 3 Jahren Aufenthalt im Gefangenenhaus Furio bestraft.
Die Herren wanderten in bodenlangen Herrenröcken in die Büros der Glaspaläste. Sie trugen lange Haare und wurden dadurch, dass sie rockartige Kleidungsstücke trugen, oft mit den Frauen verwechselt. Ihre androgyne Erscheinung war bewusst kreiert.
Es war illegal, sich ohne offizielle Erlaubnis, die vom Ministerium für Erosverstöße ausgestellt werden musste, überhaupt in der Öffentlichkeit auch nur zu berühren. Sollte jemand dennoch versehentlich berührt werden, entschuldigte man sich und zahlte eine Strafe von 100 Chi, der Währungseinheit der Staatengemeinschaft.
Kurse wurden angeboten, in denen die Delinquenten darin unterrichtet wurden, sich in kühler Gleichgültigkeit zu üben und das betonte Desinteresse am anderen Geschlecht zu erlernen. Aber es gab immer wieder Rückfalltäter, die sich gegen diese Einschränkungen in Abschnitt 5 wehrten. Sie hatten sich in Widerstandsgruppen organisiert und versuchten in der Illegalität die elektronischen Wächter zu überlisten und ihr neues Selbstverständnis von Lebensqualität weiterzuführen. Sie empfanden den körperlichen Ausdruck der Liebe als Elixier und Nahrung für ihr Menschsein.
Diese Frauen und Männer zu finden, das war die Hoffnung für die Zukunft!

Die Gruppe um Aquila, den sie Adler nannten, traf sich jeden Mittwoch in den unterirdischen Gewölben der Südstadt. Es waren ihrer am Anfang nur wenige gewesen, aber mit der Zeit sprach es sich hinter vorgehaltener Hand herum, dass sich dort Menschen trafen und vereinigten, die auf der Suche nach Liebe waren. Es wurde immer schwieriger, unbemerkt vom Ministerium für Erosverstöße in die Südstadt zu gelangen, weil dieses nicht nur elektronische Wächter einsetzte, sondern auch Replikanten schuf, mit denen die Widerstandsgruppen infiltriert wurden. Sie waren hochintelligent und verblüffend gut aussehend. Die Minister machten sich das in alten Schriften niedergelegte Wissen um die Tatsache zunutze, dass attraktive Menschen mit erotischen Zügen leichter Kontakt knüpften und bei der Partnerwahl in vergangenen Jahrhunderten sehr begehrt waren.

Die Gruppe um Aquila nannte als Begegnungsstätte ein Gebäude sein eigen, in dem die Sinnlichkeit sich frei und ungezwungen entfalten konnte. Das Herrenhaus war einem alten Bild nachempfunden, das Aquila in einem antiquarischen Buch aus dem 19. Jahrhundert gefunden hatte. Das Gebäude wurde unter der Woche von einem Schutzschild umgeben, das es unsichtbar und somit sicher machte vor Eindringlingen.

Ich setzte meinen Paralysator ein, um mit einem entsprechend starken Energiegehalt den Schild zu durchbrechen. Das Gebäude erinnerte mich an das Haus meiner Urgroßmutter.

Auf leicht nachfedernden Dielen führte der Weg durch eine hohe Halle. Verschleierte Damen in Stöckelschuhen flanierten kichernd auf bunten Mosaikböden über die Gänge. Die Männer waren gekleidet in aufwendige und

zum Teil sehr farbenfrohe Uniformen, die ihrem Stand und Rang in der Gesellschaft entsprachen.
In Abschnitt 5 wurden auf dem Schwarzmarkt dafür bis zu 10.000 Chi gezahlt.
Aquila zog es vor, einen schlichten dunklen Anzug mit langem Rockschoß und geschmackvoller Weste zu tragen. Sein Stand in der Gruppe war unangefochten und deshalb verzichtete er auf schimmernde Uniformen, um damit die Hierarchie zu illustrieren.
Ich stand so dicht neben ihm, dass ich seinen Atem spüren konnte, ihn hätte berühren können! Aber ich durfte kein Aufsehen erregen. Nicht mehr als unbedingt notwendig konnte ich in die Zeit eingreifen, das war ungeschriebenes Gesetz meiner Mission.
Aquila stellte seine neue Abendbegleitung vor.
Die anderen Herren verbeugten sich würdevoll vor seiner stattlichen Erscheinung.
„Die Spiele mögen beginnen!", sprach Aquila mit leicht erhobener Stimme und aus dem Hintergrund ertönte elektronische Musik von einem Spannungsfeld-Operator.
Die Suche nach erotischen Abenteuern, nach der gelösten Anziehung von Wunsch und Wirklichkeit, lockte mit ihrer Fantasie. Das Ziel der Vergnügung war der ausgelassene und wollüstige Liebesakt.
Aquila streckte die Hand nach seiner Begleitung aus, die heute das erste Mal an einer Zusammenkunft teilnahm und geleitete sie an wertvollen Glasmalereien vorbei in das Restaurant im hinteren Teil des Gebäudes. Als sie sich setzten, stand bereits eine große Austernplatte aus Edelstahl auf ihrem Tisch. Sie stammten aus Abschnitt 5 West, der ehemaligen bretonischen Küste, von der früher auch die Muscheln, Hummer und Taschenkrebse kamen, die seit 100 Jahren nun vollkommen ausgestorben waren.

Ich setzte mich mit meinem Tarnumhang zwei Tische weiter und belauschte ihr Gespräch, um einen guten Augenblick abzuwarten, um mich ihm zu erkennen zu geben.
Sie genossen einander, wie mir schien.
Die glasklare, samtweiche Stimme seiner Begleiterin hatte etwas Mystisches, sie streichelte ihn mit Worten. Nachdem Aquila getrunken hatte, stellte er sein Glas mit einem Lächeln wieder ab. Er war kein schöner Mann, auch nicht sehr groß, aber seine Ausstrahlung hatte mich gleich von der ersten Sekunde an fasziniert. Seine Art zu sprechen, alles auf den Punkt zu bringen, ohne langes Gerede. Befehle sprach er leise aus, aber bestimmend.
Er erinnerte mich an mich selbst. Was nicht verwunderlich war, saß ich doch in einer Zeit in der Zukunft meinem eigenen Enkel gegenüber!
Würde es mir gelingen, ihn von meiner Mission zu überzeugen? Ich musste das Geschehen in seiner Zeit verändern, damit Aquila in seiner Gegenwart die Rebellion gegen die Sanktionierung der Liebe würde anführen können. Sonst war die Zukunft der Menschheit verloren.
Aquila fütterte seine Begleitung und sah, wie sie ihre Lippen befeuchtete und sie leicht geöffnet ließ. Die Auster glitt sachte auf ihre Zunge und Aquila lächelte. Wenig später nahm er seine Hand und streichelte ihre Wangenknochen. Sie küssten sich.

Ich musste Aquila unbedingt aufhalten in seinem Werben! Einen Korb mit Brot fegte ich vom Tisch auf den Boden, um seine Aufmerksamkeit von ihr abzulenken. Aber er schenkte dem Vorfall keinerlei Beachtung.
Nach dem Dinner führte er seine Begleiterin in ein Gemach. Ich folgte Ihnen in ein reich verziertes Gewölbe

mit exquisiten Seidentapeten und schweren Teppichen, in denen die hohen Absätze ihrer schmucken Stiefel versanken.
Aquila biss ihr vorsichtig in die Lippen. Das Kerzenlicht flackerte leise vor sich hin und bewegte Licht und Schatten. Er wies sie an, sich auf das Bett zu setzen und das Abendkleid hoch zuraffen, damit er die Schnürung der Stiefel öffnen konnte. Sie entkleideten sich gegenseitig.

Es wurde höchste Zeit!
Ich musste dem, was geschehen würde, Einhalt gebieten. Aquila drohte ihrer Unwiderstehlichkeit zu erliegen, weil er wusste, dass er sie damit in eine unglaublich schöne Erregung versetzen konnte, eine Erregung, an der sich wiederum er vollkommen ergötzen durfte. Kurz bevor sie sich ganz in diesen Genuss ergeben konnten, ließ er seinen flammenden Atem ihre Stirn berühren. Seine Hände wanderten an ihren freiliegenden Schenkeln hinauf. Und der Rest seines Körpers folgte ihm.
Es war die gedankliche Triebhaftigkeit, zu der die Gattung Mensch fähig war, wenn man ihr nicht mit restriktiven Vorschriften und Bestrafungen Einhalt gebot. Das war die Meinung der Minister. Aber es würde das Ende der Menschheit bedeuten!

Die köstliche Reibung zwischen Aquila und seiner Gespielin fand ihren Höhepunkt in ihrem erlösenden Schrei, der durch die Wand des Weinregals bis in das Restaurant hinein zu hören war.

Dies war das vereinbarte Zeichen für die Androiden-Polizeitruppe, die im Auftrag des Ministeriums für Erosverstöße die Widerstandsbewegung in der Südstadt

infiltriert hatte. Die Replikantin war ausgebildet worden, um den Anführer der Hauptgruppe des Widerstandes in eine eindeutige Situation zu bringen, eine Straftat, auf deren Durchführung in Abschnitt 5 die Todesstrafe stand – körperliche Liebe als Ausdruck des Menschseins! Jede ihrer Aktionen in seinen Räumen hatte sie mit einem Augenscanner aufgenommen, damit diese Beweise gerichtlich gegen ihn verwertet werden konnten. Die Androiden führten ihren schnellen Zugriff durch, nachdem sich Aquila in ihr ergossen hatte. Sie überwältigten ihn und nahmen ihn fest.
Es gab nur noch eine Chance Aquila, meinen eigenen Enkel, vor dem sicheren Tod zu retten.
Ich transportierte ihn mit meinem Plasma-Beamer einen Tag voraus in die Zukunft. Ein kleiner Schritt in der Zeit, aber ein großer Schritt für die Menschheit.

# Rena Larf

## Duncan Bloodlord

Jene bittersüße Wahrheit trieb ihn voran.

Die Zeit, wie sie staunend verharrte,
die Sekunden, welche lautlos fielen,
jede Knospe, die auf den Kuss des Lebens lauerte.

Er wuchs in Buenos Aires auf als Porteño in der schlaflosen Stadt des Tangos.
Die Verhältnisse waren bescheiden. Seine Lehrer, die große Stücke von dem intelligenten jungen Mann hielten, sorgten gegen den Widerstand seines Vaters dafür, dass er eine höhere Schule besuchen konnte, um ihm ihre Weisheit angedeihen zu lassen. Duncan war großgewachsen, viel größer als sein Vater. Unter seinen langen Wimpern blitzten funkelnde Augen und er bewegte sich mit einem federleichten Gang durch die Straßen des Barrios. Sein langes schwarzes Haar schimmerte blau in der Sonne, wenn er mit einem Buch auf den schmalen Schenkeln auf der aus grobem Holz gezimmerten Bank vor seinem hell gestrichenen Elternhaus saß.
Dies war sein Lieblingsplatz.
Einerseits, weil die wärmenden Strahlen der Abendsonne aufmunternd auf seiner hellen Haut spazieren gingen, andererseits, weil er die wunderhübsche Nachbarstochter Desideria beim Blumenpflücken im Vorgarten beobachten konnte. Manches Mal schnitzte er auch Rosenblüten in die Bank, schön wie Desideria.

Sie wusste genau, dass Duncan, der zu einem gut aussehenden Burschen mit breiten Schultern herangewachsen war, sich über beide Ohren in sie verliebt hatte. Desideria verstand es, ihre Figur weiblich zu betonen, obwohl sie noch so jung war. Ihre Rundungen glichen denen einer griechischen Göttin. *Sie* hatte den Tango im Blut. Aber weil Duncan zu schüchtern war, ging Desideria oft mit anderen aus, was einen Stich im Herzen des jungen Jägers hinterließ.
Es gab aber noch einen Grund, warum Duncan diese Stelle vor dem Haus liebte.
Immer blickte er mit einem umherschweifenden Blick bis zur Ecke der Straße, wo sein Vater erscheinen musste, wenn er von der Arbeit heimkam. Zero hatte in jungen Jahren das Tischlerhandwerk erlernt und mit der Geschicklichkeit seiner beiden Hände den Broterwerb gesichert. Jeden Abend, wenn sein Vater um die Ecke bog, warf Duncan mit einem Schwung seines Kopfes die schwarz-blaue Mähne nach hinten über seinen Rücken und sah seinen Vater mit einem herausfordernden Blick an. Das Ganze hatte etwas von einem überirdischen Stolz, der den Tischler regelmäßig zur Weißglut trieb, zumal, wenn Duncan auch noch anfing, mit seinen schlanken Fingern über die leicht ergrauten Seiten des Buches zu streichen.
„Duncan....", sagte Zero laut. „Aus dir wird niemals etwas Vernünftiges werden. Dieses Gelese ist vertane Zeit!"
Leichtfüßig erhob sich Duncan von seiner Bank und erwiderte kühl: „ Aus der Sicht eines Analphabeten vielleicht, Vater!" Zero, der an anderen Abenden immer gegenan polterte, beherrschte sich mühsam und stieg die Treppen zum Haus empor. Als er an Duncan vorbei ging, nahm er dessen frohlockenden Blick wahr, der ihm wieder einmal zeigen sollte, dass er am Ende des Wettlaufes

angelangt war. Duncan hatte ihn mit seinen 18 Jahren um Schrittlängen überholt, was ihn sehr schmerzte.
Maria, die Gattin von Zero und Mutter von Duncan versuchte seit geraumer Zeit zwischen den beiden zu vermitteln. Sie verstand die Enttäuschung ihres Mannes, der niemals lesen und schreiben gelernt hatte und sich von Duncan gedemütigt fühlte, weil er sich seinerzeit nicht gegen seine Lehrer hatte durchsetzen können. Maria wies Zero daraufhin, dass vieles mit der Kraft und Wildheit des Jungen zu entschuldigen sei und sich das Verhältnis der beiden bestimmt eines Tages zum Besseren wenden würde.
„Wie soll es das?", frug Zero leise und warf ihr einen vernichtenden Blick zu.
„Wäre er mein Sohn, würde er jetzt mit mir in der Tischlerei arbeiten und keine Gedichte schreiben und medizinische Bücher lesen!"
Maria verstummte. Wieder hatte Zero ihr vor Augen gehalten, dass er, trotz der Tatsache, dass er für sie und Duncans Wohlergehen gesorgt hatte, nach all den Jahren nicht mehr in ihr sah, als eine gewöhnliche Ehebrecherin. Sie war es leid, diese ewigen Vorhaltungen zu ertragen. Maria hatte keinen Ehebruch begangen, sondern wurde in einer dämonisch dunklen Nacht zu Beginn ihrer Ehe vergewaltigt. Zero hatte ihr dennoch die Schuld daran zugesprochen, weil sie vor der Geburt von Duncan immer in einer Bar gearbeitet hatte, in der die Schönen und Reichen der Gesellschaft verkehrten. Zero war der festen Überzeugung, dass es einer von ihnen gewesen war. Seine Frau hatte den Maskierten in der Dunkelheit jedoch nicht erkannt.

Maria hatte mit wachen Augen, die Veränderung von Duncan durch die Jahre beobachtet, betrachtete oft die

Bank, die er mit seinen mystischen Schnitzereien versehen hatte. Er entwickelte sich von einem kleinen pausbäckigen Jungen zu einem gutaussehenden Mann. Duncan lernte fleißig und verrichtete seine täglichen Aufgaben in der Familie ohne Widerrede. Schon als er zwölf war, bemerkte Maria das Auftreten einer ungewöhnlich charismatischen Ausstrahlung bei ihm. Er war ein temperamentvoller Kämpfer für Gerechtigkeit und verabscheute die im Verfall begriffene verschwenderische argentinische Oberschicht. Duncan nannte eine rebellische Wesensart sein eigen. Ihn umgab aber auch schon damals gelegentlich eine knietiefe Melancholie, in die er sich für Tage zurückziehen konnte. Manchmal war dann in der nächtlichen Stille ein Rumoren aus seinem Zimmer zu vernehmen, so als wenn er irgendwelche Bücher auf den Dielenboden warf. Stürmte er dann nach Tagen mit wirrem Blick ungestüm aus dem Haus, war es Maria so, als ob ihr eigener Sohn ihr fremd war und sie die Grenze des Erschauerns erreicht hätte.
Sie verspürte einen bitteren Nachgeschmack in ihrem Mund bei dieser Erinnerung.
Bevor sich weitere Sturmwolken zusammenbrauen konnten und die verkniffene Oberlippe von Zero immer schmaler werden würde, versuchte Maria eine Lösung zu finden, damit Duncan seine Begabung ausleben könnte.
„Zero, was hältst du davon, wenn wir Duncan nach Europa schicken, zu meiner Schwester?"
Vorsichtig drehte Zero den Kopf um und schaute sie verwundert an.
Im Gegensatz zu Maria hatte ihre Schwester Adriana einen reichen argentinischen Patrizier geheiratet, der die meiste Zeit des Jahres in seiner Residenz in Paris mit ihr weilte. Adriana war kinderlos geblieben, von Anfang an aber Duncan von ganzem Herzen zugetan.

Sie würde ihn bestimmt aufnehmen und dafür sorgen, dass er entweder seinen Schreibstil verfeinerte und ihn die Akademie der Künste besuchen lassen oder aber, dass er ein Studium der Medizin aufnehmen könnte. Ja, der Gedanke bereitete Maria Freude, weil sie nur das Beste für Duncan wollte und dieses doch selbst mit ihren mäßigen Mitteln niemals bewerkstelligen konnte.
Zero nickte nur. „Wenn du meinst, dass es das Beste für ihn ist."
Damit war das Thema durch. Sie vermieden jede weitere Auseinandersetzung über die Zukunft. Als sie gemeinsam Duncan in der Küche ihres Hauses von ihrer Entscheidung unterrichteten, waren sie erstaunt über seine Reaktion. Er sprang auf und warf den Schemel, auf dem er gesessen hatte, um und rannte ans Fenster und riss es auf. Es wirkte auf Maria und Zero so, als wenn ihm die Luft zum Atmen fehlte. Duncan wirkte völlig verschreckt und ängstlich, zugleich hatte er etwas Anmutiges und Raubtierhaftes an sich, so als wäre er schon auf dem Sprung in seine Freiheit. Sie wollten ihn also loswerden, *dachte er.*
„Wenn es euer Wunsch ist", sagte er mit einem aufgesetzten Lächeln, das sich kurz darauf in eine hässliche Fratze der Verdammnis zu verwandeln schien. *Es war nur ein Moment,* aber Maria nahm ihn wahr. Sie zuckte beunruhigt zusammen und blickte Zero erschrocken an. Aber der schien erleichtert über die bevorstehende Veränderung der Familienlage.

Zwei Stunden später war geregelt, dass Duncan mit dem nächsten Überseedampfer von Argentinien nach Madrid reisen sollte. Dieser würde in einer Woche ablegen. Zero und Maria versilberten ihre letzten Wertgegenstände, um ihm die Passage nach Europa bezahlen zu können.

Maria war durcheinander. Es machte sie sehr traurig, dass so gar kein Muttergefühl in ihr aufkommen wollte. Duncan würde tausende von Kilometern von Zuhause sein und sie empfand nur Furcht. Sie konnte nachts nicht schlafen, weil das Rumoren aus seinem Zimmer immer lauter wurde. Er las und schwieg. Dann wiederum trieb er sich nächtelang herum und tauchte erst kurz vor der Morgendämmerung wieder auf oder saß stumm auf seiner Bank vor dem Haus. Maria vermied es, ihn auszuhorchen. Sie wollte mit ihren Fragen keine unangenehmen Konsequenzen heraufbeschwören.
Im Grunde war sie froh, wenn der Tag seiner Abreise nahte.

Duncan hatte noch zwei Dinge zu erledigen.
Er ging ganz in Schwarz gekleidet an einem herrlich sonnigen Tag zu Desideria hinüber und überreichte ihr mit einem gewinnenden Lächeln zum Abschied eine blaue Rose. Desiderias Haar war offen und schimmerte wie Honig. Ihre staunenden Lippen standen leicht offen, als sie ihr Geschenk entgegen nahm.
„Die Rose ist hinreißend, reizend und bezaubernd wie du, Desideria. Aber da es eine blaue Rose eigentlich nicht gibt und sie der Legende nach für etwas Unerreichbares steht, möchte ich sie dir als Zeichen meiner Verehrung widmen."
Das war mehr, als er in den letzten Jahren mit ihr gesprochen hatte.
Duncan verbeugte sich vor Desideria, nahm ihre zarte Hand und hauchte ihr einen Kuss wie aus zerbrechlichem Glas auf ihre Haut. Als er ging, blickte Desideria ihm wortlos nach und sog den Duft der Einzigartigkeit der blauen Rose begierig ein.

Am Abend dann ging Duncan in die Stadt und verabschiedete sich mit außergewöhnlicher Höflichkeit von seinen Lehrern, die ihrem Schützling die Hand reichten und ihn mit weisen und mutigen Worten auf den Weg in das alte Europa entließen. Durch sie hatte er das Wertvollste erlangt von allem – nämlich Wissen. Sie waren sich sicher, er würde nach Ablauf seiner Studien als Meister seines Faches nach Buenos Aires zurückkehren.
Duncan kehrte alleine in eine Schenke ein und betrank sich das erste Mal in seinem Leben.
Er wachte am nächsten Morgen mit brummendem Schädel in seinem Zimmer auf und sah den besorgten Blick seiner Mutter, als er sich zum letzten gemeinsamen Mahl für lange Zeit in der Küche niederließ.
„Ich wünsche dir eine gute Reise mein Sohn!" Das war alles, was Maria vorbringen konnte. Sie umarmte ihn nicht einmal. Zero hatte es vorgezogen, bei Duncans Abreise in seiner Tischlerwerkstatt zu sein. *Es würde nach langer Zeit wieder Ruhe einkehren, wenn der Bastard endlich aus dem Hause war.*
Nachdem Duncan die Straße in seinem Barrio mit harmonischem Gang, stolz und mit hocherhobenen Haupt entlang gegangen war, traute sich Maria zaghaften Schrittes in sein Zimmer. Sie erwartete ein Wirrwarr, ein Chaos und musste erstaunt feststellen, dass der junge Mann alles ordentlich und sauber hinterlassen hatte. Nur ein leicht schwefelhaltiger Geruch lag in der Luft.
Sie lächelte leise.

Als Duncan im Hafen an Bord des Schiffes ging und beim Ablegen die Planken unter seinen Füßen spürte, waren die Kratzer an seinen Armen bereits verheilt. *Desideria hatte sich gewehrt letzte Nacht in den unterirdischen Katakomben und ihn mit ihren Krallen malträtiert, bevor er seine Fangzähne in ihren Hals schlagen konnte. Sie hatte die blaue Rose immer noch in ihrer Hand, als sich ihr Stöhnen mit seinem Schlürfen vereinigte.*

Er setzte sich an Bord auf eine weiß gestrichene Bank, streichelte über die Lehne, blickte nach rechts in die Ferne und sah Buenos Aires langsam entschwinden.
Duncan musste mit einem Schmunzeln an Tante Adriana und Europa denken.
Ob es wohl dort noch schönere und edlere Bänke aus tropischen Hölzern gab, vor Rosenhecken vielleicht, auf denen er auf seinen nächtlichen Ausflügen in die Hälse schöner Französinnen beißen konnte?
Er neigte seinen Kopf ein wenig nach links, legte seine Hände sanftmütig in den Schoß.
Sein Blick streifte eine edle Dame von atemloser Schönheit, gekleidet in Brokat und Seide.
Er bedachte sie mit seinem unwiderstehlichen Lächeln....

# Rena Larf

## Elrond von Himmeldunk

In den Höhen der kahlen Basaltkuppen von Buchonia stand einst ein verwunschenes Haus. Die Menschen in dem Dorf unten im Tal bedachten es mit großer Ehrfurcht. Der Legende nach sollte vor langer Zeit dort ein junger Mann von unbeschreiblicher Schönheit gelebt haben. Die Menschen im Dorf schwärmten noch heute von seinem goldenen Haar und dem Zauberlicht in seinen warmen Augen. Dies viel umso mehr ins Gewicht, da das kalte, regnerische und nebelige Land zu jener Zeit nur wenige Schönheiten sein eigen nannte. Die kahlen Bergkuppen, das raue Klima und die oft tristen und ärmlichen Behausungen jener Zeit ließen wenig Raum für Träumereien.

Die Dorfbewohner munkelten, der junge Mann sei der Sohn des Königs der Elfen gewesen, der in vergangenen Zeiten einmal im Jahr sein Reich verließ, um sich unter die Sterblichen der Rhönlandschaft zu mischen.

Eines Tage jedoch, so besagte die Legende, verliebte er sich in eine Menschin aus dem Orte Bischofsheim und wollte sie zur Frau nehmen. Er buhlte lange um ihre Gunst und nach drei Monaten willigte sie endlich ein. Ihre Worte klangen nicht so, wie Menschenworte klangen und ihre engelsgleiche Erscheinung entflammte sein loderndes Elfenherz.

Zurück im Reich der Elfen, wurde für das Paar ein großes Fest gegeben, das sieben Tage und sieben Nächte andauerte. Alle Elfen waren erschienen, um ihren König und seine Frau hochleben zu lassen, deren Schreiten dem keiner Sterblichen glich. Nur die Trolle blieben fern, weil sie den König verachteten, der eine Menschin in sein Herz geschlossen hatte. Und das war ihm der Elfenlegende nach verboten.

Dennoch lebte das Königspaar glücklich und zufrieden und nach einem Jahr gebar die Elfenkönigin ihrem geliebten König ein Kind.

Es war ein Junge und sie nannten ihn Elrond...

Die Trolle aber brüteten zwischenzeitlich einen teuflischen Plan aus. Sie versammelten sich beim Rockenstein in stürmischer Nacht und riefen die bösen Mächte der Finsternis an. Der König hatte gegen ungeschriebenes Gesetz verstoßen und eine Menschin geehelicht. Sie hassten die sterbliche Königin und wollten sie strafen für die Frucht ihrer Verbindung. Aus diesem Grunde entführten sie das Neugeborene und brachten ihn an einen geheimen Ort.

Die Königin starb daraufhin vor Kummer und Gram in den Armen ihres Gatten.

Der junge Elf aber wuchs bei den Trollen in ihrem Lager unter der Erde zu einem stattlichen jungen Mann heran. Seine Andersartigkeit erklärten sie ihm damit, dass er ein Findelkind sei, dessen Eltern ihn ausgesetzt hatten. Insgeheim hofften sie darauf, dass die böse Saat dieser Lüge in ihm aufgehen würde und er das Werkzeug für die Mächte der Finsternis werden würde, denen sie gehorchten.

Auch wenn Elrond über keine Flügel verfügte, waren seine Schritte schnell wie der Wind und keine Entfernung dieser Welt, war eine wirkliche Herausforderung für ihn. Seine

Stimme war klarer als jeder Bergbach und seine Sprache war die Schatzkammer seines Denkens. Es war nur eine Frage der Zeit, dass Elrond den Trollen entwischte und in die Oberwelt entkam. Auch wenn sie glaubten, dass er es nicht wagen würde, zu entkommen, da dunkle Moore an der Oberfläche bereits zahlreiche Todesopfer in den vergangenen Jahrhunderten gefordert hatten.

Aber eines Abends war es soweit.

Elrond trat durch das Wendentor, schaufelte den Weg frei und krabbelte über Geröllberge und Basaltbrocken hinaus. Erstaunt riss er die Augen auf und schaute die Blumen an, die silbern im Mondlicht schimmerten. Er hob eine davon auf und sog ihren Geruch ein, den Geruch von Erde und Leben. Ihr Duft strömte wie ein Wasserfall in seine Lungen ein.

Ein Gefühl wunderbarer Freude bemächtigte sich seiner. Und ohne zu wissen, wohin ihn seine Füße führen würden, machte er sich auf den Weg.

Nachdem er eine Weile schweigend gegangen war, kam er an einen kleinen Weiher. Seine spiegelglatte Oberfläche glitzerte im Mondenschein und weiße Nebelschwaden kräuselten sich an seinen Rändern. Von oberhalb hörte Elrond einen Wasserfall herunter plätschern.

Wie von Geisterhand kam Bewegung in den Nebel.

Er wurde dichter und stärker, ein Leuchten ging von ihm aus. Etwas, das Elrond das Gefühl gab, gefunden zu haben, was er schon ewig gesucht hatte. Das Leuchten wurde heller und heller, als wenn man sämtliche Sterne am Himmel auf einmal anknipsen würde.

Vor Elrond war ein Tor entstanden, ein Tor aus Nebelschleiern. Die Elfen nannten es das Tor der Güte. Es war der Eingang zum Königreich der Elfen, das für die meisten Menschen im Verborgenen lag.

Einen Moment lang war es Elrond, als würde eine kalte Hand nach seinem Herz greifen. Doch im nächsten Augenblick war er durch das Tor getreten und befand sich vor dem Thron seines Vaters. Er sah Elrond aus tiefen, undurchdringlichen Augen an. Sein Elfenherz hatte seit dem Tode seiner geliebten Königin unaufhörlich nach seinem Sohn gesucht.

Elrond hatte das Gefühl in einen jahrhundertealten See zu blicken, als er im Elfenkönig seinen Vater erkannte. Die beiden Männer stürmten aufeinander zu, fielen sich in die Arme und schämten sich ihrer Freudentränen nicht. Worte waren nicht notwendig, um sich zu verstehen, um diesen Zauber zwischen ihnen zu erklären.

Der Elfenkönig bot Elrond seine Hand. Er war der gesetzmäßige Thronfolger, auch wenn er niemals seine Flügel würde ausbreiten können, war er doch des Königs Sohn.

Elrond aber wusste, dass seine Aufgabe eine andere war.

Das Antlitz seiner Mutter vor Augen betrat er mit seinem Vater eine große Lichtung, die von einem Leuchten nur so umwirbelt wurde. Alles schien vor Lebendigkeit zu beben. Elrond straffte seine Schultern und ging mutig durch den Lichtwirbel. Als er noch einmal zurücksah, war der Elfenkönig verschwunden.

Elrond stand vor dem verwunschenen Haus.

Fortan lebte er als Halbelf unter den Menschen von Buchonia. Er verwunderte sie mit seiner unirdischen Schönheit, beschützte sie vor den Mächten der Finsternis, sprach von den drohenden Gespenstern der Welt und warnte sie mit wohl gewählten und weisen Worten vor dem Augenblick, den die Menschen in späteren Jahrhunderten „Fünf vor Zwölf" nennen würden.

Und die Legende von Elrond lebt noch heute weiter in den Erzählungen der Menschen.

# Stefan Schuster

## Schmetter und Linge

Sie wünschen eine Welt
wilder wirrer Fabelwesen,
in der Riesen niesen
und Wesen belesen,

klugscheißend rumlaufen,
Vögelein rauchen,
Affen, Bier saufen
und Nashörnchen fauchen.

Doch meine Damen,
doch meine Herrn,
wollen sie sich ernsthaft,
ernsthaft beschwer'n?

Lassen Sie mal
ihrem Blick freien Lauf,
den Spiegel hinab,
die Geschichte hinauf,

entlang all der Wiesen,
der Wälder und Städte.
Wer jetzt noch den Riesen,
den Riesen gern hätte,

dem ist nicht zu helfen.
Es gibt doch hier Dinge
weit besser als Elfen
wie Schmetter und Linge.

# Steffen Glauer

## Das Zwergelein

Ein Zwergelein saß da ... im Schneidersitz.
Trug auf dem Kopf - einen Hut - sehr spitz
und hatte in der Hand ... ein Beil - sehr klein.
Was machte er im Walde - da nur so allein?

Er sah so müde aus - ich ging fragend zu ihm hin:
"Guten Tag lieber Zwerg - wonach steht dir der Sinn?
Sehe keinen anderen - sitzt ganz alleine hier?
Was machst du da nur - bitte sag es mir!"

Er meinte: "Guten Tag - wo kommst du denn her?
Mit jemanden zu reden - ich freue mich so sehr!
Ich mache eine Pause, denn es braucht viel Kraft.
Das Holz hier zu hacken - hab es bald geschafft."

Ich sagte zu ihm: "Ich geh den Opa besuchen -
er wohnt da vorn - hinterm Wald der Buchen.
Und du schlägst die Zweige - warum denn nur?
Es ist schon sehr spät - schau mal auf die Uhr!"

Der Zwerg daraufhin: "Der Winter kommt bald -
und haben wir kein Holz - bleiben unsere Öfen kalt.
Ich wohne da ganz oben - siehst du - auf dem Berge?
Wo auch die Hütten stehen - der anderen Zwerge.

Wir sind wenig Bewohner - da packen alle mit an.
Die Arbeit wird geteilt - jeder macht was er kann!
Der eine baut die Möbel, ein anderer macht Essen.
Alle helfen mit und ich hacke Holz - wie besessen."

Ich sagte: "Ich helfe dir - dann geht es doch schneller.
Es wird immer später und auch nicht mehr heller.
Wir bringen zusammen - dann das Holz auf den Berg,
Nun sag schon: Ja! ... Ich tu es gern - kleiner Zwerg!"

Er meinte: "Du bist nett! Lad den Karren - da hinten!
Noch ein paar Zweige und wir können verschwinden."
Und Schwups die Wups - war der Wagen auch voll.
Die Freude war sehr groß und der Zwerg fand es toll.

Und später angekommen - im Zwergenland,
machte er mich mit allen Zwergen bekannt.
Wir saßen zusammen - an einem runden Tisch
und lachten beim Essen - es gab leckeren Fisch.

Legte mich zur Ruh und zum Opa ging man gleich,
man sagte ihm: ich lieg im Bett - so kuschelig weich.
Und bevor ich einschlief - kam eine Zwergenfrau zu mir.
Sie sagte: "Das Zwergenpüppchen - schenken wir dir!"

Es war ein schöner Tag - ich schlief auch gleich ein,
und träumte immer wieder ... von dem Zwergelein.
Dem kleinen Mann im Walde - der auf dem Baumstamm sitzt
und mit seinen Beilchen hackt - die Zweige ganz verschwitzt.

Ich wünsch euch eine wunderschöne Nacht, legt euch zur Ruh.
Lauscht in die stille Nacht hinaus und hört richtig zu.
Auf das knistern der Äste, hört ihr, wie es knackt?
Das Zwergelein - im Wald allein - das Holz wohl wieder hackt!

# Thomas Neumeier

## Trojanische Gepflogenheiten

Es war Sonntag Abend, 20:10 Uhr, als sich unser Shuttle vom JFK-Airport New York mit direktem Ziel *Troja 2* in die Luft erhob. Wir hatten drei Plätze in der mittleren Sitzreihe, *Dunn* saß in der Mitte, *Vanessa* zu seiner Linken, ich zu seiner Rechten. Ein brisanter Fall sollte uns bevorstehen, welcher der Detektei *Steelwynch* vor wenigen Stunden von hoher Stelle zugetragen worden war.

Genauer gesagt war es so, dass Dunn mich eine Stunde zuvor zu Hause kontaktiert und zum Flughafen bestellt hatte. Ich sollte Kleidung für ein paar Tage einpacken und mich auf einen Besuch auf Troja 2 freuen. Mehr hatte er nicht preis gegeben, aber dass es sich um einen Fall handeln würde, war mir auch so klar. Gesagt, getan, ich fuhr also per Taxi zum Flughafen - und wen musste ich da neben Dunn auf mich warten sehen? Vanessa - o Graus - Crown, Ex-Studienbekannte und seit zwei Wochen leider auch Kollegin bei Steelwynch. Lieber hätte ich mit Dunn alleine gearbeitet oder mit irgendjemand anderem - bloß nicht mit Vanessa! Doch bei diesem Fall war sie dummerweise mit von der Partie. Im täglichen Geschehen in der Firma artikulierte ich mich bislang ganz gut mit ihr. Es brauchte ja schließlich keiner zu wissen, dass wir zu Studienzeiten keine Freundinnen gewesen sind und ich sie auch heute noch nicht leiden konnte.

Unser Spacebus hatte die Erdatmosphäre gerade verlassen, da holte Dunn ein paar Unterlagen aus seiner Aktentasche. Wir hatten einen Mord aufzuklären - noch dazu einen Mord an einer flüchtigen Bekannten von mir:
„Nun, meine Damen, ich habe hier für jeden eine detaillierte Broschüre über den Fall der ermordeteten *Terry Michaels* von der Agentur Bellisare. Kollege *Wirsh* hat diese Daten vorab angefordert und *Chief Winston*, der Sicherheitchef von Troja 2, hat sie mir kurz vor unserem Abflug via Interline zugeschickt. Bevor wir den Raumhafen erreichen, sollten wir die Informationen ausgiebig studiert haben!"
Dann überreichte er Vanessa und mir je ein Exemplar.
„Kayla...", sprach er mich an. „Sie sagten vorhin, Sie kannten das Opfer flüchtig. Was hatten Sie mit Miss Michaels und dieser Agentur nochmal zu tun?"
„Unsere Bekanntschaft war nur kurz", antwortete ich wahrheitsgemäß. „Ich habe bei dieser Agentur vorgesprochen - ein paar Wochen bevor ich bei Steelwynch anfing."

„Vorgesprochen?", äußerte Vanessa und lugte neugierig zu mir herüber. „Du wolltest Schauspielerin werden?"
„Nein…!", gab ich zur Antwort. „Es war nur eine kleine Statistenrolle; und angetreten bin ich sie dann auch nicht."
„Hmm… hier steht, Miss Michaels war Regisseurin für Theateraufführungen.", las Vanessa mit hochgezogenen Augen. „Die von ihr bevorzugt inszenierten Stücke waren jene von JULIUS ALAMOUT - popmoderne Dramen, exzentrisch und voll von dezenter bis provokanter Erotik. Dabei hättest du sicher eine gute Figur gemacht, Kayla!", und sie grinste mich unverhohlen an.
„Ganz wie du meinst", antwortete ich ihr. Es war ihre Art, einem sowas schmeichlerisch unter die Nase zu reiben. Dunn dachte sich vermutlich seinen Teil darüber, was ich vor meiner Zeit bei Steelwynch für Karrierepläne gehabt hatte. Eine Zeit lang lasen wir alle drei in den gehefteten Papieren, dann legte Dunn sein Exemplar beiseite und ergriff wieder das Wort: „Ich glaube, wir drei werden ein gutes Gespann abgeben", meinte er und wirkte zufrieden und offenbar sehr davon überzeugt. „Wie ich hörte, kennen Sie beide sich schon seit den wilden Studienjahren, nicht wahr?"
„So wild waren die gar nicht…!", sagte ich, aber Vanessa konnte es natürlich nicht dabei belassen: „Oooch… ich erinnere mich da schon an so manch lustige Party, auf der wir beide gewesen sind!"
Ich sah nicht hin zu ihr, aber ich wusste genau, welchen schelmischen Gesichtsausdruck sie jetzt haben würde. Während sie auf solchen Partys stets im Hintergrund geblieben war, sind mir manchmal… nun ja… widrige Sachen passiert, und seit sie bei Steelwynch aufgetaucht war, befürchtete ich, sie würde eines Tages mit unseren Kollegen darüber tratschen - womit ich ziemlich blöd vor ihnen da stehen würde.
„Nun gut!", sagte Dunn und schlug seine Broschüre wieder auf. „Genug der alten Zeiten! Widmen wir unsere Aufmerksamkeit dem Fall! Terry Michaels, 36 Jahre alt. Ihre Leiche wurde gestern Abend um 23:05 Uhr in der Sektion 5/5 - ein Wohnsektor - gefunden. Laut dem Stationspathologen wurde ihre Luftröhre zugedrückt bis der Tod eintrat, und zwar irgendwann zwischen 22 und 23 Uhr. Des Weiteren muss ihr Kopf kurz vorher gegen einen flachen Gegenstand geprallt sein - oder umgekehrt. Ihr Kreditchip, ihr *Wing* sowie auch ein wertvolles goldenes Halskettchen waren noch am Körper, Raubmord ist damit ausgeschlossen. Der Täter muss ein persönliches Motiv gehabt haben, sie zu töten. Das bedeutet für uns, wir ermitteln in ihrem engsten sozialen Umfeld. Verschmähte Liebhaber, Arbeitskollegen, die jetzt Chancen auf ihren Job haben oder enttäuschte Darsteller, deren Leistungen sie nicht gewürdigt hat, werden unsere Hauptverdächtigen sein. Der trojanische Sicherheitsdienst hat bereits ihre engsten

Mitarbeiter verhört und ihre Alibis überprüft. Wir werden das natürlich noch einmal überprüfen. Tja, uns steht viel Arbeit bevor, meine Damen. Die Agentur 'Bellisare' vermittelt nicht nur angehende oder professionelle Schauspieler, sie produziert auch selbst Kurzfilme und promotet moderne Bühnenstücke fürs Theater. Der Firmensitz ist in der *Rygana-Kolonie* auf dem Mars. Das Mordopfer war eine ihrer fleißigsten Regisseure und hatte demnach mit sehr vielen Leuten geschäftlich oder auch privat zu tun. Hier steht, sie hatte keine Verwandten mehr. Ihre Kollegen wissen auch nichts über eine Liebesbeziehung, die sie eventuell gehabt haben könnte."

Ich hörte ihm gern zu. William Dunn war einer der besten Detektive von Steelwynch. Er war gesunde 46 Jahre alt und hatte eine verblüffende Ähnlichkeit mit dem lange verstorbenen Schauspieler Marcello Mastroianni. In seinen weißen Anzügen und mit seiner vornehmen aber zurückhaltenden Art strahlte er stets Zuversicht und Gemütlichkeit aus, und seine Schlapphüte, von denen er auch im Shuttle einen trug, verrieten wohl eine nostalgische Ader in ihm. Wie gut er aber in dem war, was er tat, erkannte man erst wenn man einmal mit ihm gearbeitet hatte.

„Das bedeutet für uns, wir konzentrieren uns zu allererst auf ihr Team", sprach er in ruhigen Worten weiter. „Das wären *Anthony Stuck*, der Masken- und Kostümbildner, *Sybil Reyes*, Make-up und *Edward Rozz*, Chefdekorateur und Kulissenbildner. Hmm... all diese bunten Beschreibungen des Opfers sagen mir, dass sie nicht unbedingt eine umgängliche Person war, sondern eher schwierig."

„Das kann ich bestätigen", sagte ich - immerhin hatte ich vor paar Monaten das zweifelhafte Vergnügen gehabt, sie kennen zu lernen. „Sie nahm kein Blatt vor den Mund, war herablassend und zynisch."

„Wenn sie einen so schlechten Umgangston hatte, vermute ich den Mörder am ehesten unter den Schauspielern, die sie vielleicht abblitzen lassen hat.", sagte Vanessa. „Künstler sind sehr empfindlich, wenn es um ihr Schaffen geht."

„Richtig, Miss Crown", entgegnete Dunn. „Auch dahingehend werden wir recherchieren. Eines sticht mir schon vorab bei diesem Tathergang ins Auge: Es war kein Raubmord und es sieht so aus, als ob der Mörder genug Zeit gehabt hatte. Also warum hat er sie nicht trotzdem bestohlen, um es wenigstens wie einen Raubmord aussehen zu lassen? Wenn dies also ein geplanter Mord gewesen wäre, ist der Mörder entweder ziemlich dumm oder er geriet in Panik. Ich tippe daher auf einen Mord im Affekt! Aber wir werden sehen."

Troja 2 befand sich derzeit etwa auf halb-halber Strecke zwischen Erde und Mars. Mein letzter Aufenthalt auf der Station war eine Weile her, und den Gedanken an das bevorstehende Wiedersehen hütete ich mit sehr gemischten Gefühlen. Früher war Troja 2 eine lieb gewonnene Zweckheimat für mich gewesen. Ja, früher als ich noch für die ESA tätig war und Troja 2 noch vom Militär verwaltet wurde, hatte ich dort viel Zeit verbracht. Das war vor meiner Tätigkeit bei Steelwynch, vor der Marsrebellion und vor den blutigen Tagen um Tasmanien. Manchmal kam es mir vor, als lägen diese Ereignisse schon endlos weit hinter mir zurück. Aber es war nun kaum ein Jahr her.

Die Zeitverschiebung berücksichtigt flog unsere Maschine am Folgetag um 1:25 Uhr Bordzeit das breite Flugfeld an, das weit ins Innere des walförmigen Bauwerks führte. Wir checkten aus, holten unser Gepäck und stiegen zwischen vielen anderen Leuten die breiten Treppen zu einer der Passagierbahnen hinab. Dunn schien bester Dinge zu sein: „In Sektor 1 wurden drei Quartiere für uns vorbereitet", funkelte er. „Nur ein ausgeschlafener Detektiv ist ein effizienter Detektiv, also legen Sie sich noch ein paar Stunden hin! Um 6:00 Uhr treffen wir uns mit Chief Winston."

„Höflich und doch bestimmend - das mag ich an Männern!", flüsterte mir Vanessa zu.

In Sektor 1, wo auch die meisten Stationsbeschäftigten untergebracht waren, bezogen wir unsere Quartiere. Meines war gerade groß genug, dass ich meine Sachen unterbringen konnte. Schlaf hätte mir gut getan, aber mir gingen leider eine Menge Sachen durch den Kopf: Anthony Stuck, Sybil Reyes, Edward Rozz ... ich fürchtete, genau diese drei Typen noch von meinem Casting damals zu kennen. Und wenn es denn diese drei wären an die ich glaubte, würden sie womöglich auch mich wiedererkennen. Tja, und ich wusste nicht, wie ich es dann anstellen könnte, dass Dunn und Vanessa keine Einzelheiten von dem erfahren würden, was damals war und für WELCHE Rolle ich mich da vor sechs Monaten casten ließ. Aber diese drei waren nunmal vorerst unsere Verdächtigen und wir würden sie in ein paar Stunden verhören. Eins würde wahrscheinlich zum anderen führen, und schließlich würden es Dunn und Vanessa doch erfahren. Vanessa würde mich aufziehen und es bei Steelwynch breit treten, genau wie früher auf dem Campus! Sie hatte sich nicht sehr geändert seit damals. Aber das was war, ist nunmal passiert, dazu würde ich wohl oder übel stehen müssen. Mit der Wahrheit fährt man am Besten, heißt es, und daran wollte ich mich halten. Aber noch immer hegte ich Hoffnungen, ich würde durch geschickte Sprache verhindern können, dass Dunn und Vanessa mehr erführen als sie sollten.

Am nächsten Morgen um genau 5:59 Uhr betraten wir einen Raum, den man uns für unsere Arbeit zur Verfügung gestellt hatte. Er war nicht groß und neben einem rechteckigen Metalltisch und Stühlen gab es nur noch einen Kaffeespender und ein paar Keksdosen auf einem separaten Tischlein. Am großen Tisch saßen zwei gut aussehende Männer in hautengen weißen Uniformen, beide etwa um die 30 Jahre alt, einer blond mit auffällig dunklen Augen, der andere schwarzhaarig. Über Schulter und Brust hatten beide ein feines schwarzes Riemengeschirr geschnallt, an dem in einem Halfter unter dem linken Armlauf sichtbar eine Pistole steckte. Vor ihnen auf dem Tisch lagen drei Notepads und einige Fotos ausgebreitet. Die beiden standen nicht auf, als wir reinkamen. Sie blieben sitzen, der Blonde beide Ellenbogen auf den Tisch gestützt und die Finger in einander versteckt, der Schwarze zurückgelehnt und die Arme lässig auf den Tisch abgelegt.

„Guten Morgen, ich bin Marcus Winston, Sicherheitschef", sprach der Blonde mit tiefer Stimme. „Und das ist Second-Chief *Blake Jericho*."
„Angenehm", sagte Dunn. „William Dunn von Steelwynch. Das sind meine Mitarbeiterinnen Vanessa Crown und Kayla McLeod."
„Nehmen Sie Platz", erwiderte der Blonde mit einem freudlosen Gesichtsausdruck. „Alle vorhandenen Unterlagen über Terry Michaels und die Agentur Bellisare finden Sie auf den Pads hier: Protokolle der Aussagen mit Fotos, der Pathologie-Bericht, außerdem eine Liste aller, die in den letzten sechs Wochen mit dem Opfer beruflich zu tun gehabt hatten."
„Wir haben uns während des Fluges schon über den Fall kundig gemacht", sagte Dunn. „Dennoch, Mr. Winston, erzählen Sie uns noch einmal alles mit Ihren eigenen Worten. Sind das Aufnahmen vom Tatort?"
"Ja. So wie wir ihn vorfanden. Gefunden wurde ihre Leiche von einem Mann namens *Richard Ashton* um 23:05 Uhr in einem Gang in Sektion 5/5. Ashton wohnt in Quartier 32, die Leiche lag sozusagen vor seiner Tür als er nach Hause kam. Er alarmierte sofort die Sicherheit. Ein Trupp unter Second-Chief Jerichos Führung brachte die Tote sogleich weitgehend unbemerkt nach 1/11, wo sich unser Arzt und Pathologe eingerichtet hat. Er stellte Tod durch Erwürgen fest."
„Das ist das Opfer?", fragte Vanessa, als sie eins der Fotos betrachtete.
„Das ist sie", erwiderte Winston. „Terry Michaels, Regisseurin bei der Agentur Bellisare. Wie Sie sehen werden, haben ihre drei engsten Mitarbeiter Stuck, Rozz und Reyes, die zu ihrem ständigen Team gehörten, sowie auch fast alle anderen, die an ihrem aktuellen Projekt mitarbeiteten, ein sehr wackliges Alibi. Sie probten im Theatersaal in Sektion 8/8. Später verließ das Opfer den Ort, während alle anderen die Kulissen abbauten beziehungsweise über ihre Rollen plauderten. Keiner kann zu 100 % behaupten, ob nicht doch jemand vorübergehend die Räumlichkeiten dort verlassen hat oder nicht."

Vanessa betrachtete noch immer das Foto. „Hässliches Kostüm", sagte sie. „Und diese Frau war Regisseurin? Mit diesem Haarschnitt und dem Gesichtsausdruck wäre sie auch als TOGS-Ausbilder durchgegangen."
Winston legte drei blaue runde Plaketten auf den Tisch: „Wenn Sie das hier vorzeigen, werden Ihnen meine Leute überall hin Zutritt gewähren. Verlieren Sie die Dinger nicht!"
„Sehr detailliert, diese Unterlagen", bemerkte Dunn, während er sein Pad studierte. „Sie zeugen von hoher Professionalität und werden uns die Arbeit sehr erleichtern."
Winston blickte gelangweilt auf den Tisch und stand auf. „Ich habe diesen Job nicht wegen meiner hübschen Augen, Mr. Dunn. In meinem Team sind sehr fähige Leute; leider keine Detektive. Nur darum sind Sie hier."
Im Hinausgehen meinte er noch: „Ich überlasse Sie jetzt ihrer Arbeit! Sie haben zwei Tage Zeit. Länger können wir die Sache nicht mehr vor der Presse geheimhalten. Und wir wollen ihnen den Mord mitsamt dem Mörder präsentieren, alles klar? Wenn ich helfen kann, Sie erreichen mich über die Zentrale."
„Wir kommen darauf zurück, danke", erwiderte Dunn.
„Ein fähiger junger Mann!", meinte er weiter, nachdem der Sicherheitschef gefolgt von seinem Second-Chief die Tür hinter sich geschlossen hatte. „Wenn er es richtig anstellt, hat er sicher eine vielversprechende Karriere vor sich."
„Ich finde ihn arrogant und eingebildet", sagte Vanessa. „Und von wegen 'hübsche Augen'!"
Auf dem Tisch fand ich nun die Fotos jener drei engsten Mitarbeiter Terrys und diese drei waren - wie ich befürchtet hatte - genau jene drei, die damals neben Terry bei meinem Casting anwesend waren. Der buschig Braunbärtige war Anthony Stuck, der immer finster blickende Blondling war Edward Rozz, und Sybil Reyes suggerierte mit ihrer Brille und dem zu einem Schopf geflochtenem schwarzen Haar den Typ einer biederen Vorzimmerdame.
„Nun denn, mit diesen dreien werden wir anfangen", sagte Dunn. „Anthony Stuck - Kostüme, Edward Rozz - Kulissen, Sybil Reyes - Make-up. Zunächst aber gehen wir sämtliche Unterlagen durch, die uns Mr. Winston bereitgestellt hat. Wir lesen alle Aussagen derjenigen durch, die mit dem Opfer in letzter Zeit zu tun gehabt haben, vielleicht erkennen wir Zusammenhänge. Anschließend besuchen wir diesen Richard Ashton, der die Leiche fand. Und dann gehen wir zu diesen drei Herrschaften. Kayla, erkennen Sie einen dieser drei wieder?"
„Ja...!", antwortete ich notgedrungen. „Sie alle drei. Sie waren damals anwesend, als ich mich für diese Rolle vorstellte."

„Interessant. Das könnte uns von enormen Nutzen sein, da Sie diese Personen vielleicht schon etwas einschätzen können. Wie lange war das nochmal her?"
„Ein gutes halbes Jahr."
„Glauben Sie, die werden sich an Sie erinnern?"
„Je nachdem, was sie beim Casting für einen Eindruck hinterlassen hat...", meinte Vanessa und schmunzelte mir tiefgründig zu.

    Wir arbeiteten die Unterlagen durch. Sie waren in der Tat sehr gründlich zusammengestellt. Auch über die Agentur erfuhren wir eine Menge. Finanziell stand sie offenbar sehr gut da, hatte aber einige Prozesse am Hals. Gegen 8:00 Uhr suchten wir dann diesen Richard Ashton in seinem Quartier direkt am Tatort auf. Er war ein sehr dickleibiger Mann, der es auch während unserer Befragung nicht lassen konnte, von einem Sandwich zu beißen.
„Das war vielleicht was, sag ich Ihnen! Ich mache hier ein paar Tage Urlaub mit meiner Frau und werde in einen Mordfall verwickelt - und darf nicht mal darüber reden! Ja, kein Witz, das haben die mir untersagt! Ich war da also in Curtis Bar und schau mir das Spiel an! Dann will ich kurz vor elf ins Bett gehen und was finde ich? Eine tote Frau, die im Gang zu meinem Quartier liegt! Das müssen Sie sich mal vorstellen! Ich werde mein Geld zurückverlangen! Sowas ist doch unzumutbar oder nicht? Ich meine..."
„Mr. Ashton", unterbrach ihn Dunn. „Uns interessiert vorwiegend, ob Sie an diesem Abend noch jemanden in Sektion 5/5 gesehen oder gehört haben."
„Den Mörder meinen Sie? Nein, da war niemand außer der Toten. In der ganzen Sektion bin ich niemandem begegnet. War totenstill an dem Abend!"
Um es kurz zu machen, etwas wirklich Interessantes oder Neues hatten wir von ihm nicht erfahren können, also machten wir uns bald auf nach Sektion 8/8, wo die Agentur Bellisare eine ganze Kette von Räumlichkeiten für sich gmietet hatte. Tja, und es folgte das unvermeidliche Zusammentreffen mit Stuck, Rozz und Reyes, vor dem ich mich so sehr gefürchtet hatte. Dunn fragte, ob es ein Zimmer gäbe, wo wir ungestört reden konnten, und daraufhin führten die drei uns in einen großen Raum, wo all erdenkliches Gerümpel herumstand: Abgenutzte Holzschränke, ausgemusterte Kleiderständer, Kulissenfragmente, Latten und Leisten, ein großer Globus der Erde, Kartons und ein paar Kisten. Sitzgelegenheiten gab es eigentlich keine, aber Stuck setzte sich auf einen ausgedienten alten Hocker und Sybil nahm auf einer kunstvoll bemalten Truhe Platz. Wir anderen blieben stehen.

„Nun, ich hoffe, Sie werden uns einige wichtige Fragen beantworten können", sagte Dunn und blickte erwartungsvoll lächelnd in die Runde.
„Sie sind also Detektive?", fragte Sybil.
„So ist es, Miss Reyes", antwortete Dunn - und dann kam leider Stuck zu Wort: „Detektive, ja? Hm... ", brummte er und stierte mich mit seinen kleinen Augen an. „Aber dich habe ich schon mal gesehen! Natürlich! Du warst doch schon mal bei uns!"
„Na klaaaar ... !", meldete sich nun Sybil. „Du kamst mir auch gleich so bekannt vor! KAYLA, nicht wahr?! Du bist jetzt Detektivin? Wie denn das?"
Dass sie mich erkannt hatten, war mir bereits mehr als unangenehm, aber jetzt stellten sie auch noch unangenehme Fragen.
„Berufliche Veränderungen bringen etwas sehr Erfrischendes mit sich!", sagte ich schlicht. „Ich dachte, ich versuche es auch mal."
„Na das nenne ich aber einen Zufall! Und ausgerechnet du untersuchst jetzt Terrys Ermordung! Oder ist es vielleicht gar kein Zufall?"
„Vielleicht finden wir später noch Gelegenheit für Plaudereien", sagte ich. „Jetzt haben wir diesen Mord aufzuklären und nicht viel Zeit dafür. Wir haben eine Menge Fragen an euch! Was wollte Terry in Sektion 5/5 und wer wusste davon?"
„Hoho... jetzt haust du aber ganz schön auf den Tisch, Mädchen!", meinte Stuck.
„Beantwortet meine Frage!"
„Sie wollte jemanden für die Show nächsten Samstag anwerben", sagte nun Rozz, der hinter Stuck mit verschränkten Armen an einem altertümlichen Schrank lehnte.
„Werden Sie deutlicher, Mr. Rozz!", sagte Dunn.
„Das Stück, das wir zur Zeit proben, hat am Samstag Premiere. Eine Komparsin ist vor ein paar Tagen abgesprungen. Terry erwähnte mehrmals, dass sie vielleicht Ersatz in Sektion 5/5 wüsste. Dass sie nach der Probe wieder dahin wollte, dürften so ziemlich alle gewusst haben."
„Mit 'alle' meinen Sie das gesamte Set?", fragte Dunn.
„Ja. Insgesamt 45 Leute."
„Miss Michaels wollte also eine Ersatzdarstellerin anwerben. Wen? Und warum stieg die Urbesetzung aus?"
„Wen, das hat sie nicht gesagt. Jedenfalls mir nicht. Und dass Schauspieler urplötzlich ihre Meinung ändern, ist nichts Neues. Diese Künstler und Möchtegern-Künstler halten sich doch alle für was Besonderes! Fragen Sie nur mal Ihre Kollegin wie schnell man in der Branche seine Einstellung ändert... und absagt."
*"Mistkerl!"*, dachte ich mir.
„Darunter leidet dann natürlich das Stück", meinte Dunn noch immer zu Rozz gewandt.

„Unter Umständen."
„Mr. Stuck,", sagte nun Vanessa, „Sie sind nicht nur Maskenbildner, Sie waren auch Miss Michaels Co-Regisseur! Es heißt, Sie wollten schon immer lieber Filme machen, anstatt Theateraufführungen. Jetzt, da Miss Michaels tot ist, übernehmen Sie nicht nur das Team, Sie können sich mit ihm auch frei entfalten und neue Wege gehen! Wie überaus günstig für Sie und Ihre Karriere, was?"
„Sowas kannst du dir sparen, Schätzchen!", erwiderte er. „Ich habe meine Aussage bereits dem Sicherheitspersonal gemacht! Ich werde mich nicht wiederholen!"
„Das klingt für mich so, als wären Sie nicht besonders an der Lösung des Falles interessiert!"
„Treibs nicht zu weit, Püppchen!", mahnte er sie finster.
Irgendwie waren sie alle drei sehr verschroben; vielleicht normal in dem Gewerbe. Keiner von ihnen konnte mit Bestimmtheit sagen, ob vom Set jemand Terry gefolgt war, als sie das Theater an dem bewussten Abend verließ. Und auch keine neuen Verdachtsmomente gegen einen der dreien oder einen anderen der 45köpfigen Truppe kamen während des Gesprächs auf. Schließlich zogen wir uns in unseren Raum in Sektor 1 zurück, um zu beraten.
„Stuck ist der einzige der drei mit einem klaren Motiv", sagte Vanessa. „Aber ich bin sicher, wenn wir tiefer graben, findet sich auch für die anderen beiden eins!"
„Das denke ich auch", sagte Dunn. „Exzentrische Persönlichkeiten, wie Miss Michaels es offenbar war, haben viele Feinde. Wir brauchen Zeugen! Und wir müssen herausfinden, wen Miss Michaels als Ersatz anwerben wollte, denn diese Frau hat sie vermutlich zuletzt lebend gesehen - außer der Mörder selbst!"
„Außerdem müssen wir noch die anderen Schauspieler und Bühnenarbeiter befragen, sowie Terrys persönliche Sachen durchsehen, die der Sicherheitsdienst in ihrem Quartier sichergestellt hat. Teilen wir uns auf?", fragte Vanessa.
„Ja, das werden wir", sagte Dunn. „Dennoch wird kein Einzelner von uns Befragungen durchführen. Wir machen das immer wenigstens zu zweit! Zu leicht vergisst man ein paar Details!"
„Wir sollten auch die Quartiere unserer Verdächtigen inspizieren", sagte ich. „Dazu bräuchten wir allerdings die Erlaubnis von Chief Winston!"
„Werden wir bei Bedarf!", sagte Dunn. „Aber alles zu seiner Zeit! Kayla, sehen Sie sich in Sektion 5/5 um. Versuchen Sie Zeugen aufzutreiben! Miss Crown und ich nehmen uns die Schauspieler und Bühnenhelfer vor, die an jenem Abend im Theater waren."
Und so stellten wir es an. Ich machte mich auf den Weg nach 5/5. Das Gespräch mit Stuck und den anderen war, was meine persönlichen

Interessen anging, noch ganz gut verlaufen. Dunn und Vanessa wussten bisher lediglich, dass ich die 'Rolle' damals nach dem Casting abgelehnt hatte - zum Glück. Mehr brauchten sie nicht zu erfahren.

Ich kam natürlich zu einer eher ungünstigen Zeit nach 5/5, um nach Augenzeugen zu suchen. Am Vormittag waren sicher viele Bewohner arbeiten, und wenn nicht, mussten sie sich auch nicht zwangsläufig in ihren Quartieren aufhalten. Troja 2 hatte schließlich eine Menge Unterhaltung zu bieten und war unlängst auch ein gern gewähltes Reiseziel der transkolonialen Prominenz geworden! Aber ich wollte es versuchen.

Von feinen Phosphorröhrchen, in regelmäßigen Abständen an beiden Wänden wenige Zentimeter unter der Decke angebracht, waren die etwa vier Meter breiten Korridore auf graublauem Panelboden angenehm beleuchtet. Das Licht, das sie spendeten, war hell genug, wirkte aber ganz und gar nicht aufdringlich. Ich schlenderte also durch die Gänge und wie von unsichtbarer Hand geführt stand ich plötzlich vor Quartier 5, wo so manche Erinnerungen in mir aufblühten. Die Nummer 5 - viele Nächte hatte ich früher da drin verbracht und viele Pläne waren darin geschmiedet worden; damals als Troja 2 noch als Gemeinschaftsprojekt von der Mars- und den Erdregierungen unterhalten wurde, und etliche Zeit bevor ich bei Steelwynch angefangen hatte. Quartier 5 in Sektion 5/5, ja, da drin hatte unsere geheime Gruppe oft Rat gehalten, als wir eine groß angelegte, imperialistische Verschwörung von Militärs und Politikern aufdecken wollten. Aber viel war seitdem geschehen. Wir hatten die Marsrebellion nicht verhindern können; und der frühere Stationskommandant *General Jeffrey O'Neill* von den vereinten, britischen Streitkräften sowie sein gesamter Führungsstab wurden durch die Intrigen unserer Gegner des Hochverrats beschuldigt und galten seit einer Kampfhandlung auf einer Insel nahe Tasmanien offiziell für tot. Unsere Gegner waren uns weit überlegen gewesen, doch wir hatten damals kaum eine andere Wahl gehabt. Und nachdem Troja 2 dann an den Finanzmogul *A. J. Simmons* übergegangen war, zerfiel unsere Gruppe ganz. Der Anblick dieser Nummer 5 brachte mir wahrlich viele Erinnerungen zurück. Kein Namensschild des jetzigen Bewohners glänzte unter der Klingel. Früher hatte dort sehr wohl ein Name gestanden: *Lucia LaBar.* Lucia war eine mehr als gute Freundin von mir. Auch sie war in jener geheimen Gruppe gewesen, und mehr als einmal hatten wir zusammen dem Tod in die Augen geblickt. Tja, wir hatten damals eine Menge erlebt. Lucia, Neuseeländerin, hatte wohl die ungewöhnlichste aller mir bekannten Karrieren hinter sich: Mit 20 wirkte sie in ein paar Pornofilmen mit, dann ging sie für mehr als 6 Jahre nach Japan in ein Dojo und eröffnete

danach eine eigene Kampfsportschule auf Troja 2. Dort lernten wir uns kennen. Als ihre Schule geschlossen wurde, ging sie zum Theater - und prompt wurde sie hier auf Troja 2 von irgendeinem Typen von der *Stellar-Movie-Corporation* entdeckt. Ihr erster Film *Stardust*, in dem sie auch gleich in der Hauptrolle glänzen durfte, war noch vor wenigen Wochen in den Kinos gewesen - und der war ein wahrer Kassenschlager. Tja, und nun war sie mit ihren gut 30 Jahren ein vielversprechendes, neues Filmsternchen. Lucia war es übrigens auch, die mich damals auf einer Party mit Terry Michaels, dem Mordopfer, bekannt gemacht hatte. Ich schwelgte noch so in Gedanken, da hörte ich plötzlich eine männliche Stimme hinter mir: „Wirklich interssant!"
„Wie bitte?", sagte ich noch beim Umdrehen. „Meinen Sie mich?"
Da stand nun ein stattlicher Mann um die 60 in einem hellgrauen Anzug, einer breiten schwarzen Krawatte über dem weißen Hemd und einen schwarzen Aktenkoffer in der rechten Hand. Er hatte leicht ergrautes braunes Haar, das zur rechten Seite hin zu einem Scheitel gekämmt war.
„Nein, schon gut!", sagte er. „Ich wundere mich nur, dass eine so schöne Frau nur Besuch von Blondinen bekommt und nicht von Männern."
„Sprechen Sie von der Frau, die hier wohnt?", fragte ich.
„Nicht, dass es mich was angehen würde; ich will mich da nicht einmischen, mir fiel es nur auf, weil auch vorgestern eine blonde junge Frau bei ihr war."
„Ach ja?"
Der Typ hatte einen stechenden Blick und ein seltsames, gar unheimliches Lächeln. Was ich von ihm halten sollte wusste ich nicht recht, aber ich griff in meine Tasche und holte Terrys Foto hervor. Ich glaubte nicht wirklich daran, aber vielleicht hatte ich ja doch rein zufällig gerade den Jackpot geknackt - und so war es dann tatsächlich auch.
„War es vielleicht diese Frau?", fragte ich und zeigte ihm das Foto.
„Moment... ja, das war sie! Sie hat nicht einmal geklingelt, offenbar kannte sie den Zutrittscode der Tür."
„Interessant. Und wer sind Sie?"
„*Ronald Perish*. Ich wohne gegenüber in Nummer 6", sagte er unscheinbar grinsend.
„Ich danke Ihnen, Mr. Perish", sagte ich und klingelte sogleich an Nummer 5.
Ich dachte noch daran, was das eben für ein überaus glücklicher Zufall war, da schwang die Tür von Quartier 5 auf - und ich war erstmal baff:
„Lucia??"
„KAYLA!!", erwiderte sie und flog mir um den Hals. Sie war es tatsächlich! Lucia LaBar wohnte wieder hier! Und sie war ganz wie ich sie in

Erinnerung hatte: Ungestüm und laut; und noch immer trug sie ihr volles schwarzes Haar etwa in meiner Länge bis zur Rückenhälfte.
„Kayla, was machst du denn hier?!"
„Dasselbe könnte ich dich fragen! Du wohnst wieder auf Troja 2?"
Dann erst ließen wir einander wieder los.
„Na ja, weißt du, nach all dem Trubel um mich in letzter Zeit, brauchte ich einfach mal wieder Zeit für mich selbst. Also flog ich hierher zurück - und aus Nostalgie wollte ich wieder mein altes kleines Drei-Zimmer-Quartier. Komm rein! Es ist noch alles wie früher!"
Als wir reingingen sah uns Mr. Perish etwas verwundert hinterher. Man konnte es ihm nicht verdenken.
„O Kayla, du und die anderen, ihr fehlt mir sehr! Wie geht es Jenny? Ich wollte euch längst schon mal wieder besuchen!"
„Aber der Stress der Filmstars, was...?"
„Übertreib nicht, ein Star bin ich noch lange nicht!"
„Untertreib DU mal nicht!", erwiderte ich. „Stardust war ein Riesenerfolg! Und ich habe gelesen, man bastelt schon an Stardust 2!"
„Ja, das stimmt!", kicherte sie. „Der Plot steht bereits grob. Wahrscheinlich werden wir in einer der Marskolonien drehen. Aber erst wenn sich der momentane Rummel etwas gelegt hat. Weißt du, ich würde lügen, würde ich behaupten, dass ich all den Glamour nicht mag, aber vieles leidet auch darunter. Vor allem die Zeit, die ich mit meinen Freunden verbringen kann...!"
Ich setzte mich in die schwarze Couch, die einen hellbraunen Tisch zur Hälfte umschloss. In der kleinen gemütlichen Wohnstube wirkte wirklich noch alles wie damals - als wäre hier die Zeit einfach stehengeblieben. Lucia verschwand kurz ins Nebenzimmer und kehrte mit zwei Gläsern und einer Flasche Rotwein zurück.
„Und jetzt erzähl mal! Was machst du wieder hier?", fragte sie und füllte rasch die Gläser.
„Leider bin ich beruflich hier", antwortete ich. „Ich untersuche mit zwei Kollegen einen Mord."
„Ein Mord ist geschehen? Davon weiß ich gar nichts."
„Die Stationssicherheit will es geheimhalten bis wir den Mörder haben.", wie gern hätte ich mich mit ihr nun über die alten Zeiten unterhalten, aber ich hatte meine Pflichten. „Hör mal, Lucia,... Terry Michaels war vorgestern Abend hier bei dir, nicht wahr?"
„Ja...", erwiderte sie sichtbar verblüfft. „Woher weißt du denn das?"
„Weil wir ihretwegen hier sind. Sie ist nicht weit von hier erwürgt worden. Das muss passiert sein, nachdem sie dich wieder verlassen hat."
„Terry... wurde ermordet?"
Lucia war sichtlich erschüttert und fuhr sich durchs Haar.

„Ja, das wurde sie", sagte ich. „Und du warst vermutlich diejenige, die sie zuletzt lebend gesehen hat. Was ist an jenem Abend passiert? Woher kannte sie den Zutrittscode deiner Tür?"
„Wahrscheinlich hatte sie ihn sich beim letzten Mal gemerkt. Sie kam mal mit mir zusammen her. Mein Gott, erwürgt sagst du? Aber... warum?! Woher weißt du eigentlich, dass sie bei mir war?"
„Von dem Mann der gegenüber wohnt. Er hat gesehen, wie sie den Code eingab und hinein ging. Hör zu, Lucia, du musst mir jetzt alles erzählen, was an diesem Abend passiert ist! In der Agentur sagten sie, Terry hätte nach einem Ersatz gesucht. Eine Schauspielerin sei überraschend ausgestiegen und ihre Rolle war damit ohne Besetzung. DICH hatte Terry also als Ersatz für die Rolle im Auge?"
„'Rolle' ist gut - ha!", erwiderte Lucia. „Das Stück, das sie aufführen, nennt sich 'Der blaue Zirkel', ist so eine Okkultisten-Orgie. Diese 'Rolle' besteht darin, sich nackt an ein X-Kreuz fesseln zu lassen, wo man dann mit Schweineinnereien beworfen wird! Das ist alles! Kein Text, keine sonstige Handlung, nur eben das! Terry war schon den Abend zuvor bei mir und hat mich gefragt, ob ich das für sie tun würde - ich habe abgelehnt. Sie wusste schon, dass ich es nicht machen würde, als sie vorgestern zu mir kam. Sie kam an dem Abend nur vorbei, weil sie mit mir schlafen wollte."
„Mit dir schlafen?"
„O ja doch. Ich lag auf meinem Bett und schlief als sie sich hereingeschlichen hatte. Und sogleich hat sie sich über mich hergemacht, aber ich ließ sie abblitzen - wie auch die Male davor. Terry,' sagte ich, 'ich hab dir schon gestern gesagt, dass ich diesen Part auf keinen Fall spielen werde, auch nicht aus alter Gefälligkeit!' 'Vergiss doch die Rolle!', hat sie gesagt. 'Die lasse ich Sybil spielen!', das ist... ich meine das *war* ihre Visagistin. Die sprang öfters für solche Rollen ein, wenn jemand absagte."
„Ich kenne sie", entgegnete ich.
„Jedenfalls sagte sie dann, sie sei wegen etwas anderem hier und begann, mich zu befingern, worauf ich sie mit den Beinen zurückstieß. Dann wurde sie ärgerlich. 'Klar, du bist jetzt 'ne Film-Schickse!', hat sie gezischt. 'Du hast es nicht mehr nötig, dich mir mir und meinesgleichen abzugeben, was? Wir sind ja nur kleine Leute vom Theater!' Ich erklärte ihr, dass das überhaupt nichts damit zu tun hätte, und das ich ihre Annäherungsversuche auch in zehn Jahren nicht erwidern würde. Sie schimpfte noch ein wenig, dann ging sie angesauert davon. Das war so gegen elf."
„Du bist damit die bisher wichtigste Zeugin, Lucia! Du musst das nochmal vor meinen Kollegen erzählen!"
„Natürlich...! Die arme Terry...!"

Obwohl ich gern noch bei ihr geblieben wäre, verließ ich bald darauf Lucias Quartier und marschierte zurück in unseren Arbeitsraum. Dunn und Vanessa waren wie erwartet noch nicht da. Ich kontaktierte Dunn über seinen Wing und sagte ihm, dass ich jene 'Ersatz-Schauspielerin' gefunden hätte, und dass mir auch ein paar andere interessante Neuigkeiten zugetragen wurden. Nach dem kurzen Gespräch machte ich mich nochmal über die Unterlagen her und wälzte auch die Dateien über all die Gerichtsverhandlungen, die die Agentur Bellisare in letzter Zeit über sich hatte ergehen lassen müssen. Offensichtlich erregten viele ihrer Inszenierungen ein großes Ärgernis bei Moralaposteln und solchen selbsternannten Sittenwächtern. Aber Bellisare hatte auch andere Prozesse am Hals, denn nur allzu oft wurden sie von Schauspielern oder Schauspielerinnen verklagt, die sie unter Vertrag hatten. Ich fand das ganz interessant, aber in Terrys Mordfall brachte es mich wenig weiter.

    Um 14:20 Uhr meldete sich Dunn. Er meinte, wir sollten uns zum Mittagessen treffen und fragte, ob ich ein Restaurant empfehlen könnte. Ich schlug eine Pizzeria in Sektion 8/3 vor, die ich noch von früher kannte.

    Diegos Pizzeria war ein schmuckes, gemütliches Gasthaus, das den stationären Führungswechsel überdauert hatte. Innen war alles mit hellem und dunklem Funierholz ausgekleidet und darüber hingen Gemälde, die italienische Strände oder Sehenswürdigkeiten zeigten. Das Lokal war weitgehend leer. Ich studierte bereits an einem kleinen Tisch die Speisekarte, als Dunn und hintendrein Vanessa dazu kamen.
„Es ist mir ein Rätsel, wie ein Mensch so unbeliebt sein kann, wie unsere Miss Michaels!", sagte Dunn, während er seinen Hut ab nahm. Er setzte sich und kratzte sich nachdenklich am Kopf. „Mit 42 Leuten haben wir gesprochen. Allenfalls vier davon waren wenigstens einigermaßen gut auf sie zu sprechen! Hallo Kayla."
„Hallo.", erwiderte ich.
„Wir haben eine ganze Menge Neuigkeiten!", sagte Vanessa und setzte sich auf den Stuhl neben mir. „Neue Motive, neue Verdächtige, neue Informationen zu Terrys kollegialen Beziehungen. Manche hielten sie für ein Genie, für andere war sie ein kaltherziges, eingebildetes Luder - wir haben eine Menge aufzuarbeiten, Kayla. Ach ja, und wir haben einen Zeugen, der gesehen hat, wie SYBIL REYES zur Tatzeit das Theater verlassen hat und dann ziemlich aufgewühlt wieder zurückkam!"
„Und ich habe die Frau, die Terry in 5/5 besucht hat", sagte ich.
„Ja, das sagten Sie schon - wer ist sie?", fragte Dunn, sah von der Speisekarte auf und lächelte mich munter an.
„Nun... zufällig ist es eine Freundin von mir. Ihr Name ist Lucia LaBar."
„LaBar?", rief Vanessa, „Lucia LaBar? A-Aber doch nicht DIE Lucia LaBar?"

„Nun ja, die Schauspielerin."
„Die ist eine Freundin von dir? Das ist doch nicht dein Ernst?!"
„Lucia LaBar? Nie gehört dem Namen", sagte Dunn und blickte etwas verwundert in die Runde. Vanessa dagegen war ganz aufgeregt! Oh wie hab ich das genossen.
„Ich bitte Sie!", sagte sie zu Dunn. „Sie war wochenlang in den Medien und gab reihenweise Interviews! Sie spielte LORRYN STAR in 'Stardust'! Der Film war ein riesen Kinoerfolg!"
„Aha. Tja, ich gehe nicht ins Kino", erwiderte Dunn ernüchternd.
„Vor ein paar Wochen war sie auch im *Horny Fleshfruit* abgelichtet", erzählte Vanessa weiter.
„Ich lese auch den Fleshfruit nicht."
Nun mischte ich mich wieder ein. „Ihr habt also einen Zeugen, der gesehen hat, wie Sybil Reyes nach Terry das Theater verlassen hat? Ich hätte das zugehörige Motiv - wenngleich ich aber nicht glaube, dass Sybil die nötige Kraft hätte, Terry zu erwürgen. Was sagten eigentlich diese wenigen aus ihrer Truppe, die gut über Terry sprachen?"
„Warte!", sagte Vanessa und tippelte auf ihrem Notepad herum. „Wie hieß sie noch mal... ah hier: *Carla Mendoza*, eine der Schauspielerinnen. Sie hat immer gern in Terrys Aufführungen mitgewirkt, unter anderm weil sie ein Fan von diesem 'Julius Alamout' ist, dessen Stücke Terry mit Vorliebe eingespielt hat. Sie sprach von allen am besten über unsere Terry, obwohl Terry Alamouts Stücke allesamt sehr frei interpretiert hat. Es gibt noch ein paar weitere Alamout-Fans in der Truppe, aber nicht alle schätzten ihre Zusammenarbeit mit Terry. Nun gut, aber jetzt erzähl' du mal von Sybils Motiv!"
„Für Terry war Sybil eine Art Lückenfüllerin für Rollen, die sonst niemand spielen wollte. Diese Bühnenstücke waren oftmals sehr lasziv und erotisch, daher war nicht jede Schauspielerin bereit, gewisse Rollen zu übernehmen. In solchen Fällen musste offenbar häufig Sybil herhalten. So auch nächsten Samstag. Terry hatte keinen Ersatz für die Frau, die ausgestiegen war. Sybil wäre wieder mal dran gewesen. Man hätte sie nackt an ein Kreuz gefesselt und sie mit Schweineinnereien beworfen; tja, und ich weiß noch von meinem damaligen Casting, dass sie nicht gern nackt auf der Bühne war."
Da sah Vanessa mich eindringlich und mit einem leicht verquirlten Lächeln an: „Hmm... die Frage nach der Rolle, die DU damals fast angenommen, aber dann doch abgelehnt hast, erscheint mir immer interessanter!"
Da wusste ich, dass sie so lange bohren würde, bis sie alles wüsste. Sie ahnte schon lange, dass auch meine Rolle in irgend einer Weise schlüpfrig gewesen sein musste; und über Stuck, Rozz und Sybil würde

sie schon noch alles erfahren. Wieder überkam mich dieser kalte Schauer der Scham.

 Wir bestellten Essen und Getränke, dann berichtete Dunn weiter: „Miss Crown und ich haben erfahren, dass auch Edward Rozz kürzlich mit Miss Michaels übereinander geraten ist. Unser Dekorateur hat sich nämlich als Autor versucht und ein Stück geschrieben. Und er hat sein Werk Miss Michaels zur Beurteilung vorgelegt. Sie sollte es lesen und vielleicht irgendwann inszenieren. Aber ihre Reaktion auf seine künstlerische Frucht fiel dann alles andere als erfreulich für ihn aus. Sie hat ihn ausgelacht. Rozz war verständlicherweise enttäuscht und wütend. Wenige Stunden vor ihrem gewaltsamen Tod hat sie ihn noch einmal vor dem ganzen Set aufgezogen. Er hätte also ein Rachemotiv gehabt."

„Noch was haben wir herausgefunden", sagte Vanessa. „Der verehrte Second-Chief Blake Jericho von der Stationssicherheit hat unserer Terry vor ein paar Monaten Avancen gemacht. Die aber hat ihn eiskalt abblitzen lassen. Er ist damit ein verschmähter Liebhaber! Wer weiß, vielleicht müssen wir sogar unter der Sicherheitsmannschaft ermitteln?"

„Meine Damen...", äußerte Dunn und lehnte sich zurück, „genießen wir jetzt unsere Mittagszeit! Anschließend hören wir diese Lucia LaBar an und konfrontieren Miss Reyes mit dem, was wir wissen! Aber bis es soweit ist, sollten wir uns eine kleine Denkpause gönnen und die Vorzüge dieses Ambientes genießen", er lächelte vor sich hin, nahm einen tiefen Atemzug und ließ seinen Blick zufrieden durch die südländisch geschmückte Stube schweifen. „Ein wirklich gut gewähltes Lokal, Kayla!"

„Sie haben Recht", stimmte Vanessa zu und wandte sie sich dann zu mir: „Muss komisch für dich sein, Kayla...! Du kanntest das Opfer, kennst die Hauptverdächtigen und jetzt kennst du auch noch die bislang wichtigste Zeugin."

„Ich komme damit zurecht", entgegnete ich.

Da kam auch schon Diego und brachte die Getränke. Ein paar Augenblicke lang war es angenehm still an unserem Tisch, aber dann begann Vanessa plötzlich zu schwärmen. „Ich finde es toll, hier zu sein!", äußerte sie. „Diese Station hat einfach etwas Verrufenes wie auch etwas Romantisches an sich, findet ihr nicht? Freilich wäre es interessanter gewesen, früher mal herzukommen, als sich hier noch Botschafter, Delegierte, Politiker und Flüchtige aus sämtlichen Kolonien getummelt haben. Aber Troja 2 hat auch jetzt noch etwas Magisches, finde ich - etwas Geheimnisvolles! Ich meine, das war schon seltsam damals: Die Station hatte zwei aufeinanderfolgende Riegen von Führungsoffizieren. Beide Riegen waren vom Präsidenten persönlich auserwählt worden, weil der ihnen vertraut hatte, aber beide Riegen

begingen Verrat an der Erde und fanden auf undurchsichtigen Wegen den Tod! Ist das nicht mehr als merkwürdig?"
„Manche Leute sagen, General Jeffrey O´Neill sei noch am Leben", meinte Dunn und starrte ihr lächelnd aber irgendwo auch provozierend ins Gesicht. „Man will ihn da und dort noch gesehen haben, sowohl auf der Erde als auch in den Kolonien. Anderswo heißt es auch, er hätte sich mit den Überresten der Marsrebellen zusammengetan. Und eine andere Version lautet, der Mars hätte ihm und seinen Leuten inoffiziell Asyl gewährt."
„Gerüchte wird es geben, solange es Menschen gibt", entgegnete Vanessa. „Ich glaube nicht, dass er Tasmanien überlebt hat und von der Erde fliehen konnte. Ich las auch mal in so einem Revolverblatt, dass er noch leben soll und jetzt eine Art Untergrundkrieg gegen alles und jeden führt. Die Menschen lieben eben solche Geschichten!"
Ich hielt mich raus, weil ich es besser wusste. Verglichen mit General O´Neill und seinem Stab war ich glimpflich davon gekommen; denn ich hatte nur meine Anstellung bei der ESA verloren, das war alles. Tja, so war das. Alles an Troja 2 erinnerte mich immer wieder an die damaligen Zeiten. Heute war die Station viel prächtiger und sauberer als damals, aber sie hatte den alten Charme verloren, diesen Flair des guten Willens, eine bessere, friedliche Zukunft schaffen zu wollen.

Nach dem Essen suchten wir Lucia in ihrem Quartier auf. Vanessa wollte unbedingt die Befragung durchführen; so saßen wir alle vier auf der Couch und Vanessa stellte ihre Fragen. Sie stellte sie direkt und ohne ein Blatt vor den Mund zu nehmen. Mir war es richtig unangenehm, dass sie meiner Freundin in meiner Gegenwart all die Fragen so ungeschliffen auf den Tisch knallte. Lucia war das Verhör sichtlich unangenehm, aber Vanessa schien ihre Freude daran zu haben, eine berühmte Persönlichkeit mit bohrenden Fragen foltern zu dürfen.
„Okay! Ich fasse also nochmal kurz zusammen", sprach sie kühl. „Das Opfer kam nicht zu Ihnen, um sie für 'Der blaue Zirkel' anzuwerben, sondern um mit Ihnen zu schlafen. Sie wiesen sie zurück, sie ging, und war damit keine 5 Minuten in Ihrem Quartier. Wo sie dann hin wollte, wissen Sie nicht, Sie haben weitergeschlafen. Habe ich was ausgelassen, Miss LaBar?"
„Nein. So hat es sich abgespielt", antwortete Lucia.
„Nun gut, Miss LaBar...! Ich muss Sie bitten, sich für uns zur Verfügung zu halten. Vielleicht haben wir später noch Fragen an Sie. Und von der Verdächtigenliste können wir Sie auch noch nicht streichen! Eins noch, Miss LaBar...", sie zögerte kurz, „... könnte ich ein Autogramm haben?"

Auch das war typisch für sie - ihren Gegenüber mit einem plötzlichen Sinneswandel oder einer völlig entgegengesetzten Fragerichtung zu überfallen.

Ich verabschiedete mich noch von Lucia, dann machten wir uns auf nach Sektion 8/8 und schnappten uns Sybil Reyes. Im selben Raum wie heute Vormittag erzählten wir ihr von dem Zeugen, einem Bühnenarbeiter, der gesehen hatte, wie sie kurz nach Terry am Mordabend das Theater verlassen hatte und verdeutlichten ihr, dass wir auch ihr Motiv wüssten. Wir hatten sie am Wickel! Ihre Augen wurden tränig und mit ängstlicher Miene begann sie dann schnell zu gestehen: „Ja! Ja! Ich gebe es ja zu! Ich habe sie angegriffen! Aber ich kann sie nicht getötet haben!! Das ist unmöglich!"
„Erzählen Sie, was passiert ist", sagte Dunn.
„Nachdem *Nancy* ausgestiegen war, wollte Terry wieder mal auf mich zurückgreifen! *Ich* hätte mich nackt an ein Kreuz binden lassen und mich mit tierischen Innereien bewerfen lassen müssen! Das wollte ich aber nicht tun! Als Terry an jenem Abend das Theater verließ, sagte sie, sie wollte in 5/5 noch mal nach dem Ersatz für Nancy sehen. Ich lief ihr nach, weil ich es als Erste erfahren wollte, ob es geklappt hat. Ich blickte mich etwas um in der Sektion, dann hab ich sie einen Gang entlang kommen sehen und sie gefragt...! Tja, aber es gab leider keinen Ersatz...! *Ich* sollte mal wieder aushelfen! Und obwohl sie wusste, dass ich sowas seit jeher hasste, machte sie ihre Scherze darüber und lachte mich aus! Da bin ich einfach wütend geworden! Bin von hinten auf sie gesprungen und hab´ sie gewürgt, dabei ist sie mit dem Kopf gegen eine Wand geknallt und wurde bewusstlos. Da begriff ich erst richtig, was passiert war... und was ich getan hatte...! Ich schreckte zurück und lief davon. Aber ich habe sie nur ein paar Sekunden lang gewürgt! Davon kann sie unmöglich gestorben sein! Und ich wollte sie doch auch gar nicht töten! Bitte glauben Sie mir!! Ich bin ausgerastet und wollte ihr einen Denkzettel verpassen! Ich meine, wie konnte sie mir sowas immer wieder antun? Ich... war doch immer ihre Freundin!"
Sie nahm schluchzend die Brille ab und wischte über ihre tränenden Augen.
„Wir beide hatten nie eine Affäre oder so, aber ich war immer für sie da! Doch immer wieder hat sie mich ausgenutzt! Immer wieder musste ich entwürdigende Rollen in ihren Aufführungen übernehmen! So wie damals, Kayla", sagte sie und lugt zu mir rüber - und ich ahnte es kommen: „ als du deinen Part abgelehnt hattest! Rate mal, wer an deiner Stelle seinen blanken Hintern ins Publikum strecken durfte?! Ich! Terry hat es genossen, mich zu demütigen!"

Nun war es raus. Das musste sie natürlich sagen, die blöde Kuh! Gott, was habe ich mich in dem Augenblick geschämt - und Vanessa drehte sich sogleich zu mir: „Den blanken Hintern ins Publikum strecken...?"
„Das sah die Rolle damals vor", erklärte Sybil noch einmal betont.
Ich wagte es nicht, Dunn ins Gesicht zu blicken. Was würde er jetzt wohl von mir denken? Gott, war das peinlich! Jetzt hatten sie es also doch noch erfahren, und ich wusste, Vanessa würde dafür sorgen, dass bald jeder bei Steelwynch davon Kenntnis hatte. Ein furchtbarer Gedanke.
„Hmm... ich male mir gerade aus, wie man für so eine Rolle 'gecastet' werden könnte!", frotzelte sie. Glücklicherweise hatte Sybil das nicht auch noch erläutert.
     Sybils Befragung war damit beendet und fürs Erste mussten wir ihr glauben. Ich muss zugeben, einen Mord hätte ich ihr auch niemals zugetraut. Der blonde Finsterling Edward Rozz war mir da schon ein besserer Kandidat. Aber ihn konnten wir noch nicht aufsuchen. Außer einem möglichen Tatmotiv hatten wir nichts gegen ihn in der Hand. Wir marschierten zurück in unseren Arbeitsraum um alles, was wir Neues erfahren hatten, aufzuarbeiten. Vanessa sorgte für ausreichend Kaffee und dann zogen die Stunden dahin.
„Nancy Folmer, die jene Nacktrolle am Kreuz hingeworfen hat, hat die Station zwei Tage vor dem Mord verlassen...", brütete Vanessa vor sich hin. „Sie fällt also definitiv aus."
Ich saß ihr gegenüber und ging nochmal die Aussagen all der Schauspieler und Bühnenarbeiter durch.
„Keiner von denen konnte Terry wirklich leiden", resümierte ich. „Aber ein klares Motiv hatte augenscheinlich auch keiner von ihnen...!"
„Für mich sieht es nach wie vor wie ein Affektmord aus", sagte Dunn.
„Miss Reyes würde dazu gut passen, aber ich glaube ihre Geschichte. Nachdem sie weg war, muss der Mörder aufgetaucht sein und ihr angefangenes Werk vollendet haben."
„Vielleicht wars doch einer der Schauspieler", meinte Vanessa, „Zum Beispiel diese hier: *Amanda Richardson*. Sie war mehr als unglücklich über ihren Vertrag mit der Agentur und hasste Terrys Stücke, in denen sie gezwungenermaßen mitmachen musste. Ihre 'perversen Alamout-Allüren' hätte sie schon lange satt, soll sie mehrmals gesagt haben; und so wie sie dachten noch ein paar andere am Set."
Die Zeit flog dahin. Es war äußerst mühsam, all die Aussagen und Möglichkeiten auf eine Schiene zu bekommen, und je mehr ich las, desto mehr Verdächtige und eventuelle Motive kamen mir in den Sinn. Mit absoluter Sicherheit konnte ich nur Lucia als Mörderin ausschließen - völlig unmöglich, dass sie es getan haben konnte, dafür kannte ich sie zu gut. Sie hatte zwar schon getötet, aber das war im offenen Kampf

und zur eigenen Verteidigung gewesen. Niemals würde sie einen hinterhältigen Mord begehen.
„Wie dem auch sein mag, meine Damen...", sagte Dunn. „ich lade Sie jetzt beide zum Abendessen ein. Danach trennen wir uns für heute. Jeder für sich sollte sich noch seine Gedanken zu dem Fall machen, und morgen arbeiten wir gemeinsam weiter."
Er klang zuversichtlich wie immer, aber meiner Meinung nach befanden wir uns in einer Sackgasse. Praktisch jeder konnte Terry ermordet haben. Motive gab es genug und Verdächtige noch mehr.

Während sich Dunn und Vanessa nach dem Abendessen vermutlich in ihre Quartiere zurückgezogen hatten, spazierte ich noch ein wenig durch die Station. Ich wollte dabei meine Gedanken zum Fall ordnen, aber stattdessen verfiel ich in Nostalgie und erinnerte mich daran, wie es früher hier war, und ich wurde fast schwermütig dabei. Es war eine schwierige Zeit damals, aber auch mit so vielen schönen und erheiternden Momenten. Eine Zeit lang beobachtete ich in Sektion 4/7 ein Basketballspiel, dann trottete ich entlang der Minigolfanlagen weiter; und da kam mir auf einmal der schwarzhaarige Second-Chief Blake Jericho entgegen.
„Guten Abend, Miss... McLeod, habe ich Recht?", fragte er höflich.
„Ja, haben Sie. Guten Abend, Mr. Jericho... oder wollen Sie lieber Second-Chief genannt werden?"
„Nein, nein, das höre ich den ganzen Tag! 'Mister' klingt da zur Abwechslung richtig gut. Aber Sie können auch Blake sagen."
Er machte einen netten, zuvorkommenden Eindruck, ganz anders als sein Vorgesetzter Chief Marcus Winston an diesem Morgen.
„Wie Sie wollen, Blake", sagte ich. „Sie sind noch in Uniform, haben Sie noch lange Dienst heute?"
„Wissen Sie, sowas wie einen allabendlichen Dienstschluss gibt es hier leider nicht. Und auch in meinen wenigen freien Stunden trage ich diese Uniform - ziemlich eng, aber man gewöhnt sich an sie."
„Haben Sie mich gesucht oder ist diese Begegnung rein zufällig?"
„Letzteres. Ich bin auf dem Weg in die Mannschaftskantine. Und Sie? Gehen die Ermittlungen voran?"
„Durchaus. Uns ist zum Beispiel auch zu Ohren gekommen, dass Sie das Opfer gekannt haben."
„Mir war klar, dass Sie davon erfahren würden...!", lächelte er und fuhr mit den Fingern seiner linken Hand durch sein glattes Haar. „'Gekannt' ist leider übertrieben, aber ich hätte sie ganz gerne kennengelernt. Leider beruhte dieser Wunsch nicht auf Gegenseitigkeit."

Er hatte strahlend blaue Augen und in seiner Stimme lag etwas Vertrautes, daher fiel es mir wohl auch leicht, mit ihm ganz ungezwungen zu plaudern.
„Stehen Sie auf diesen Typ Frau? Ich meine, den harten, ungehobelten und dominierenden Typ?"
„Hart, ungehobelt und dominierend? Ha! Nein, eher nicht, aber ich mochte ihre Arbeit - und sie sah gut aus! Tja, wirklich schade um sie."
„Wie oft haben Sie es denn bei ihr versucht?"
„Hm... sind das nun rein berufliche Fragen oder sind Sie neugierig, Miss McLeod?"
„Ersteres natürlich - und nennen Sie mich Kayla! Aus Ihren Antworten schließe ich dann, ob Sie in sie vernarrt waren und deswegen vielleicht als 'gedemütigter Macho' zum Mörder geworden sein könnten - oder eben nicht!", ich ließ ein kurzes Grinsen folgen.
„Verstehe, verstehe...!", erwiderte er, presste die Lippen zusammen und nickte zustimmend. „Zweimal habe ich ihr nach einer Show meine Aufwartung gemacht. Leider ohne Erfolg. Da habe ich es schließlich bleiben lassen. Man hat ja auch seinen Stolz, nicht wahr?", er zwinkerte und seine Augen leuchteten für einen Moment. „Nun, Kayla, mein Magen knurrt schon, ich sehe jetzt besser zu, dass ich in die Kantine komme! Was meinen Sie, wenn Sie den Fall gelöst haben, könnten wir mal gemütlich einen Kaffee trinken gehen?"
„Klingt gut!", entgegnete ich. „Ich werde es Ihnen sagen, wenn es so weit ist!"
Dann setzten wir beide unseren Weg fort. Ein ganz passabler Kerl, wie ich fand.

Ich zog mich in mein Quartier zurück und schlug meinen *MA (Mobile-Assistent)* auf, um noch etwas im Netz zu recherchieren. Da ich sechs Monate zuvor selbst beinahe in einem Julius Alamout-Stück mitgewirkt hätte, wollte ich mich ein wenig über diese Werke erkundigen. Viel konnte ich nicht finden, aber es war mir genug. *Julius Alamout - exzentrischer Poet oder dreister Plagiator?*, das klang schon mal ganz interessant. *O'Brian's Bar* hatte das Stück geheißen, für das ich vorgesprochen hatte. Ich wollte mich über dessen wahren Inhalt informieren, da ja eine der Schauspielerinnen angedeutet hatte, Terry hätte diese Stücke sehr frei interpretiert. Leider fand ich darüber nichts, aber ich erfuhr, dass 'Julius Alamout' nur ein Künstlername war. Sein richtiger Name war *Allan Tackleford*. Und dieser Name kam mir bekannt vor. Den hatte ich erst kürzlich irgendwo gelesen. Und dann fiel mir auch ein, wo: Ein Allan Tackleford hatte vor ein paar Monaten mit der Agentur Bellisare prozessiert. Das weckte doch sehr mein Interesse! Ich ging also nochmal die Unterlagen auf dem Notepad durch, und bald fand ich, was ich gesucht hatte: Allan Tackleford hatte die Agentur verklagt. Er wollte ihnen verbieten, weiterhin seine Stücke auf Troja 2 oder auch anderswo aufzuführen. Aus den Aufzeichnungen ging hervor, dass ihm die Art und Weise, WIE sie gespielt wurden, ganz und gar nicht gefiel. Bis vors oberste Gericht war er gegangen - und hatte den Prozess verloren. Ich wollte mir die Einzelheiten dieses Prozesses eingehender vornehmen, und in einer Unterdatei fand ich Fotos von den Zeichnungen des Gerichtszeichners von der Verhandlung. Tja, und jener Typ, der Tackleford sein musste, kam mir seltsamerweise bekannt vor. Ich fand ihn schließlich unter den Fotos wieder, die der Sicherheitsdienst uns bereitgestellt hatte. Er war einer derjenigen, die als direkte Anwohner des Tatorts vernommen worden waren - allerdings wurde er in diesen Unterlagen *Albert Ruckert* genannt. Äußerst merkwürdig und vielleicht eine 'heiße Spur' wie manche das nennen würden.

Am nächsten Morgen unterrichtete ich sogleich Dunn und Vanessa von meinen Erkenntnissen. „Das hier auf diesem Bild ist Allan Tackleford alias Julius Alamout, der Autor, dessen Stücke Terry Michaels mit Vorliebe expressioniert hat. Dieses Bild hier malte ein Gerichtszeichner während einer Verhandlung vor drei Monaten. Tackleford gefiel nämlich nicht, was Terry aus seinen Werken machte. Er wollte der Agentur verbieten, sie weiter aufzuführen, aber er verlor den Prozess. Seht euch das Bild an. Er sieht jemandem auf diesen Fotos verblüffend ähnlich!"
„Na und ob...!", sagte Vanessa. „Das könnte ein Volltreffer sein, Kayla!"
„Albert Ruckert aus Quartier 35 in 5/5, einer derjenigen, die nach dem Mord vom Sicherheitsdienst vernommen worden waren", sagte Dunn und tippelte kurz auf seinem Pad. „Er gab zu Protokoll, nichts gehört und gesehen zu haben!"
„Ich habe diesen Albert Ruckert aus der Rygana-Kolonie überprüft", erzählte ich weiter. „Er existiert nicht. Seine Identität muss er gefälscht haben, und zwar gut genug, um das Sicherheitspersonal zu täuschen! Vielleicht haben wir von Anfang an zu kompliziert gedacht. Vielleicht war es ganz einfach so: Ruckert alias Tackleford alias Alamout ist auf dem Weg in sein Quartier. In seiner Sektion beobachtet er zufällig den Streit und das anschließende Handgemenge zwischen Terry und Sybil. Er bleibt im Hintergrund. Sybil läuft weg, und da sieht er nun seine Chance, endgültig dafür zu sorgen, dass Terry nie wieder eines seiner Stücke zelebriert."
„Ein interessanter Verdachtsmoment", sagte Dunn. „Aber ohne einen Zeugen können wir niemanden anklagen, geschweige denn etwas beweisen. Das heißt, wir müssen es darauf ankommen lassen! Statten wir ihm einen Besuch ab!"
Da schwang die Tür auf und Chief Winston trat herein. „Guten Morgen! Wie kommen Sie voran? Ich darf Sie daran erinnern, dass wir heute den

Mörder brauchen! Länger können wir diese Angelegenheit nicht mehr vor der Presse zurückhalten, also machen Sie hin!"
„Lassen Sie uns in Ruhe unsere Arbeit tun, Mr. Winston", entgegnete Dunn. „Sie beschleunigen nichts, wenn Sie uns auf den Zeitdruck hinweisen."
„Dann sollte ich vielleicht auf die Bezahlung hinweisen!", erwiderte Winston. „*Mr. Cryes*, der Stationsverwalter, zahlt ihrer Firma eine stattliche Summe, wenn Sie den Täter rechtzeitig finden! Tun Sie das aber nicht, gehen Sie und Steelwynch leer aus!"
„Dessen sind wir uns bewusst!", sagte Vanessa. „Lassen Sie uns einfach in Ruhe unsere Arbeit tun."
Winston musterte sie etwas verächtlich und meinte: „Na dann beweisen Sie mal, dass Steelwynch seinem Ruf gerecht wird."
Dann verschwand er wieder - musste wohl schlecht geschlafen haben, der Knabe. Dunn, Vanessa und ich machten uns also auf den Weg in Sektion 5/5. Wir klingelten an Quartier 35, wo uns ein Mann mit gekräuselten, blonden Haaren öffnete. Ich erkannte ihn als den Mann auf dem Foto - das war also der große Meister Julius Alamout alias Allan Tackleford. Er war um die 40, trug eine blaue Jeans, ein schwarzes Hemd und darüber eine leichte hellbraune Jacke. Bereitwillig ließ er uns eintreten und stellte sich unseren Fragen. Er blieb überraschend gelassen, als wir ihm unsere Recherchen unterbreiteten. Vanessa bezeichnete ihn auch ohne Umschweife als den Hauptverdächtigen.
„Haben Sie Beweise?", fragte er mit einem kalten Lächeln.
„Beweise nein, aber mehr als genug Indizien, um Sie festnehmen zu lassen, Mr. Tackleford", erwiderte ihm Dunn. „Sie sind unter falschem Namen auf Troja 2, das Opfer wurde keine fünfzehn Meter neben ihrem Quartier gefunden und Sie hatten Motiv und Gelegenheit dazu. Der Stationssicherheitsdienst wird nicht zimperlich mit Ihnen umgehen, wenn wir ihn darüber unterrichten. Und wenn Chief Winston mit Ihnen fertig ist, steht Ihnen dasselbe bei den irdischen Behörden bevor. Vielleicht legen Sie besser gleich ein Geständnis ab."
„Tja, warum eigentlich nicht!", sagte er. „Früher oder später hätte ich sowieso gestanden! Mein Stolz verlangt es, für die Dinge, die ich tue, einzustehen. Terry Michaels hat mit ihren Theateraufführungen meinen Namen lächerlich gemacht! Mag sein, dass sie immer gutes Publikum hatte, aber sie hatte NICHTS verstanden! Sie hat die Essenz meiner Werke durch billige Sex-Fantasien ersetzt! Ich wollte ihr gerichtlich verbieten, weiterhin meine Werke öffentlich zu vergewaltigen, aber scheiterte. Ich bin unter falschem Namen hierher gekommen, um sie zu überraschen und sie noch einmal eindringlich zu überreden, künftig die Finger von meinen Werken zu lassen! Fragen Sie nicht, wie weit ich dafür gegangen wäre…! Aber dann sah ich den Kampf der beiden

Frauen. Die Schwarzhaarige lief davon, während Michaels regungslos am Boden liegen blieb - und da überkam es mich einfach! Ja, ich ging zu ihr und habe ihr die Kehle zugedrückt! Bis sie nicht mehr atmete! Ich nehme an, das wollten Sie hören, Mr. Dunn?"
„Nun gut, Mr. Tackleford.", sagte Dunn. „Bitte begleiten Sie uns jetzt zum Sicherheitsdienst. Man wird Sie in Gewahrsam nehmen und Sie dann den Justizbehörden übergeben. Aber mir scheint, das bevorstehende Gefängnis kümmert Sie gar nicht besonders...?"
Tackleford blickte ihn gelangweilt an und sagte: „Mein Leben ist das Schreiben. Im Justizvollzug kann man das sehr gut, könnte ich mir vorstellen! Ich habe einen guten Anwalt, der wird das schon für mich regeln, glauben Sie mir. Gehen wir jetzt?"
Tja, damit hatte ich nun nicht gerechnet. Da schien der Fall plötzlich vollkommen gelöst. Wir übergaben den Kerl Chief Winston in Sektion 1/3, wo Tackleford sich bereiterklärte, sein Geständnis vor irdischer Gerichtsbarkeit zu wiederholen. Damit war unsere Arbeit auf Troja 2 eigentlich getan.

Ich packte gerade meine Sachen, als sich der Türsummer meines Quartiers meldete. Ich öffnete, es war Dunn.
„So eilig haben wir es nun auch nicht", sagte er. „Haben Sie Lust auf einen Kaffee? Vanessa hat ein nettes kleines Café in Sektion 8/1 gefunden; und wir haben schließlich einen erfolgreichen Abschluss zu feiern! Tja, und da die Lorbeeren Ihnen allein gebühren, Kayla, müssen Sie ganz einfach dabei sein!"
„Ein Café? Ja, warum eigentlich nicht", erwiderte ich.
„Gut! Dann kommen Sie! Sie haben den Fall sozusagen alleine gelöst! Ihnen verdanken wir die rechtzeitige Aufklärung dieses Mordes! Das war gute Arbeit, Kayla, und das werde ich prägnant und ausführlich in meinem Bericht vermerken."
„Danke! Ich habe nur meinen Job getan", sagte ich gelassen gleichgültig. Doch in Wahrheit gingen mir seine Worte runter wie Öl.
„Danken Sie Ihrem Scharfsinn und Ihrem Instinkt! Und nun kommen Sie!"
Wir machten uns auf den Weg.
„Was ich auch noch sagen wollte, Kayla, mir ist nicht entgangen, dass es Ihnen etwas unangenehm war, als Vanessa und ich erfuhren... nun ja... wegen dieser Rolle damals...!"
„Ich hatte meine Gründe, beinahe diese Rolle zu spielen!", konterte ich sofort.
„Davon bin ich überzeugt! Aber was ich eigentlich sagen wollte, Kayla, was auch immer früher gewesen sein mag, es ändert nichts an dem, was Sie JETZT sind! Nämlich eine hervorragende Detektivin. Also denken Sie sich nichts weiter dabei."

Das zu hören tat mir verdammt wohl, und der anschließende Kaffee mundete mir ganz besonders gut.

Unser Rückflug ging erst um 19:00 Uhr. Bis dahin war noch genügend Zeit um ausführlich mit Lucia zu plaudern, und ich wollte zudem mal sehen, ob der smarte Second-Chief Jericho wohl Zeit hätte, jetzt seinen erwähnten Kaffee mit mir zu trinken. Zwar hatte ich kürzlich erst einen getrunken, aber an Kaffee konnte ich nie genug kriegen. Ich spazierte also in die Kommandozentrale in Sektion 1/8 und erkundigte mich, wo er denn zu finden wäre. Mit der Plakette, die uns Chief Winston am Tag unserer Ankunft überreicht hatte, kam ich problemlos überall hin. In der Flugkontolle über dem Landedeck verwies man mich nach Sektion 1/9, wo Jericho sein Büro hatte. Ich ging einen umständlich weiten Weg zu einer Treppe, die auf Ebene 9 hinabführte. Das große Flugfeld, das zwischen Ebene 8 und 9 hindurch verlief, hatte ich damit umgangen. Bald fand ich auch Jerichos Büro, aber leider hielt er sich dort nicht auf. Eine nicht uniformierte Mitarbeiterin meinte, ich sollte es mal bei *Doktor Bourke* versuchen. Also stieg ich zwei weitere Ebenen hinab. Hier sah alles sehr steril aus: Weiße Wände, weiße oder silberne Türen - und alle waren verschlossen. In den Korridoren begegnete mir keine Menschenseele. Auch meine Schritte hallten kaum wieder auf dem grauweißen Parkett-Boden. Doch schon bald hörte ich Stimmen aus einem Zimmer am Ende eines Ganges. Ich spazierte unbekümmert weiter und bald verstand ich auch die Worte, die da gesprochen wurden. Eine der Stimmen erkannte ich ganz eindeutig als jene charmante von Second-Chief Blake Jericho. „Na, siehst du?", sprach er. „Sie haben den Mörder geschnappt und der hat ein eindeutiges und klares Geständnis abgelegt. Es ist alles wie es sein sollte."
„Trotzdem war es nicht recht, Blake", sprach eine andere Stimme. „Wir machen sowas nie wieder, hast du verstanden? Du hättest dich auch auf andere Weise rächen können! Und in Zukunft wirst du das auch müssen."
„Keine Rache, Morris, wäre so befriedigend wie diese gewesen. Ich meine, sie war geschockt! Traumatisiert! Sie wiegte sich schon in Sicherheit, und hat dann doch entsetzt erkennen müssen, dass sie dem Tod nur kurz von der Schippe gesprungen war! Das Gesicht dieser Schlampe als ich zudrückte, werde ich nie vergessen!"
Und dann tat ich das Blödeste, was man als unbewaffneter Detektiv in diesem Moment tun konnte: Ich ging zu den beiden hinein. „So war das also", sagte ich. „Terry war noch gar nicht tot, als sie in 5/5 gefunden wurde."
Die zwei sahen mich erschrocken an. Der Typ neben Jericho war um die 50 und trug einen weißen Kittel - vermutlich war das der genannte Dr.

Bourke. Jericho zog nun seine Pistole und richtete sie auf mich. Ja, spätestens da war mir klar geworden, dass ich gerade das Dümmste überhaupt gemacht hatte - nämlich genau das, was die Leute in dummen Kriminalgeschichten immer überflüssigerweise tun: Sie stellen sich dem Mörder unbewaffnet!
„Das war schlecht!", sagte Jericho. „Kommen Sie rein, Kayla, und gehen Sie da rüber!"
Der Raum ging in einen weiteren über. Dorthin dirigierte er mich mit seiner Waffe.
„Was hast du vor, Blake?", fragte der Doktor. „Du willst sie doch nicht etwa erschießen?"
Entsetzt musste ich jetzt sehen, dass Jericho aus einem Halftertäschchen einen Schalldämpfer zog und sich anschickte, ihn an seiner Waffe festzuschrauben. Sollten Schalldämpfer etwa gar zur Grundausrüstung dieser Wachmannschaft gehören? Ich realisierte, dass ich einen guten Einfall brauchte - und zwar umgehend.
„Niemand wird sie finden", äußerte er in ruhigem Tonfall. „Wir schleusen sie über die Kanäle der Recyclinganlage nach draußen. Die Rotoren werden nicht viel von ihr übrig lassen."
„Sie also haben Terry in Wirklichkeit getötet!", sagte ich. „Sie war gar nicht tot nach Tacklefords Angriff!"
„Doch, das war sie", antwortete er lächelnd. „Klinisch war sie tot. Aber mein Freund Morris hier hat sie zurückgeholt! Extra für mich! Damit ich sie nochmal töten konnte!"
„Aber... warum? Nur weil sie Sie abblitzen ließ?"
Seine Mimik war jetzt finster, seine Züge fast unansehnlich verzerrt.
„Ich hab mir schon viel zu viel von Weibern gefallen lassen", zischte er. "Ich war höflich zu ihr, zuvorkommend, hab ihr sogar verdammte rote Rosen an ihr Quartier gebracht! Aber sie hat mich nur ausgelacht! Die dreckige Schlampe! Glaubte, sie sei was Besseres als ich! Aber das hab ich ihr ausgetrieben! O ja, sie hatte es verdient! Und jederzeit würde ich sie wieder töten - so wie ich dich jetzt töten muss, Kayla. Um dich ist es übrigens wirklich schade."
„Lass das doch, Blake.", sagte nun der andere. „Das muss doch nicht sein...!"
Dann gellte ein Schuss im Raum auf. Jericho blickte nach unten. Auf seiner Brust weitete sich ein roter Fleck auf seiner weißen Uniform aus. Er verdrehte die Augen, fiel auf die Knie und schlug schließlich vorwärts mit dem Gesicht auf dem Boden auf. Unter dem Türbogen, durch den auch ich herein gekommen war, stand Chief Winston, seine Pistole in der rechten Hand. Er blickte ruhig auf seinen toten Stellvertreter am Boden, dann zu dem Doktor: „Sie haben eine Menge Verwaltungskram vor sich, Bourke!"

"Wie viel haben Sie gehört?", fragte ich und war durch sein plötzliches Auftauchen sehr erleichtert. „Haben Sie alles gehört?"
„Genug", antwortete Winston schlicht.
„Dann hätten Sie aber doch auch früher eingreifen können... und ihn nicht gleich töten müssen...!", ich wunderte mich ein wenig über Winstons Gelassenheit.
„Ich habe Ihnen gerade Ihr Leben gerettet; auch noch meckern?", äußerte er beiläufig und trat etwas näher.
„Ich bin Ihnen sehr dankbar", sagte ich. „Aber immerhin... haben Sie gerade Ihren Stellvertreter erschossen!"
„Ich konnte ihn ohnehin nie leiden; war von Anfang an auf meinen Job scharf."
Soeben einen Menschen getötet zu haben, schien ihm nicht viel auszumachen.
„Nehmen Sie diesen Weißkittel fest!", forderte ich und deutete auf Bourke. „Er hat Jericho geholfen."
„Ein andermal vielleicht.", erwiderte Winston und steckte seine Waffe in den Halfter zurück. Ich kapierte nicht recht, was hier vorging.
„Was soll das denn jetzt?", rief ich. „Der Kerl hat zugelassen, dass Jericho Terry tötet und er hätte auch zugelassen, dass er mich tötet!"
„Der Mörder, Miss McLeod, ist bereits in Haft, das sollten Sie doch wissen", meinte Winston ruhig und lächelte ein wenig. „Sein Name ist Allan Tackleford und er wird vor Gericht gestehen, schon vergessen? Alle sind zufrieden mit der Aufklärung des Falles - offenbar sogar der Mörder selbst! Wie oft kann man das schon behaupten? Es gibt keinen Grund, noch daran zu rütteln."
„Keinen Grund? Ich hör wohl nicht recht?! Wollen Sie das etwa vertuschen??"
„*Was* vertuschen, Miss McLeod?", und er blickte mich tief und abwertend an. „Da ist nichts, das vertuscht werden müsste. Es ist, wie es ist. Tackleford hat Terry Michaels umgebracht, und Second-Chief Jericho starb durch einen Stromschlag, als er eigenmächtig eine Leitung reparieren wollte."
„Das... das kann doch nicht Ihr Ernst sein...?!"
Mir hatte es fast die Sprache verschlagen. Aber ich sah ihn an und erkannte, dass er es sehr wohl ernst meinte. Ein kaltes Lächeln zeichnete sich auf seinen Lippen ab: „Wo kämen wir denn hin, wenn die Weltpresse schreiben würde, dass das trojanische Sicherheitspersonal trojanische Bürger umbringt!", dann drehte er sich zu dem Weißkittel. „Bereiten Sie das Krematorium vor, Bourke, und beten Sie, dass ich Sie nicht auch mit reinschiebe!"

„Damit kommen Sie nicht durch!", polterte ich. „Ich werde dafür sorgen, dass Terrys Leichnam noch einmal untersucht wird! Eine zweite Obduktion von einen RICHTIGEN Arzt wird..."
„Nicht durchführbar sein!", fiel Winston mir ins Wort. „Ganz ihrem Wunsch entsprechend haben wir Miss Michaels heute Morgen verbrannt. Ihre Asche kommt ins Foyer ihrer Agentur. Und was Mr. Jericho angeht, auch er will verbrannt werden."
„Und woher wissen Sie das so genau?"
„Weil ich diesen Wunsch in ein paar Minuten in seine Personalakte fügen werde. Sie haben also keine Leichen mehr, Frau Detektivin. Und jetzt geben Sie mir die Plakette zurück und verschwinden Sie!"
Ich war entsetzt! Konnte das wirklich wahr sein? Wer hatte diesem Kerl derart viel Macht verliehen?
„Wenn Sie das tun, sind Sie nicht besser als Ihr Stellvertreter!", rief ich.
„O doch, Verehrteste, das bin ich, denn ich lebe noch", antwortete er und streckte mir die geöffnete linke Hand entgegen. Ich sagte nichts mehr, aber meine Gehirnwindungen schlugen Purzelbäume. Doch ich konnte nichts tun. Ich gab ihm schließlich die Plakette zurück und ging.

Noch lange hab ich mir an diesem Tag den Kopf zerbrochen, was nun zu tun sei, aber Winston hatte ganz Recht. Ich konnte rein gar nichts beweisen. Auch Dunn und Vanessa gegenüber verlor ich während des Rückfluges zur Erde kein Wort darüber; was hätte es auch gebracht? Dunn hielt sein Wort und äußerte sich sehr löblich über mich in seinem Bericht. Ich bekam daraufhin sogar ein Dankschreiben von der Chefetage, doch wirklich freuen konnte ich mich darüber nicht mehr.

Troja 2 jedenfalls hielt seine Weste sauber. Drei Wochen später schlug ich ganz unvermittelt die *World Today and Tomorrow* auf und las einen kleinen Artikel im Mittelteil, in dem stand, dass Morris Bourke, Chefarzt auf Troja 2, überraschend einer Herzattacke erlegen sei.

# Wolf-Alexander Melhorn

## Der Wunsch

Nur selten schwebte Lächeln über ihr Gesicht,
denn drängende Gedanken
formten dem die Züge. So hieß er sie,
vor ihn zu kommen.

Da saß sie nun,
im Zweifel,
ob sie die Wahrheit wagen dürfe.

Erst als er sie ermunterte,
brach es aus ihr heraus:

wie einsam sie als Nixe sei,
mehr Abbild,
denn ein Teil des Lebens,
und dass sich so
das Sein vor ihr verberge.
Es gäbe sicherlich doch mehr!
Was tun,
im Leben!
Nicht zeitlos nur das Schöne sein.

Ihm war die Macht gegeben,
Lebensziele umzustecken.
Er sah sie daher lange an,
der große Geist des Wassers.

Ihm war bewusst,
es hatte sich zwar eine Form gesprengt,
dass Neues sich erschaffe,
doch blieb die Antwort offen,
wie dies nun zu vollenden sei.
Hier saß ein Nixlein,

inmitten seiner Fragen,
erhitzt,
weil es sich ausgesprochen
und doch,
ganz Teil von seiner Weiblichkeit,
auch bedacht,
ihm gleich den Weg zu zeigen,
den sein Gedanke nehmen möge,
indem es brav zu Boden blickte
und dann bescheiden sagte:
„ Als Fisch hingegen, großer Geist ..."

Der Weise schmunzelte für sich.
Sieh an, das kecke Wesen!
Das andre war nur Vorspiel,
für diesen einen, halben Satz!

Der große Geist des Wassers
ging derlei Fragen redlich an.
War ihm doch auch zur Pflicht gemacht,
dem Leben Ziel zu weisen.
Was nicht bedeutet,
auch den Weg,
der gradewegs zu diesem führt.

Natürlich war ihm wohl bewusst,
wie mutig dies Geschöpfchen war,
das überhaupt zu wollen,
anstatt erduldend auszuleben,
was scheinbar ihm vorherbestimmt.
Doch durfte Anerkennung
nicht in falsche Schlüsse führen,
denn Wollen ist nur erster Schritt.

Nicht vorschnell galt es daher zu entscheiden,
denn Antwort sollte warten können,
wenn sich Vertrauen Rat erhofft.

Nach Tagen sprach der Geist zu ihr:
„Gut, kleine Nixe,
dich mag ein Fisch verwandeln,
doch sei dir auch bewusst:
Er nimmt dir deinen Glanz!
Auch deine Schönheit wird dich noch verlassen
- als Preis,
für ein nur kurzes Leben."

Das Nixlein schauerte zusammen,
als friere ihm die Zukunft ein,
verspürte aber auch die Lockung
bedrohlich in sein Leben dringen,
von dem,
was es für sich erhoffte.

Vom Geist ward wohl vermerkt,
was dieses Wesen jetzt durchwehte,
in hoffnungsfrohem Unverstand.
Und dieses sorgte ihn,
denn nur die Fragen laut zu stellen,
heißt nicht schon,
auch ihre Antwort zu verstehen!

Und Ungestüm birgt zusätzlich Gefahr.
Es galt daher,
hier Zeiten der Besinnung zu gewähren.

Er gab ihr deshalb als Bedingung vor:
„Zuvor musst du beweisen,
wie wichtig dir dies wirklich ist.
Erst jener gibt dich daher frei,
den du dir selbst gewählt,
dir deine Hände selbst gefangen haben.

Verlange nie von irgendwem:
Den will ich,

dort,
aus dieser großen Zahl von vielen!
Du selber musst dir den gewinnen,
der dich befreien soll,
von dem,
was jetzt dein Leben ist!
Denn bist du dazu schon nicht fähig,
wird alles andere erst recht missraten.

Die Nixe schwamm von dannen,
wie benommen.
Erst hatte Hoffnung sie emporgehoben,
nun dieser tiefe Fall der Freude.
Sie sah sich nur bestraft,
nicht,
was ihr wirklich zugedacht.
Wie meist,
wo Rat
nicht in die hingestreckte Tasche fällt.

Denn wie sich Fische greifen,
die flink und glatt im Wasser jagen?

Selbst wenn sie wirklich einen hatte
- war er auch der?

Selbst wenn derselbe gut gewählt
- wie sollte sie ihn halten?
Wo jeder weiß,
dass Fische eben dann entgleiten,
wenn man sich ihrer sicher wähnt!

Als sie danach am Wasser
die Fische plötzlich anders sah,
da wurde ihr so recht bewusst:
Mir wird das nie gelingen!

Ein Fisch!

Um einer Freiheit willen zieht es mich zu ihm,
in die Geselligkeit von Gleichen,
zur trügerischen Sicherheit der großen Schwärme.
Doch bin das wirklich ich?
Dem anderen die Freiheit nehmen,
um meine zu gewinnen?

Darf so was überhaupt gelingen?

Die Zeit verströmte wie das Wasser
und diese Nixe,
jetzt,
wo sie das Schicksal selber wenden konnte,
saß tief verstört an dessen Ufern.
Ist es doch immer schwer,
sich selber zu bestimmen.

Bis die Erkenntnis in ihr reifte,
dass Glück hier nie vorübertreibe.
Denn solches will gefunden sein,
bevor es sich besitzen lässt!

Und sie bedachte sich erneut die Lage.
Ein Fisch!
Ein biegsam, starker Leib,
in schlüpfrigem Gewande.
Nur List vermochte zu gewinnen.
Es galt,
den Fisch zu fangen,
wie die Menschen taten,
die einen Köder in das Wasser warfen,
der einen Haken in sich barg!

Doch halt!
Ihn selber mit den Händen fangen!
So hatte es geheißen!

Dies war ihr aber niemals möglich!

Doch weiß die Weiblichkeit sich meist zu helfen,
wenn sie ihr Ziel im Auge hat.

Bald war sie jedenfalls gewiss,
dass selbst ein Haken nicht verboten,
da er doch nur als Hilfe diene.
Den Fisch,
den würde sie danach
dem Geist mit ihren Händen reichen.

Doch wurde ihr auch die Gefährlichkeit bewusst,
die jedes Hakens Eigenheit.
Ihn jenem aus dem Schlund zu ziehen,
womöglich ihn verletzt zu haben,
nicht wissend,
ob er leben bleibt?!

Ist das Gewähr für neues Glück?

Erschreckt warf sie den Plan beiseite.

Bis sie die alte Eule sah,
die reglos an der Zeit
Unendlichkeit zu lauschen schien.

Das Nixlein zögerte.
Stand vor der Eule,
die schließlich einen Blick auf sie gewährte
und danach wieder sich verschloss.

Getrieben von der Macht des Wollens,
fand sie jedoch den Mut,
sich ihr zu offenbaren.

Die Eule klappte jäh ein Auge auf,
nach wohl bedachter Weile.
Kühl sagte sie zu ihr herab:
„ Natürlich einen Köder, dummes Ding!
Mit deinen zarten Händen?
Du?
Den kannst du niemals greifen.
Du brauchst natürlich eine List!
Und die
hat immer einen Haken!

Doch sage mir zuvor:
Wie gut kennst du die Fische?
Ich weiß,
Du hast fast ihren Leib,
doch denkst du auch wie sie?

Was wirfst du überhaupt als Köder aus?
Denn eines musst du wissen:
Was immer du als Lockung gibst,
muss wirklich von dir selber sein!
Doch die Gewitzten,
die fressen solchen Köder ab,
bis das Metall im Wasser blitzt.
Sie wollen nur genießen!
Und eilen danach wieder fort."

Die Eule setzte eine Pause,
indem sie erst ihr Auge wieder schloss,
danach mit Strenge
aus beiden Augen auf sie sah.

„ Nun gut!
Es gibt auch noch die andern.
Nur sind die selten besser!
Sie schlingen meist in sich hinein,
was kunstvoll ihnen angeboten.
Die sind dir leichte Beute!
Doch willst du wirklich einen,
der auch danach noch alles frisst,
nur weil es sich vor ihm bewegt?
Bei ihm fragst du dich vielleicht bald:
Wie konnte ich mich so betrügen?
Denn was die Süße zu Beginn,
ist all zu schnell dann abgeleckt!

Verdränge folglich nicht:
Auch Fische sind nicht alle gleich!

Wenn du es trotzdem wagen willst,
so prüfe dich:
Bist Du bereit,
dir irgend einen einzufangen
oder wirklich nur
den einen?

Gelingt es dir zu wählen,
so mag das Glück auf Dauer sein,
doch ist dies wahrlich schwer erreicht!
Das andere gibt es viel leichter,
nur steht schon die Enttäuschung dann bereit,
dich durch die Jahre zu begleiten."

Die Nixe schwieg beklommen.
Das hieß doch,
selbst die Eule hatte keine Lösung!

Erschreckte vielmehr nur durch Wissen,
dass viele sie nur kosten wollten.
Doch selbst,
wenn sie auch das ertrug,
wuchs eben dadurch die Gefahr,
dass jenem,
dem wirklich ihr Bemühen galt,
nur noch ein leerer Haken blieb,
weil ihr die Köder ausgegangen!

Sie wusste eben nicht sehr viel
aus dieser fremden Welt.

Die Eule hatte viel gesprochen,
für den Tag
und wollte es dabei belassen.
Doch dauerte sie diese Nixe,
die plötzlich still in sich verzagte.

Sie klappte daher beide Augen auf.
Besah dies Elend unter sich,
die Torheit dieses Wesens
und dachte still für sich:
Du wirst so vieles lernen müssen,
dass es für manches dann zu spät.

Die Eule hatte gleichwohl Mitleid mit der Kreatur.
Ließ sich herab,
sie nochmals anzusprechen:
„ Nimm dir als Haken jene Locke,
die zwischen deine Augen greift.
Solch Zierlichkeit
schreckt dir die plumpen Fresser.
Und die Gewitzten sind zu dumm,
um damit etwas anzufangen.

Denn ohne die Gefahr,
verletzt zu werden,
gibt es für ihren Ruhm nichts zu gewinnen.

Doch sei es damit nicht genug!
Die Locke führe an die Lippen,
damit sie deine Seele trage.
Dann wirf sie in das Wasser!

Und es wird sein,
dass deine Ehrlichkeit die andern achten.
Nur dieser eine bringt sie dir
und will dich danach auch begleiten.
Denn dieser will gefangen sein!"

Nach ihren Worten flog sie fort.
Die Nixe tat,
wie ihr geraten.

Ob sie ihr Lebensglück gewann?

## Wolfgang Soppe

Wenn auf mondbeschienen Wiesen und im angrenzenden Wald,
nur der Ruf eines Käuzchens durch die Baumwipfel schallt.

Wenn im Unterholz etwas
raschelt und knackt,

dann sicher ein Wichtel grad
Feuerholz hackt.

Die kleinen Kerlchen sind emsig
und munter,

als Zwerge sind sie jedoch viel
bunter.

Jetzt kommt für sie eine stressige Zeit,

weil Weihnachten gar nicht mehr so weit.

Sie basteln und hämmern, sie klopfen und schrauben.

Man hört`s und kann es doch nicht glauben,

dass hier des nachts im Mondenschein,

man überhaupt nicht ist allein.

Hier `ne Mütze, dort ein Stück Hemd.

Alles geschäftig durcheinander rennt.

Ich will sie nicht stören und schau ihnen zu,

den kleinen Männchen – bald ist wieder Ruh.

# Wolfgang Soppe

Wenn du jetzt gehst in den Tannenwald,
siehst du Wichteln und Elfen sehr bald.
Wenn's nur recht kalt ist oder schneit,
steht bevor die Weihnachtszeit.
Dann sind sie aktiv und wuseln umher,
sie erwarten Gefühl und sonst nichts mehr,
man kann sie nur mit dem Herzen sehen
und nur so kann es dann geschehen,
dass man von ihnen umgeben ist
und manchmal schon die Zeit vergisst.
Für „Blinde" nur ein alter Ast,
das ist der Kobold „Gernmichhast."
Ein letztes Blatt am Eichenbaum,
das ist die Elfe „Spürstmichkaum."
Im Grase ein paar Tannenzapfen.
Die Wichtel backen grade Krapfen.
Hoch in 'ner Tanne sitzt ein Häher,

das ist vom Feenvolk der Späher.

Wenn jemand scheint's gefährlich wird,

dann wird das Völkchen alarmiert.

Husch husch, ganz schnell sind sie verschwunden

und tauchen erst wieder auf nach Stunden.

Darum bewahr dir deine Fantasie,

sonst siehst Feen und Wichtel nie.

# Yvonne Habenicht

## Aufstand der Zwerge

Gute Zeiten waren das, als die Zwerge noch still, unauffällig und brav ihre Arbeit taten. Fleißigere Helfer hätte man sich nicht wünschen können. Hatte jemand ihrer zehn oder mehr im Garten stehen, so blieb ihm selbst kaum noch etwas zu tun. Hatten sich die Hausbesitzer zum Schlafen niedergelegt, so fingen die guten
Geister mit den lustigen Zipfelmützen an, munter zu werden. Mit unnachahmbarer Emsigkeit begannen sie die Wege zu ebnen, das Unkraut zu rupfen, die Beete zu wässern, den Kompost zu wenden. Sogar die Maulwürfe konnten sie fernhalten, denn klein und wendig, wie die Zwerge waren, krochen sie in deren dunklen Tunnel, jagten sie mit Geheul davon und trugen kleine Steine in die alten Tunnelgänge. Traten dann morgens die Hausbesitzer vor die Tür, so konnten sie voller Stolz ihre wunderschönen Gärten genießen.

Nun aber war eine neue Generation von Zwergen herangewachsen und die wollte von den über Jahrhunderte gültigen guten Bräuchen des Zwergenfleißes nichts wissen.

Diese jungen Zwerge schimpften über die nächtliche Mühsal und das starre Herumstehen am Tage bei Regen und sengender Sonne ohne sich rühren zu dürfen.

„Sind wir Sklaven?", so fragte ihr Wortführer, der Zwerg Grabefroh. „Alle Nächte sollen wir schuften bis zum Umfallen, in der schmutzigen Erde herumkriechen und jede Drecksarbeit verrichten. Und was bekommen wir dafür? Bei Tage müssen wir still und stumm und dumm herumstehen, so tun, als wären wir nur tönerne Figuren, und die Haushunde pinkeln uns an."

Die anderen jungen Zwerge nickten missmutig. Auch sie hatten dieses Schicksal satt.

Der alte Schippegut hörte vom Murren der Zwergenjugend. „Faul seid ihr, nix wie faul", schimpfte er, „seit ewigen Zeiten haben wir Zwerge Freude an unseren Werken, und immer hat es uns gereicht den Menschen ebenfalls Freude zu bereiten. Wir sind ein bescheidenes, eifriges Völkchen und haben nie mehr gebraucht als einen Garten, den wir hübsch und sauber halten, so, wie es die Heinzelmännchen mit den Wohnungen tun. Was wollt ihr denn? Unsere Nahrung geben die Gärten her, Wasser geben uns Regen und Rasensprenger, Werkzeug haben wir auch."

„Aber wir wollen auch mal nachts schlafen und am Tage herumspazieren", ereiferten sich die Jungen. „Die Menschen sind größer und stärker als wir. Sollen sie doch ihre Gärten selbst bestellen und die Spaten in die Hand nehmen."

„Richtig!" Die anderen Jungzwerge klatschten Beifall. „Wir wollen auch mal in den Hängematten schaukeln, im Sonnenschein auf der Wiese liegen und bei Tageslicht mit den fröhlichen Kindern spielen."

„Ihr beschmutzt den guten Ruf des ganzen Zwergenvolkes!", schrie Schippegut. „Ihr wollt Unmögliches! Vor den Zwergenpflichten drücken wollt ihr euch, ihr Nichtsnutze!"

Die anderen alten Zwerge stimmten ihm lautstark zu. Auf diese Weise verging eine ganze Nacht, in der die Zwerge allesamt nur miteinander stritten, statt ihr Werk zu tun. Am Morgen standen sie auf ihren angestammten Plätzen und schauten einander grimmig an. Noch war den Gärten nicht allzu viel anzusehen von ihrem Versäumnis. Doch das sollte sich bald ändern. Wenn kein Mensch sie beobachten konnte, wisperten und tuschelten die jungen Zwerge aufgeregt miteinander. Die Alten warfen ihnen bitterböse Blicke zu und drohten mit den Spaten.

Während der folgenden Nächte rührte keiner der jungen Zwerge ein Werkzeug an oder machte sich irgendwie nützlich. Stattdessen tanzten sie ausgelassen auf den Wiesen, schaukelten in Hängematten und Kinderschaukeln und aalten sich in den Liegestühlen. Nun wurden auch manche der Alten nachdenklich, schmerzten ihnen doch schon seit Jahren die Glieder von der nächtlichen Plage und täglichem Strammstehen. Stiller Neid auf die Jungen packte so manchen von ihnen, denn gern hätten auch sie mal ausgeruht oder am fröhlichen Tanz teilgenommen. Noch folgten sie Schippegut, der sie umso mehr zur Arbeit trieb, desto ausgelassener die Jugendlichen wurden. Doch eines Nachts erhob die alte Zwergin Laternchen ihre zittrige Stimme: „Sind wir eigentlich bekloppt? Was rackern wir uns hier für die undankbaren Menschen ab. Unsere Kinder machen es richtig, wenn sie sich Spaß und Tanz und Ruhe gönnen."

Nun war es ausgesprochen und schon wagten auch andere alte Zwerge, ihrem Unmut Luft zu machen. „Schippegut ist ein elender Schleimer. Immer treibt er uns zur Arbeit, und keiner dankt es uns."

„Der nächste Hund, der mich anpinkelt, kriegt den Spaten über den Kopf."

„Richtig! Dank und Lohn wollen wir für unsere Mühe. Feiern wollen wir. Der Sommer ist kurz."

„Richtig! Und zum Dank für all diesen Fleiß lassen uns die Menschen auch bei Eis und Schnee im Garten stehen. Ihre Hunde und Katzen kriegen warme Plätze."

„Wir lassen uns das nicht mehr bieten."

Auf einmal waren alle in hellem Aufruhr, redeten und schrien durcheinander. Schippegut stand entsetzt dabei und betrachtete die aufgeregten Gefährten. „Ihr seid alle dumm", sagte er, „wenn wir nichts mehr tun, werden uns die Leute auf den Müll schmeißen. Und was ist dann mit eurem Spaß?"

„Das werden die nicht wagen", hielten ihm die anderen Zwerge vor. „Zu Kreuze kriechen werden sie, wenn sie alles allein machen müssen."

„Genau. Und wir fordern warme Winterplätze und mindestens einen Sommermonat lang Tanz und Spiel."

Die jungen Zwerge strahlten und umarmten ihre Eltern und Großeltern. „Prima. Wir Zwerge müssen zusammenhalten. Jetzt wird gelacht und gefeiert."

Nachdem nun schon längere Zeit nichts mehr in den Gärten getan wurde, begann überall das Unkraut zu sprießen, die Maulwürfe bauten ganze Gebirge auf den Wiesen und die Erde wurde hart und rissig, sodass nichts richtig gedeihen wollte. Wenn die Leute vor die Häuser traten, schüttelten sie die Köpfe. Wie sahen nur die Gärten aus? Die Frauen warfen den Männern vor, dass sie lieber im Gasthaus saßen, statt sich um den Garten zu kümmern. Die Männer konterten, die Frauen hätten doch Haus und

Garten gewollt und mehr Zeit hätten sie auch. So kam es überall zum Streit, bis so nach und nach ein jeder anfing, in seinem Garten Ordnung zu schaffen. Die ungewohnte Gartenarbeit ließ die Menschen stöhnen. Die Rücken, Arme und Beine taten ihnen weh, und die Hände wollten gar nicht mehr sauber werden. Wie schön war es doch früher gewesen, was war nur geschehen?
Begriffsstutzig, wie Menschen nun einmal sind, kamen sie aber nicht auf die Idee sich liebevoller um ihre Zwerge zu kümmern. Sie wunderten sich nur, weshalb die plötzlich alles liegen ließen.
So ist es seitdem geblieben. Die Zwerge machen sich bis heute lustige Nächte in den Gärten und die Hausbesitzer müssen sich abmühen. Doch auf den Müll haben sie die Zwerge dann doch nicht getan, denn im Stillen hofft doch ein jeder, sie würden eines Tages wieder an die Arbeit gehen. Doch solange sie weder warme Winterquartiere bekommen, noch sich auch mal bei Tage ausstrecken dürfen, wird das nicht geschehen, sie sind mächtig ausdauernd, die kleinen Kerle mit den Zipfelmützen.
Nur die Maulwürfe sind seitdem richtig übermütig geworden, sie graben und graben. Und wenn sie mal zu besonders viel Unfug aufgelegt sind, dann werfen sie genau unter einem Gartenzwerg die Erde um, sodass er rücklings zu Boden geht.

# Yvonne Habenicht

## Jenseits der Wirklichkeit

Als ich das erste Mal von meiner Pflegestation dort hin geschickt wurde, musste ich geraume Zeit nach dem Haus suchen. Es stand versteckt auf einem ziemlich verwilderten Grundstück, war von der Straße, die eigentlich mehr ein matschiger Weg war, kaum zu sehen und am Gartentor befand sich keine Hausnummer. Dazu kam, dass der heftige Wind dichte Schneeflocken durch die Luft wirbelte, die den Weitblick nicht gerade erleichterten. Erst, nachdem ich die Hausnummern der nebenliegenden Grundstücke entziffert hatte, wagte ich die alte Gartenpforte aufzuklinken und hineinzugehen. Eine Klingel gab es draußen nicht. Als ich das Haus sah, gingen sofort Kindergeschichten von Hexen- und Waldhäuschen durch den Kopf, denn es war sehr alt, sehr klein, dicht mit Efeu bewachsen, mit winzigen Fenstern und aus dem Schornstein stieg Rauch. Durch das Schneegestöber sah ich die Frau hinter einem der Fenster stehen. Offenbar hatte sie mich schon erwartet, denn es war wohl angekündigt worden, dass eine neue Pflegerin kam. Vielleicht stand sie aber auch einfach so am Fenster und sah hinaus, obwohl dort beim besten Willen nichts zu sehen war. Bis zur Straße reichte der Blick nicht und auf dem Grundstück tat sich außer Schneegestöber nichts, na ja, außer dem Auftauchen meiner Wenigkeit.

Die Tür knarrte so fürchterlich und wackelte beunruhigend, dass ich mich fragte, wie lange es die noch in den alten Angeln halten würde. Ich hatte einiges über die Frau gehört, soweit zulässig auch ihre Krankengeschichte gelesen, doch gerade deshalb hatte ich sie mir ganz anders vorgestellt. Etwa so, wie das Grundstück und das Haus. Jedenfalls war ihr Anblick eine angenehme Überraschung, denn sie war gut und geschmackvoll gekleidet, trug das Haar ordentlich gewellt und gekämmt, hatte sogar ein wenig Lippenstift benutzt. Um den Hals trug sie eine Perlenkette, von der ich vermutete, dass sie echt war. Auf den ersten Blick wirkte sie, wie eine gutsituierte, alte Dame, nicht wie jemand, der Vergangenheit, Gegenwart, Traum und Wirklichkeit nicht unterscheiden kann.

Sie begrüßte mich freudig, als würden wir einander schon lange kennen. Ich legte in dem winzigen Flur den schneenassen Mantel ab, stieg aus den Stiefeln und folgte ihr in ein winziges Wohnzimmer, das mit alten Möbeln so vollgestellt war, dass ich Mühe hatte, mich zu dem angebotenen Sessel durchzuwinden. Die Frau bot mir einen Apfelsaft an. Sie goss den Saft aus einer Supermarktpackung in unsere Gläser und behauptete stolz, er stamme von ihren Gartenäpfeln. Ich nickte dankend. Was sollte ich auch dazu sagen? Wie sie mir so gegenüber saß, wirkte sie keineswegs verwirrt. Wäre nicht zuvor diese Behauptung von den Äpfeln gefallen, so hätte ich gut daran zweifeln können. Ihr Blick schien ruhig, ihre Bewegungen waren sicher. Weder schien sie deprimiert noch fahrig zu sein. Sie lächelte mich an. Ich dachte: „Sie muss mal eine hübsche Frau gewesen sein, als sie noch jünger war, und bevor das mit ihrem Mann passierte. Der hatte sich vor einigen Jahren das Leben genommen, und danach hatte sie begonnen, sich in Traumwelten zu flüchten. Sie hat seinen Tod nie realisiert, hatte man mir gesagt, sie spricht noch von ihm, als wäre er gerade auf Reisen oder habe sich von ihr oder sie sich von ihm getrennt."

Der Tisch war über und über mit Zeitschriften vollgestapelt. Sie begann darin zu stöbern, griff eine heraus, blätterte darin, zeigte mir dann das Foto eines sehr jungen, attraktiven Schauspielers.

„Mit dem habe ich mich neulich getroffen", erzählte sie und es klang ganz selbstverständlich, „der hat mir einen Heiratsantrag gemacht. Aber, ich weiß nicht. Ein Schauspieler, die sind nicht treu. Na, und ich bin ja noch verheiratet."
Ich schluckte und sagte: „Nun, wenn Sie verheiratet sind, geht es ja sowieso nicht. Wo haben Sie ihn denn getroffen?"
Vielleicht hatte sie ihn ja gestern oder vor wenigen Tagen im Fernsehen gesehen, und ich erwartete fast, sie würde auf den Fernseher im Schrank zeigen. Doch nein, sie hob zu einer Geschichte an, von regelmäßigen Treffen bei einem sehr reichen Herrn in der Nachbarschaft, bei dem immer ganz berühmte Leute zusammenkämen. Sie sei ja früher auch Schauspielerin gewesen, lange Jahre, und bei den größten deutschen Bühnen."
Schauspielerin war sie wirklich gewesen, das wusste ich schon, nur nicht ganz so berühmt. Doch vielleicht hatte dieser Beruf ihre Fähigkeit geschärft, jetzt in der geistigen Verwirrung, in ihre Traumrollen zu schlüpfen und sie so gut, fast glaubwürdig, vorzutragen? Noch immer verfügte sie über eine sehr angenehme Stimme, voll und nicht zu hoch, eine Stimme, die einen geradezu einlullen konnte. Wieder griff sie zu einer der Hochglanzillustrierten.
„Sehen Sie, hier war ich vor ein paar Wochen mit meinem Chor."
Sie zeigte auf die Fotos einer Serie über die schönsten europäischen Urlaubsziele. Sandstrände, Hotels, Landschaftsaufnahmen, Barleben. Der europäische Süden von seinen glänzendsten Seiten.
„Wunderschön", kommentierte ich. Noch war ich nicht ganz sicher, wie es mit dem Gespräch weitergehen sollte. Ich war unsicher, ob ich versuchen sollte, mich mit ihr über Alltagsdinge zu unterhalten und sie ein wenig auf den realen Boden zu holen, oder ob ich ihr einfach in ihre Traumwelt folgen, sie ihr gönnen sollte. Lange stellte ich mir die Frage nicht. Ich konnte ihrer Traumwelt, der Begeisterung ihrer Schilderungen einfach nicht widerstehen. Sie erzählte mit ihrer wunderbaren Stimme und leuchtenden Augen, groß und dunkel, in wunderbarem Kontrast

zu dem zartweißen Haar, Geschichten und Erlebnisse ihrer Welt jenseits unserer Wirklichkeit. Sie erzählte nicht wirr. Alles hatte Zusammenhang. Wie sie mit dem berühmten Chor ständig auf Reisen ging. Überall in der Welt seien sie schon gewesen, auch in Australien, in Amerika, in Brasilien - ach, der wundervolle Karneval, das muss man erlebt haben - und, dann in der Türkei... Es war faszinierend: All das fand nur in ihrer Fantasie statt. Doch sie berichtete so bildhaft, dass man versucht war, es für bare Münze zu nehmen. Sie musste ganze Bibliotheken verschlungen haben - gewiss war sie früher wirklich viel gereist - um dieses Wissen speichern zu können. Sie beschrieb Abende in den tollen Hotels, Gala-Vorstellungen. Natürlich war sie ganz berühmten Leuten dort begegnet. Einige waren schon etliche Zeit tot, wie Richard Tauber, mit dem sie kürzlich bei einem Kamin-Abend zusammengesessen hatte.
Sie machte auch vor dem Hochadel nicht Halt. Fürst Rainer von Monaco zum Beispiel. Es waren immer Bilder aus den Zeitschriften, von denen sie sich inspirieren ließ. Sie blätterte darin, während sie erzählte.
„Ein ganz wunderbarer Mann. Privat ist er ganz anders, so ungezwungen und gesellig und sehr, sehr lustig. Übrigens ist er auch sehr musikalisch. Wir waren in Monaco in der Oper. Stellen Sie sich vor, er liebt Wagner. Wie ich auch. Seine Frau war ja auch Schauspielerin. Beim Film. Ich spiele ja ausschließlich Theater. Sie wollte mich immer überreden, zum Film zu gehen. Aber das ist nichts für mich. Ich muss das Publikum sehen. Wissen Sie, das ist doch ganz anders, als eine Kamera. Wenn die Leute applaudieren, wenn sie einen direkt auf der Bühne sehen... Ich habe jetzt gerade so eine herrliche Rolle angeboten bekommen. Ich weiß noch nicht, ob ich's mache. Eigentlich bin ich nicht mehr jung genug dafür. Aber wieso eigentlich nicht?"
Ich nickte etwas benommen. Dann folgten wieder Aufzählungen von Größen der Kultur- und Gesellschaftswelt, die sie in dieser oder jener Stadt getroffen hatte.
„Mein Mann ist auch viel unterwegs. Warum soll ich da nicht reisen? Wir haben uns seit Jahren nicht gesehen. Ich glaube, ich

lasse mich bald scheiden. Vielleicht heirate ich dann doch einen Schauspieler. Treue ist doch nicht so wichtig. Man hat aber gemeinsame Interessen. Was meinen Sie?"
Ja, was meinte ich? Ich war inzwischen von ihren Erzählungen so in den Bann geschlagen, dass ich fast selbst Probleme mit der Realität bekam. Alles war so farbig, so faszinierend vorgetragen. Sie lebte dabei auf, sie begleitete die Geschichten mit Gesten ihrer noch immer schönen, schlanken Hände.
„Wenn Ihnen einer gut gefällt, und wenn Sie sich doch scheiden lassen wollen? Wo ist denn Ihr Mann zurzeit?"
Gern hätte ich mir gleich auf die Lippen gebissen. Hatte ich eine Wunde aufgerissen, sie aus ihren schönen Träumen katapultiert? Aber nein.
„Irgendwo in Amerika. Hat ewig nicht angerufen. Ist mir aber auch egal. Manchmal steht was über ihn in der Zeitung. Er schreibt an einer Biographie über den amerikanischen Präsidenten, wissen Sie. Da hat er natürlich keine Zeit. So ist das mit Künstlern. Darum will ich das mit dem Schauspieler auch noch gut überlegen. Aber toll sieht er doch aus, das müssen Sie zugeben."
Ihr Mann war Chefredakteur bei einem kleineren Wochenblatt gewesen, hatte ich zuvor gehört. Aber, was spielte das für eine Rolle? Wenn es für sie keine Rolle spielte, konnte es mir auch egal sein. Ich ging in die Küche, um ihr das Essen zu bereiten, und sie folgte mir mit ihren Geschichten, bat mich mit ihr zu essen. Ich hatte längst aufgehört, nach der Uhr zu sehen. Ohnehin würde ich zu den weiteren alten Leuten auf meiner Liste zu spät kommen.
Nachher zeigte sie mir ihren Schmuck. Sie hatte wirklich reichlich guten Schmuck. Ein Stück nach dem anderen nahm sie heraus, aus dem geschnitzten Kirschholzkästchen, und dabei berichtete sie wieder, von welchen berühmten Männern sie die einzelnen Stücke bekommen hatte.
Ich stellte anschließend ihre Medikamente für den weiteren Tag zusammen, ermahnte sie, diese unbedingt zu nehmen, fragte mich aber, ob ihr das überhaupt wichtig erschien. Eigentlich war

sie kein Pflegefall im üblichen Sinne. Sie schien körperlich fit zu sein und hielt auch ihr kleines Häuschen recht ordentlich. Doch den ihren wenigen entfernten Angehörigen war sie lästig und vielleicht auch ein wenig unheimlich. Die Pflegerinnen enthoben sie eben jeder Verantwortung.

Sooft ich in der nächsten Zeit zu ihr kam, erzählte sie stets neue Geschichten. Einige Passagen wiederholten sich, so, wie man auch bei wirklich Erlebtem gern auf besonders beeindruckende Erinnerungen zurückgreift. Es waren Märchenstunden in einer Märchenwelt. Doch es waren faszinierend erzählte Märchen. Sie hatte Sinn für Komik, und über manche Geschichten musste ich herzhaft lachen. Wie über die, was für ein schlechter Tänzer der Bundeskanzler sei, er habe ihr dauernd auf die Füße getreten, und er sei doch so groß und schwer. Sie konnte ihn doch nicht blamieren und musste ein fröhliches Gesicht dabei machen. Immer stand sie schon hinter diesem Fenster, wenn ich kam und wartete. Ich war ihr Publikum. Im folgenden Frühjahr entschieden sich die fernen Angehörigen, von denen wir nie einen zu Gesicht bekamen, dafür, das Grundstück gewinnbringend zu nutzen. Sie steckten die Träumerin in ein Altenheim und waren aller Sorgen ledig. Einmal habe ich sie dort besucht. Sie sah noch immer gut aus, ordentlich angezogen und frisiert, aber ihre Augen hatten das Leuchten verloren und ihre Hände die lebendige Gestik. Auf meinen Gruß reagierte sie nur mit einem Nicken. Nach langer Zeit murmelte sie versonnen: „Ich weiß nicht, was ich hier im Hotel soll. Ich hatte so eine schöne Villa, wissen Sie. Und immer so interessante Gäste." Dann blickte sie stumm aus dem Fenster und ich ging. Ich war traurig, denn sie hatte wohl das Wichtigste verloren, was ihr geblieben war: Ihre fantastischen Geschichten.

In meinen Erinnerungen verbinde ich sie noch immer mit diesem kleinen verwunschenen Haus, das so gut zu ihren Träumen passte. Ich erinnere mich gern an die Stunden in dem kleinen Wohnzimmer, an dessen Tür stets auch mein eigener Alltag aufhörte, wenn ich mich von den Erzählungen und Fantasien der alten Schauspielerin forttragen ließ.

# Die Mitwirkenden dieses Buches stellen sich vor:

## Andreas Meier
„Ich wurde am 4. April 1988 in der Schweiz geboren und lebe in der Nähe von Zürich. Momentan bin ich Schüler eines Gymnasiums und werde in nicht allzu ferner
Zeit studieren.
Zu schreiben begann ich mit etwa 16 Jahren, habe Gefallen daran gefunden und tue es bis heute regelmäßig."

## Angela Redeker
„Ich bin am 05. Januar 1961 in Lübeck geboren und lebe auch dort. Bin verheiratet und habe drei Kinder. Seit meiner Schulzeit habe ich gerne Geschichten geschrieben.
Schreiben ist für mich immer ein Ausdruck von Gefühl, sei es als Ventil oder um mir besondere Erlebnisse zu bewahren, die Grund für eine Geschichte waren, allerdings handelt es sich bei meinen Werken nicht nur um autobiografische
Geschichten, der Auslöser kann ein Sonnenuntergang oder ein besonderes Lächeln sein, aus dem in meiner Fantasie ein Erlebnis wird."
**Veröffentlichungen:**
„Auf dem Weg ..." Kurzgeschichten von Angela Redeker
ISBN3-939404-23-3
„Ein Licht im Dunkeln" Weihnachtsanthologie
ISBN3-925580-30-1
(meine Werke „Die dunkle Nacht" und „Sternenglitzern")
„Süßer die Glocken nie klingen" Weihnachtsanthologie
ISBN 3-86516-562-1
(mein Werk „Mondlichtlametta")
Lyrikecke offline ISBN 3-86582-247-9
(meine Werke „Gestatten, ICH" und „Umblättern")
Die Literrareon Lyrik Bibliothek ISBN 3-8316-1224-2
(mein Werk „Dieser gewisse Zauber")
Die Scherben der Seele
ISBN 3-9807109-5-5

(meine Werke Das leere Bettchen, Die Andere, Wenn junge Herzen Trauer tragen)
Heißer Hauch der Sinne
ISBN 3-9807109-4-7
(mein Werk Ja, ich will dich)

## Angelika Pauly
Jahrgang 1950, Schriftsetzerin, Studium der Mathematik, schreibt Lyrik und Prosa, hierbei Kindergeschichten, Märchen sowie Kinderlieder (Text/Musik), über 80 Veröffentlichungen in Anthologien, Literaturzeitschriften und im Rundfunk, mehrere Literaturpreise, vier eigenständige Bücher: "Kieselsteine – Wanderstedt – Emilia - Kai lebt", Mitglied der Lyrikfreunde Wien, lebt in Wuppertal/Deutschland.

## Angie* Angelika Adams
„16.11.1955 geboren in Duisburg-Homberg. Seit 1982 wohnhaft in Neukirchen-Vluyn.
Hobbys: Schreiben, Computer, Lesen, Musik, Esoterik, diverses Kreatives und meine große Liebe zu den Tieren."

## Carl-Friedrich von Steegen
ist Saxofonist, freier Journalist und Buchautor. Er lebt in der Gegend von Münster. Sein literarisches Interesse gilt der Kurzgeschichte, Land und Leuten und der Mythologie der Völker.

Sein erstes Buch (*Unter dem Donnergott Perkunos*, 1986) behandelt die Vor- und Frühgeschichte der westbaltischen Stämme. Dann gingen touristische Taschenbücher auf den Markt (*Wanderungen um Berlin*, 1990). Bekannt geworden ist der Autor durch sein Heyne-Taschenbuch über Luzifer, den gefallenen Engel (*Satan, Porträt des Leibhaftigen*, 1999).
Homepage: www.steegen.com

## Christina Patjens
*11.3.1969 in Hamburg. Beruf: pharmazeutische-technische Assistentin (PTA)
Freischaffende Künstlerin und Autorin.

## Detlef Heublein
„Ich wurde am 04. 02. 1962 in Staßfurt geboren und wohne zur Zeit in Erfurt. Momentan arbeite ich dort in einem Callcenter. Seit 2004 gehört das Schreiben von Gedichten zu meinen Hobbys. Ich fühle mich wohl beim Schreiben von witzigen Gedichten, komme aber auch an ernsthaften Themen nicht vorbei und freue mich auch, wenn ich es schaffe, andere Menschen zum Nachdenken anzuregen oder ganz einfach Freude zu bereiten."

## Emil Srkalovic
Geb. 1983
Ihm wurde die Liebe zu den Farben und der Kunst bereits in die Wiege gelegt.
Besuchte die Bundeslehranstalt für Mode und Design, sowie Kurse und College für bildende Kunst. Entwickelte durch seine charakteristische lineare Zeichnung, geschult durch Comics, einen mit voller Dynamik und Bewegung großartigen Stil. Bekannt durch Ausstellung im In- und Ausland, Zeitungen und Fernsehen. Illustrator des Kinderbuches von Franz Preitler "Eddi in der blauen Finsternis."

## Erik Schreiber
unstudierter Mensch, befasst sich seit seiner frühesten Jugend mit Phantastik. Er nahm bereits an Lesungen, Ausstellungen und Messen sowohl aktiv wie auch passiv teil. Eine Zeitlang war er Redakteur einer Heavy Metal Zeitschrift und Rundfunk Redakteur. Seit 2004 Veranstalter des Darmstädter Spät Lese Abends (www.spaet-lese-abend.de), wo unbekannte Künstler die Möglichkeit haben ihre Werke vorzutragen. Schreibt selbst gern, veröffentlicht aber eher sparsam.

# Franz Preitler

ist geboren und aufgewachsen in Österreich. Er lebt und arbeitet in Langenwang und Graz, wo er häufig Veranstaltungen und Lesungen für junge Künstler organisiert, sowie Texte für Redaktionen und Artikel für Newsletter verfasst. Veröffentlichungen im Internet, Zeitschriften, im Rundfunk und in Anthologien. Franz Preitler schreibt auch Gedichte und Erzählungen in steirischer Mundart sowie Balladen.

Seine bisherigen Werke sind der Lyrikband „Siehst du den Nebelmond", die Kurzgeschichten „Flüchtige Schatten im Winter" und der Kinderroman „Eddi in der blauen Finsternis". Sein nächster Roman, „Ort der Stille", sowie der Gedichtband „Ein Sternenzähler".

Gemeinsam mit Thorsten Buhl arbeitet Franz Preitler an dem neuen Roman "Ort der Stille", welcher sich in Hallstatt am See abspielt. Der Roman wird vom Entstehen bis zur Präsentation in Hallstatt auf der Webseite von Hallstatt zu verfolgen sein.

Info unter: http://www.words4you.at und über den Hallstatt-Roman auf: http://www.lesen.hallstatt.net

## Gaby Schumacher
Geb. 12.6.1951 in Bochum
Hälfte der Unterprima(gr. Latinum), Arzthelferin. Seit 1975 verh., vier erwachsene Töchter, wohnhaft in Düsseldorf. Mitglied des WAV in Düsseldorf. „Ich schreibe seit sieben Jahren, bin Hobbyautorin.
(öffentl.Lesungen, Veröffentlichungen in einer Literaturzeitschrift, eine Zeitungsveröffentlichung, zwei Beiträge in Anthologien des Richmond Verlages. Bisher zwei Radiosendungen auf Antenne Düsseldorf)"

## Heidelind Matthews
„Geboren in einem der schönsten Landstriche des Nordens, lebe ich seit 48 Jahren in Mecklenburg-Vorpommern, davon 46 Jahre in der Kleinstadt Neustadt-Glewe und seit zwei Jahren in Schwerin. Ich bin seit 26 Jahren verheiratet und habe zwei erwachsene Söhne. Von Beruf bin ich „Geprüfte Sekretärin". Im Sommer 2004 stürzte ich mich in die Selbstständigkeit mit einem „Haushalts- und Schreibservice". Das Jahr 2001 bezeichne ich als Geburtsstunde meiner Schreiberei. Keine Vorbildung, keine Seminare und keine Schulungen. Ich lief einfach los und schrieb mir die Finger wund. In den Jahren 2003/2004 krempelte ich mein Leben um, belegte einen 2 ½ jährigen Belletristikkurs in Hamburg (Axel Anderson Akademie), zog für ein Jahr alleine in die Landeshauptstadt Schwerin und stellte mich auf eigene Füße. 2005 holte ich meinen Mann nach.Ich mag die See, die nordischen Länder, treibe Sport, gehe gerne ins Kino oder gemütlich Essen, lese sehr viel, entspanne mich in unserem Garten und sauge das Großstadtleben in meine Seele."

## Hellmut Schmidt
*15.04. 1957
Schreibt seit 1982 Gedichte und Kurzgeschichten.
Veröffentlichungen im In-und Ausland.
Siehe Homepage:
http://people.freenet.de/HELLMUTSCHMIDT/Gedichte1

1999 wagte er den Sprung als Selbstverleger.
Seit 2005 hat er seinen Selbstverlag geöffnet für andere
Autoren und Zeichner. Seitdem sind einige Anthologien und
Einzelveröffentlichungen herausgegeben worden.

## Jörg Fischer
„Geboren am 29.11. 1980 in Wedel (Holstein), verbrachte ich
dort meine gesamte Schulzeit bis zum Abitur. Nach der Schule
absolvierte ich meinen Zivildienst in der Altenpflege. Seit
Oktober 2002 studiere ich in Göttingen Forstwissenschaften.
Das Schreiben habe ich erst im Laufe meiner Studienzeit
begonnen. Ich habe seither auch einige Werke bei
www.e-stories.de veröffentlicht. In meiner Freizeit beschäftige
ich mich mit Musik (E-Gitarre), mittelalterlicher Geschichte und
Fantasy. Dies ist nun die zweite Anthologie, an der ich beim
Richmond Verlag mitwirke. Ich habe bereits mitgearbeitet an
der Anthologie „Wind der Liebe", erschienen beim Richmond
Verlag, ISBN 3-9807109-2-0, mit der Kurzgeschichte „Feuer
des Glaubens."
Kontaktdaten:
Jörg Fischer
Karolinenweg 7
D-37075 Göttingen
E-Mail: jrg.fis1@web.de

## Jutta Miller-Waldner
lebt in ihrer Geburtsstadt Berlin, schreibt Fantasy, Kindergeschichten, Kurzgeschichten und Lyrik. Zahlreiche Veröffentlichungen, viele Lesungen in Deutschland, Spanien, Österreich und Ungarn, ein Literatur- und mehrere Anerkennungspreise. Ein Lyrikband: „Der Traum eines Schmetterlings"; ein Sachbuch: „Am Anfang war die Phantasie: Über die Geheimnisse der Schreibkunst." Vorsitzende der Interessengemeinschaft deutschsprachiger Autoren (IGdA), Leitende Redakteurin der „IGdA-aktuell".

## Karin Dietrich
„Ich lebe und arbeite in Solingen, im schönen Berg. Land. Ich schreibe seit 2000, hauptsächlich lyrische Gedichte. Bis 2001 war ich Sparkassen Angestellte. Seit dem, im Ruhestand, kann ich mich ganz meinen Hobbys widmen: Schreiben, Lesen und Musik hören."
E-Mail: kdiet@arcor.de
Url: http//www.mypoetry.de

## Marion Geiken
geboren am 09.10.1966. Verheiratet, zwei Töchter, Hausfrau. „Nach der Schule begann ich eine Ausbildung im Einzelhandel. Auf der inneren Suche nach den Fragen des Lebens begann ich mit dem Schreiben von Gedichten und spirituellen Texten."

## Monika Loiber

wurde 1983 im malerischen Heidelberg am Neckar geboren. Schon in frühester Jugend verfasste sie die ersten Gedichte und Kurzgeschichten. In ihrer Freizeit beschäftigt sie sich mit Geschichte und Literatur. Heute lebt und arbeitet sie in der bezaubernden Rhein-Neckar-Region.

## Nadine Jalandt

„Ich wurde am 24.Juli 1983 in Lübeck geboren. Schon seit frühester Jugend habe ich Freude am Zeichnen und Gedichte schreiben. Mit meinen Zeichnungen drücke ich meine Gefühle aus. Einige meiner Bilder wurden in dem Buch meiner Tante Angela Redeker "Auf dem Weg" veröffentlicht."

## Regine Stahl

Geboren am 17.11. 1957 in Hamburg, hauptberuflich tätig als spirituelle Lebensberaterin, lebt inzwischen in einem kleinen Bergdorf im Lungau in Österreich.
Hier findet sie die Zeit und die Muße ihren Hobbies, dem Schreiben und der Malerei, nachzugehen.
Zum Ende des Jahres wird sie nach Lanzarote umsiedeln, um dort auch Seminare und Workshops anzubieten.

## Reimund Schön
geboren am 5.4.1955 in Brück, Wohnort Potsdam.
Hobbys:Lyrik,Reiki mein Buch im
Internet:www.rosengarten.beep.de

## Rena Larf
1961 in den Niederlanden geboren, lebt und arbeitet als Autorin und Vorleserin in der Hansestadt Hamburg. Viele Unternehmen, Kultureinrichtungen, Verbände und Häuser der Gastronomie schätzen ihre Textarrangements, mit deenen sie in andere Emotionswelten entführt. Neben drei eigenen Büchern und zwei Hörbüchern, gibt es diverse Veröffentlichungen in Anthologien und Literaturzeitschriften. Rena Larf ist seit 2004 Redaktionsmitglied der "Elfenschrift"

Homepage: www.esprisa.de

## Stefan Schuster
„Ich wurde vor 21 Jahren in einer niederrheinischen Kleinstadt geboren, bin dort aufgewachsen, habe mein Abi gemacht und so weiter und so fort und will hier schnellst möglich weg, was mir durch eine Flucht nach Düsseldorf in Kürze gelingen wird, um mich wahrscheinlich fast beinah ganz und gar der Literatur zu widmen."

## Steffen Glauer
„Geboren wurde ich 1955 in Bautzen und seit 15 Jahren bin ich wohnhaft in Spenge bei Herford.
Ich bin seit 27 Jahren verheiratet, habe zwei Kinder und vier Enkelkinder.
Vor fünf Jahren fing ich mit meinen ersten Gedichten an und ein Jahr später absolvierte ich ein Fernstudium bei einer Autorenschule, was ich mit Auszeichnung bestand.
Mittlerweile schreibe ich Kurzgeschichten, Sketsche, Kinderlieder und Geschichten, Songtexte ... etc. Einen kleinen

Überblick über mein Schaffen bekommt man auf dieser
www.e-Stories.de Seite."

## Thomas Neumeier

„Ich bin seit etwa meinem 10. Lebensjahr Hobby-Schreiber. Seinerzeit begann ich mit Fun-Comics, versuchte mich bald aber auch an Superhelden- und Mysteryplots. Mit meinem Studium habe ich die Comics dann aufgegeben und schreibe seither Belletristik, wobei meine bevorzugten Themengebiete in der Fantasy und der Sci-Fi verwurzelt sind. "Trojanische Gepflogenheiten" ist der Auftakt zu weiteren Abenteuern rund um Kayla McLeod, die Detektei Steelwynch und Troja 2."

## Wolf-Alexander Melhorn
## dipl.rer.pol.

Geboren am 30. 4.1941in Berlin. Abitur in Stuttgart. Studium der Volkswirtschaft in Tübingen.Tätigkeit in der Industrie. Seit 1979 als Heilpraktiker in eigener Praxis. Verheiratet seit 1979, 7 Kinder.

Seit 1984 wohnhaft in Ellwangen/Jagst.

Im Jahre 2003 für seinen Einsatz um den Erhalt des Herzmittels Strophanthin nominiert für einen sog. Alternativen Nobelpreis (Right Livelihood Award)

## Wolfgang Soppe

„Ich bin vom Jahrgang 1943 und seit 2003 im Ruhestand. Mehr aus Zufall begann ich 1965, Gedanken, Überlegungen und Gefühle in Worte zu fassen und aufzuschreiben. Seit 2002 sind diese Zeilen dann im Netz gelandet auf meiner HP: Bowlingpoet.de veröffentlicht.

Seit ca. 2 Jahren sind Tagesereignisse und Bilder Grundlage für Verse und Aussagen. Fast 40 Jahre Tätigkeit in der EDV ließen neben rationellem Denken nur wenig Raum für Romantik und Lyrik. Dieses Hobby pflege ich heute und habe Spaß daran."

## Yvonne Habenicht

„1945 in Berlin geboren und aufgewachsen, bin bis auf einige Auslandsaufenthalte dieser Stadt treu geblieben. Das Schreiben war mir schon seit früher Jugend ein Bedürfnis. Durch berufliche und andere Umorientierung habe ich nun endlich die Zeit, mich intensiver damit zu beschäftigen. Bisherige Veröffentlichungen: Beiträge in der "Kurzgeschichtenzeitschrift", einem Kinderbuch, einem Tierbuch, seit Jahren auf der Internetseite e-stories. 2006 kommt mein erster Roman heraus. In Arbeit sind eine Auswahl von Kurzgeschichten und ein zweiter Roman.
E-Mail: y.habenicht@gmx.de